Les promesses d'un play-boy

Son inoubliable amant

ANDREA LAURENCE

Les promesses d'un play-boy

Traduction française de
SOPHIE LECOQ

PASSIONS

HARLEQUIN

Collection : PASSIONS

Titre original :
PROMISES FROM A PLAYBOY

HARPERCOLLINS FRANCE
83-85, boulevard Vincent-Auriol, 75646 PARIS CEDEX 13
Service Lectrices — Tél. : 01 45 82 47 47 - www.harlequin.fr
ISBN 978-2-2804-6752-0 — ISSN 1950-2761

Composé et édité par HarperCollins France.
Imprimé en février 2022 par CPI Black Print (Barcelone)
en utilisant 100% d'électricité renouvelable.
Dépôt légal : mars 2022.

FSC www.fsc.org MIXTE Papier issu de sources responsables FSC® C159065

Pour limiter l'empreinte environnementale de ses livres, HarperCollins France s'engage à n'utiliser que du papier fabriqué à partir de bois provenant de forêts gérées durablement et de manière responsable.

Prologue

Finn fut réveillé en sursaut par un choc brutal qui fit trembler l'avion. Ses voyages avec le jet privé de l'entreprise étaient habituellement placés sous le signe de la détente et du luxe absolu, aussi s'inquiéta-t-il de la situation.

Le cœur battant à tout rompre, il tenta de se lever, mais les turbulences le renvoyèrent immédiatement au fond de son siège.

Ils étaient cinq à bord de l'engin : Finn, le pilote, le copilote, une hôtesse de l'air et un consultant industriel qui les avait rejoints à la dernière minute. Son vol commercial au départ de Pékin avait été annulé et Finn lui avait proposé de le prendre à bord pour rentrer aux États-Unis.

Il tourna la tête dans sa direction.

À voir le visage terrifié du pauvre homme, Finn devina combien il regrettait d'avoir accepté sa proposition.

Finn se leva de nouveau et, dans un effort d'équilibriste, parvint à rejoindre le cockpit, ignorant les gestes d'alarme de l'hôtesse, elle-même assise et fermement ceinturée, qui lui enjoignait de rejoindre sa place.

Il cria, cherchant à se faire entendre entre les bips affolés du tableau de bord, les appels d'urgence du pilote et le bruit aussi angoissant qu'assourdissant du moteur :

— Qu'est-ce qui se passe ?

Le copilote se tourna vers lui. Son front était barré d'un froncement soucieux.

— Panne mécanique. Il y a un problème dans le moteur, il va être impossible de tenir jusqu'à Salt Lake City. Nous essayons de dévier notre trajectoire pour un atterrissage d'urgence à Seattle. Vous devriez retourner à votre siège et attacher votre ceinture, monsieur Steele.

Le pilote se débattit soudainement avec le manche. Il hurla :

— Oubliez la ceinture, enfilez votre parachute ! Il y en a un sous chaque siège.

Perdant l'équilibre, Finn se rattrapa in extremis à la porte du cockpit.

— Un parachute ? Vous ne pouvez pas être sérieux ?

— Si nous n'arrivons pas à rejoindre Seattle à temps, il nous faudra peut-être quitter l'avion en vol. C'est précisément pour ça que j'essaie de nous faire redescendre à une plus basse altitude.

Finn déglutit péniblement. Il ne s'était jamais imaginé devoir un jour sauter de l'engin, en pleine obscurité de surcroît. Il avait toujours été le rebelle de sa fratrie, mais il prenait son plaisir au volant de bolides et dans les bras de belles créatures. Pas en sautant d'un jet de luxe, qui, quelques heures auparavant, lui avait semblé parfaitement sûr.

Une secousse l'envoya heurter le siège du pilote. Le tableau de bord lança une nouvelle alerte stridente.

Affolé, perdu, Finn parvint tant bien que mal à regagner sa place. Il se pencha, plongea le bras sous son siège et en ressortit un paquet. L'autre passager, toujours bien attaché dans son fauteuil en cuir tout confort, l'imita nerveusement, enfilant sur son dos le sac qui contenait la précieuse toile.

Finn clipsa les fermoirs sur son torse, pour maintenir le parachute en place le moment venu. Il pensa à son père, qui avait insisté pour que chaque avion soit équipé de parachutes. « En cas d'urgence », avait-il précisé, avant de montrer à tous comment s'en servir. Mais Finn avait suivi les explications d'une oreille et d'un œil distraits. Il ne pensait pas avoir à y recourir un jour. Comment un jet privé tel que celui-ci, dont la maintenance était assurée par une équipe triée sur le volet, pouvait-il présenter le moindre danger ?

Il jura en silence, se rassit et agrippa les accoudoirs du fauteuil. Son père serait furieux de perdre l'un de ses jets à plusieurs millions de dollars. Et il ne manquerait pas de blâmer, de manière plus ou moins détournée, son fils.

À ses yeux, il était invariablement le coupable tout trouvé. Finn allait accrocher sa ceinture lorsqu'une détonation interrompit son geste. Il vit une boule de feu, l'engin éventré. Il sentit le vent lui fouetter le visage, avant d'être happé dans la nuit glacée.

Chahuté comme un vulgaire fétu de paille au cœur d'une immensité insondable, avec pour seul repère lointain les flashs lumineux de l'avion, il peina à retrouver sa respiration. Les sens en alerte, il se trouva incapable de penser.

À quelle altitude se trouvait-il ? Le sol était-il encore loin ? Sa conscience le quittait doucement. Dans un sursaut, il tira sur les poignées du parachute. Un mouvement sec, son corps emporté plus haut, puis vint la descente, plus lente. Après cela, il n'eut plus la force de résister, son corps et son esprit lâchèrent. Et le noir fut total.

Lorsqu'il revint à lui, il aperçut la cime des arbres d'un bosquet, éclairés par un pâle clair de lune. Quelle joie de deviner la terre ferme, alors qu'ils survolaient le Pacifique quelques instants plus tôt. Sa liesse fut de courte durée. Ce furent bientôt les branches intraitables, le visage meurtri, le corps chutant à pleine vitesse, englouti par cette masse végétale et rude. Finn tenta de se couvrir les joues, les yeux, sentit le bois s'enfoncer dans ses flancs.

Il fut stoppé net dans sa chute, la toile de son parachute retenue par ces mêmes branches qui venaient de le malmener. Jambes dans le vide, ne tenant que grâce à son harnais, Finn fouilla l'obscurité du regard sans pouvoir distinguer le sol. Il tira sur les fils, remua tant qu'il le put, espérant dégager quelques centimètres de ficelle pour se rapprocher de la terre sous ses pieds.

Le tapis forestier lui semblait à jamais inaccessible.

Tâchant de recouvrer ses esprits, Finn réfléchit aux choix qui s'offraient à lui. Il lui fallait se libérer pour descendre de cet arbre, mais aucun tronc n'était à portée de main. Attendre que l'aube vienne et qu'une âme passe par là pour enfin le détacher ?

Il se trouvait peut-être au milieu de nulle part, totalement soumis aux éléments, à la morsure du vent. Il frissonna sous sa veste légère et sa chemise en coton. Il faisait bien plus chaud à Pékin en ce mois de septembre que dans cette contrée où il avait atterri bien malgré lui.

Il tremblait à cause du froid, à cause du choc de sa chute peut-être aussi. Il savait ce qu'il lui restait à faire.

D'une main transie, il trouva le premier fermoir, qui se laissa déclipser sans résister. Le second lui posa davantage de problèmes, avant de céder brutalement. Finn chuta. Les branches, encore elles, le giflant, le griffant, l'éperonnant. Jusqu'à ce qu'une, plus funeste que les autres, s'enfonce dans son front et lui fasse perdre connaissance.

- 1 -

Une généreuse tasse de café noir entre les mains, Willow Bates savourait la pureté de l'air matinal, installée sur la terrasse à l'arrière de sa maison.

Les températures descendaient tranquillement en cette saison aux San Juan Islands.

Posée tel une émeraude entre Victoria, en Colombie Britannique, et la métropole de Seattle, Shaw Island, la plus petite de l'archipel, était son havre de paix, son petit paradis à elle.

L'automne s'annonçait à sa manière, avec dans sa traîne l'annonce de tempêtes à venir. Au loin, de gros nuages noirs lui murmuraient de profiter de sa terrasse tant qu'elle le pouvait encore.

La météo annonçait un violent orage et des bourrasques. Si les éléments se déchaînaient comme prévu, Willow serait coupée du continent pendant un jour ou deux.

Ce qui ne la dérangeait pas le moins du monde. Elle ne quittait son île que très rarement et Seattle était pour elle synonyme d'embouteillages, de klaxons et de douloureux souvenirs.

Un husky au poil épais fit son apparition, traversa la terrasse truffe au vent et vint poser sa tête sur les genoux de Willow.

Il leva vers elle ses yeux couleur glacier. Elle le gratta affectueusement entre les oreilles.

— On va partir se promener un peu plus tôt aujourd'hui, Shadow, parce qu'ils annoncent de la pluie pour les quelques jours à venir. Et ça me fera du bien de prendre l'air à moi aussi, de me détacher un peu de mon écran d'ordinateur.

Shadow pencha la tête sur le côté et lui répondit par un petit aboiement grave, typique de sa race.

Elle avait effectivement grand besoin de s'offrir une pause. La semaine avait été longue et laborieuse, entre bonnes nouvelles, frustration, coup de mou et illuminations. C'était son lot quotidien en tant qu'écrivaine, ainsi se déroulait le processus créatif.

Mais fixer un écran des heures durant avait de quoi lui déclencher les pires maux de tête. Être entièrement plongée dans un monde dont elle maîtrisait les moindres recoins et qui pourtant semblait lui échapper à chaque instant.

Si sa grande sœur, Rain, avait été là, elle serait venue interrompre son travail, aurait posé devant elle une assiette bien remplie. Exactement comme elle l'avait fait pendant les études de Willow, qui passait alors tout son temps le nez dans ses livres et ses cahiers : « Le café ne fait pas partie des cinq fruits et légumes par jour », avait-elle l'habitude de lui répéter.

Willow y pensait à chaque fois qu'elle versait du café dans sa tasse au lieu de se préparer un vrai repas.

Elle n'était pas non plus en jeûne permanent, comme en témoignait la courbe généreuse de ses fesses. Elle avait cependant une fâcheuse tendance à privilégier les plats tout prêts, aux dépens d'une nourriture plus saine. Elle s'en constituait un stock chaque fois qu'elle se résignait à quitter son île pour se rendre à Victoria ou Seattle.

Elle conservait ainsi dans ses placards suffisamment de barres protéinées, soupes en conserve, pots de beurre de cacahuètes, paquets de céréales et gâteaux apéritifs pour tenir un siège.

Comme le lui rappelait souvent sa sœur, elles avaient grandi dans une famille végane et son régime alimentaire était loin de contenir suffisamment de fruits et légumes frais. Mais Rain pouvait garder ses grands discours pour son fils de deux ans, Joey. Willow n'en avait cure. Si son cancer n'avait pas eu raison d'elle, le café et les barres chocolatées n'y parviendraient pas non plus.

Elle avala une dernière gorgée de son robusta et reposa sa tasse.

— On y va, le chien ?

Il lui répondit par un mouvement de queue et une agitation à peine contenue. Un aboiement joyeux lui annonça qu'il était plus que prêt.

— D'accord, d'accord. Laisse-moi juste enfiler quelque chose de plus chaud.

Willow poussa la porte du porche et enfila la veste qu'elle avait négligemment laissée sur la chaise de la cuisine. Elle glissa dans ses poches son portable, ses clés et une bombe de répulsif contre les ours.

Shadow l'attendait, impatient, sur la terrasse.

— Allez, aujourd'hui on va à la plage.

Elle descendit les quelques marches qui menaient au bosquet derrière chez elle. Son chien disparut bientôt entre les buissons. Il ne s'aventurait jamais loin sans elle, veillant sur sa maîtresse même durant leurs balades.

Elle l'avait adopté alors qu'il n'était encore qu'un chiot, peu de temps après avoir élu domicile sur cette île. Willow venait à l'époque d'achever son traitement et désirait plus que tout s'éloigner de Seattle et du tumulte citadin.

Rain s'était inquiétée de savoir sa sœur loin de tout. Cette petite boule de poils aux yeux couleur lagon avait été une réponse idéale.

Nouvelle maison, nouveau chien : Willow avait commencé une nouvelle vie. Shadow semblait la comprendre, l'incitant à souffler quand c'était le moment, s'adaptant à son humeur. Il était devenu bien plus qu'un animal de compagnie pour elle. Il était si fidèle et affectueux, toujours partant pour une balade au cœur de cette nature solitaire qu'elle aimait tant.

La forêt était animée, les oiseaux se répondaient d'arbre en arbre, comme pour se prévenir de la tempête à venir. Sous les pieds de Willow, le tapis forestier était comme une moquette moelleuse, bruissant délicatement, ouvrant pour elle un sillon entre les troncs, que Shadow et elle empruntaient toujours pour rejoindre la plage.

Lorsqu'elle parvint à la lisière de la forêt, Shadow lui lança un aboiement appuyé. Il avait trouvé quelque chose sur la plage et semblait pressé de partager sa trouvaille avec elle. Un poisson dans une flaque laissée par la marée ? Le bâton idéal pour une séance de lancer ? Ou un animal mort en pleine décomposition, trésor qui semblait ravir Shadow plus que tout.

— Qu'est-ce que tu as trouvé, toi ?

Une petite cabriole joyeuse et il détala vers son précieux butin. Plissant des yeux, Willow chercha à distinguer ce qui fascinait ainsi son chien. Elle devina une forme, bien plus grosse qu'un poisson. Immobile. Un gros phoque, peut-être. Il y en avait peu dans cette région, mais il arrivait que l'un d'eux vienne leur rendre une petite visite.

Elle longea la mer, la forme se précisa. Ce n'était pas un phoque.

C'était un corps.

Willow courut pour rejoindre son chien et découvrit un homme inanimé, reposant sur une planche de bois flotté. Il paraissait avoir une trentaine d'années.

Cheveux blonds, mâchoire carrée. Certainement très beau en temps normal, mais il semblait bien mal en point. Ses vêtements étaient sales et déchirés, son corps meurtri, son front barré d'un ru sanguinolent qui lui avait coulé sur la tempe.

On aurait dit un ange tombé du ciel, déchu. Ses boucles dorées et sa peau de pêche étaient celles d'un chérubin né sous le pinceau d'un maître de la Renaissance.

Mais cet homme était bel et bien de chair et d'os. Peut-être respirait-il encore ? Une pâleur rose habillait ses joues et Willow perçut le mouvement faible mais régulier de son torse. Elle s'agenouilla près de lui et posa la main sur sa gorge pour prendre son pouls. Elle obtint pour réponse un imperceptible battement de cœur.

— Monsieur ?

Aucune réaction. La main comme aimantée par cette peau étrangère, elle lui caressa doucement la joue. La barbe drue lui piqua presque la peau. Elle n'avait pas pour habitude de toucher ainsi les inconnus – surtout lorsqu'ils semblaient avoir été passés à tabac et jetés sur le sable par quelque malfrat sans scrupule –, mais c'était plus fort qu'elle.

Quand avait-elle touché un homme pour la dernière fois ? Son neveu de deux ans et son beau-frère ne comptaient pas. Pas plus que les quelques gestes amicaux des médecins et infirmiers à l'hôpital.

Sa mémoire était floue, le souvenir d'une peau masculine contre la sienne bien trop lointain.

Shadow renifla les vêtements du pauvre homme avec un sérieux et un enthousiasme non feints. Il lui lécha ensuite le visage et ponctua sa découverte par un aboiement impatient. Sa méthode s'avéra efficace. L'inconnu bougea, grimaçant sous l'effet de la douleur. Willow retira aussitôt sa main. L'inconnu posa la sienne sur sa plaie ouverte.

Il papillonna des paupières comme pour s'habituer à la lumière. Il proféra un juron d'une voix rauque.

Willow, accroupie près de lui, manqua tomber lorsque l'homme se tourna et la dévisagea. Son état n'altérait en rien la beauté de ses traits, le charme de son regard châtaigne aux longs cils. Ses lèvres s'ouvrirent en un large sourire, faisant apparaître une fossette au creux de sa joue droite.

— Bien le bonjour, ma jolie.

Les mots étaient sortis de lui comme de la bouche d'un ivrogne incapable d'articuler.

Il tenta de se retourner mais fut stoppé par la douleur. Willow décida d'ignorer sa flatterie et lui posa les mains sur les épaules pour qu'il se rallonge.

— Ne bougez pas.

Il était décidément bien mal au point pour la trouver jolie. Elle n'était ni maquillée ni coiffée. Elle avait simplement relevé ses cheveux sous une casquette et enfilé les vêtements qui se trouvaient là.

— Vous êtes bien amoché.

— Ah, vraiment ?

Il rit comme il put, malgré la douleur.

Il détacha son regard d'elle et étudia le paysage autour de lui, le front soucieux.

Il s'arrêta net quand il se retrouva nez à truffe avec Shadow attendant patiemment son tour. Le chien était assis juste à côté de lui, respirant bruyamment, langue dehors, sourire canin offert à son nouvel ami.

— Je suis sur une plage.

Un constat neutre.

— Exactement.

Une réponse tout aussi neutre.

L'homme jaugea la gueule ouverte que lui offrait Shadow.

— Avec un loup.

— Techniquement, c'est plutôt un chien-loup. Husky principalement. Vous n'avez rien à craindre de lui, sauf si vous venez me chercher des crosses à moi.

L'homme hocha faiblement la tête :

— J'en prends bonne note.

Il posa son regard sur elle :

— Moi aussi je serais prêt à mordre quiconque s'en prendrait à vous.

Willow tenta de dissiper sa gêne et se pencha pour examiner la blessure que l'homme portait au front. Le coup avait dû être rude pour qu'il s'exprime de la sorte.

— Pouvez-vous me dire comment vous êtes arrivé là ?

Il secoua la tête lentement.

— J'aimerais bien le savoir. Je ne sais même pas où je suis. Sur quelle plage sommes-nous ?

— Vous êtes sur Shaw Island, au large de l'État de Washington.

— Ah…

D'un bras, il enveloppa ses côtes et se redressa tant bien que mal, cherchant parmi les rochers un dossier de fortune.

— Je n'ai jamais eu aussi mal de ma vie. Comme si on m'avait tabassé avec une batte de base-ball.

— Et c'est le cas ?

Son île n'était pas exactement un haut lieu du crime. Avec ses trois cents habitants à l'année, elle évoquait davantage un vase clos où tout se savait. Quelques adolescents s'autorisaient parfois des écarts de conduite, mais jamais rien de violent.

— Je n'en ai pas la moindre idée.

Willow fronça les sourcils. Comment pouvait-il se retrouver si salement amoché sans savoir comment il s'était retrouvé là ? Son crâne avait dû être sévèrement touché.

— C'est quoi votre nom ? Je pourrais peut-être prévenir vos proches.

L'homme ouvrit la bouche pour répondre. Mais son expression se figea, ses yeux s'affolèrent.

— Je… Je ne sais pas.

Un traumatisme crânien, à n'en pas douter.

Willow ne savait pas comment gérer au mieux. Lui poser des questions pour solliciter sa mémoire ?

— Savez-vous quel jour nous sommes ?

— Aucune idée.

— Combien font deux et deux ?

Il répondit sans hésitation :

— Quatre.

L'inconnu secoua la tête.

— Je ne comprends rien. Je peux réciter l'alphabet et donner le nom du président, je sais lacer mes chaussures… Enfin je crois. Mais vous dire qui je suis et ce que je fais là… Je n'en ai aucune idée.

Willow émit un petit son pour marquer sa compréhension et lui répondit calmement :

— Je crois qu'il faut vous conduire chez le médecin.

Un éclair déchira le ciel dans un bruit assourdissant. Ils allaient devoir s'activer s'ils voulaient éviter la tempête qui approchait.

La plage n'était pas accessible par la route, mieux valait rebrousser chemin et repasser par chez elle.

— Vous pensez pouvoir tenir debout ? Je n'habite pas loin. Si vous arrivez à marcher, nous pouvons rentrer et j'appellerai quelqu'un. Nous n'avons pas d'hôpital sur l'île, sinon je vous y aurais conduit.

— Écoutez, on va essayer.

Willow lui prit le bras et le passa autour de son cou. Elle l'aida à se relever et accepta sans se plaindre le poids de cet homme qui continua de s'appuyer sur elle lorsqu'ils se mirent en route.

Shadow trottait gaiement à leur côté, tortillant de la croupe, les crocs serrés sur un bâton.

Ils atteignirent le porche de la maison au moment où de premières gouttes tombèrent lourdement sur les feuillages alentour. Willow ouvrit la porte et fit entrer l'inconnu. Shadow eut le droit de les suivre après avoir déposé sa précieuse trouvaille dehors.

Willow installa l'homme dans son siège inclinable, celui dans lequel elle s'était roulée en boule durant les longues nuits de douleur après les chimiothérapies et les interventions chirurgicales.

— Voilà, reposez-vous ici.

— Je me trompe ou il s'agit là du fauteuil le plus confortable du monde ?

— Comment pourriez-vous le savoir, vous avez oublié jusqu'à votre nom.

— Je le sens. Ce fauteuil est tout simplement fantastique.

— Je vais appeler le médecin de l'île pour voir s'il peut passer.

— Très bien. Je ne bouge pas.

Willow décrocha le combiné du téléphone.

— Attendez, je vérifie encore une chose…

Le seul médecin de Shaw Island – un praticien à la retraite que tout le monde surnommait « Doc » – appuya doucement sur la cage thoracique de l'inconnu. Ce furent pour lui comme autant de coups de poignard à l'intérieur de son corps. Il se recula violemment dans le fauteuil et cria comme un animal blessé, les yeux baignés de larmes.

— Si vos côtes ne sont pas cassées, elles sont bien mal en point.

— Et vous aviez besoin de m'enfoncer vos doigts dans le torse pour le savoir ?

— Faut-il les maintenir avec un bandage ou autre ?

Il leva les yeux vers la femme qui l'avait sauvé. Elle lui avait donné son nom, Willow, juste après avoir appelé le médecin. Elle semblait d'une nature frêle et ne devait pas peser bien lourd. Un carré blond et court encadrait son visage, ses yeux étaient marron foncé. Elle l'intriguait, avec ses cils épais et ses délicates taches de rousseur sur les joues.

Le médecin secoua la tête :

— Non, mieux vaut les laisser libres de leurs mouvements. Les muscles du torse sont suffisamment costauds pour maintenir les os en place jusqu'à ce qu'ils se ressoudent. Ils ne risquent pas de perforer les poumons ou de causer une quelconque blessure. C'est douloureux mais bénin.

— On voit que vous n'êtes pas à ma place.

— Certes, je conçois que ce soit difficile à entendre. Vous allez ressentir ces coups de poignard pendant deux ou trois jours encore. Les antalgiques vont vous soulager, mais il vous faudra un vrai repos pendant plusieurs jours. Et un beau matin, tout ira beaucoup mieux. Vous aurez juste un peu mal. C'est drôle les côtes, pour ça.

— Pardonnez-moi si je ne rigole pas.

Le médecin reprit son sérieux. Presque.

— Tant mieux, parce que ça fait mal quand on rit.

Doc se tourna vers Willow.

— J'ai pensé appeler Ted pour voir s'il peut héberger notre mystérieux blessé jusqu'à ce qu'il puisse être rapatrié vers le continent.

Au même instant, un éclair traversa le ciel, suivi par un coup de tonnerre qui fit trembler les murs de la maison.

Doc se tourna vers l'homme :

— Mais je pense que vous allez être coincé ici quelques jours, monsieur. La tempête s'annonce violente. La météo est en avance, cette année.

— Ne dérange pas Ted. Il a déjà assez à faire avec Linda. Je vais m'en occuper. J'ai une chambre d'ami qu'il peut occuper avant de partir pour l'hôpital.

L'inconnu vit Doc froncer des sourcils, l'air inquiet.

— Je n'aime pas te savoir seule ici avec un étranger.

— Qu'est-ce qui pourrait bien m'arriver ? Il peut à peine lever un bras. Ça va aller. Et il y a Shadow. Et ma carabine dans le placard. S'il n'a pas perdu la raison, il va rester bien sagement au lit et se comporter comme il faut.

Willow le toisa :

— Comptez-vous me poser le moindre souci ?

Il voulut secouer la tête mais fut stoppé net par la douleur.

— Non, madame. Je vais être un vrai petit ange. Le plus immobile des petits anges.

Willow sourit au médecin.

— Vous voyez ? Ne vous en faites pas. J'ai fait face à bien pire que ça dans ma vie.

— C'est vrai. Bon, comme vous voulez. Mais je viendrai aux nouvelles pour m'assurer que tout va bien.

Doc détacha une feuille de son ordonnancier et la tendit à Willow.

— Des antidouleurs, des relaxants musculaires et des antibiotiques pour ne pas que ses plaies s'infectent. Je la mets à votre nom comme il n'est pas en mesure de nous donner le sien.

Willow leva une main en signe d'interrogation :

— Et pour sa tête ? Il dit ne se souvenir de rien.

Doc fit demi-tour et étudia la bosse que l'inconnu portait au front.

— Il a pris un sacré coup. Mais hormis cette histoire d'amnésie, ses propos sont cohérents. Je ne suis pas spécialiste de ce type de chocs cérébraux, cependant j'ai bon espoir que sa mémoire revienne une fois que cette bosse sera partie. Pour le moment, posez de la glace dessus et surveillez-le pour éviter les évanouissements ou les chutes.

Une rafale siffla entre les branches des arbres, annonçant la tempête à l'approche.

— Je dois y aller, il faut que je barricade un peu ma

maison. Nous avons une heure devant nous, moi pour poser des panneaux de bois sur mes fenêtres, vous pour aller à la pharmacie.

Willow hocha la tête et raccompagna le médecin à la porte.

— Entendu, merci d'être passé, Doc. Je vous appelle en cas de besoin. Prenez soin de vous, avec cet orage.

Elle se tourna vers l'inconnu :

— Je vais me dépêcher d'aller chercher vos médicaments. Je n'en ai pas pour longtemps. Je vous laisse ici avec Shadow.

— Je peux venir avec vous ?

Elle lui jeta un regard hésitant.

— Je pense que ce n'est pas une bonne idée. Les routes ne sont pas goudronnées sur la propriété, vous allez être ballotté de tous côtés.

— Ça me va. Je veux vous accompagner.

Willow haussa les épaules.

— Comme vous voudrez. Nous ferons quelques courses et irons vous acheter des vêtements par la même occasion. Il ne faudra juste pas qu'on traîne.

Willow prit les clés de son grand pick-up rouge et referma la porte derrière eux.

Malgré tous les efforts de cette femme pour conduire doucement, il souffrait le martyre. Il aurait probablement dû rester dans le grand fauteuil si confortable, en compagnie du chien-loup, mais l'idée que Willow s'éloigne de lui le dérangeait.

Elle l'avait sauvé et il la voulait à ses côtés aussi longtemps qu'il aurait besoin de se raccrocher à elle.

Pour penser à autre chose qu'à la douleur, il quitta la route des yeux et étudia le visage de Willow. Les angles et courbes que dessinaient ses traits, le délicat tracé de ses oreilles, percées de petits diamants.

Tout pour ne pas penser à ses blessures.

Une fois qu'ils rejoignirent la nationale, il reprit une respiration plus lente, savourant la fin des soubresauts.

L'esprit enfin plus libre, il laissa vagabonder ses pensées. Que faisait une femme comme elle sur cette île reculée, loin du monde ? Elle était jeune, séduisante, indépendante, attentionnée. Mais seule.

Lui-même était un mystère pour les autres. Elle l'égalait sur ce point. Willow interrompit sa réflexion :

— Il vous faut un prénom.

— Comment ça ?

— Un nom. Ce sera plus pratique.

— Vous n'avez pas tort. Nous pouvons en trouver un d'ici à ce que ma mémoire me revienne. Mais lequel ? Se choisir un nom n'est pas courant.

Willow réfléchit tout haut, les mains posées sur le volant.

— Que diriez-vous de Mark ? Allen ? Henry ? Quand j'étais au lycée, j'avais un voisin qui s'appelait Jeremy. J'aimais bien.

Aucun de ces prénoms ne lui convenait. Il le sentait d'instinct. Mais quelles étaient leur chance de trouver le sien, le vrai ? Ils pouvaient toujours parcourir un livre de prénoms pour futurs parents jusqu'à ce que l'un d'eux éveille quelque chose en lui, mais serait-ce seulement le cas ?

— Ça n'a pas grande importance, si ? Je m'en remets à vous. Quel sera mon nom, belle demoiselle ? C'est vous qui décidez.

Elle l'observa pendant un bref instant. Il avait un vague accent du Sud.

— Alors je vous propose Jack.

— Pourquoi pas ?

Il soupira. Le prénom était simple, facile à retenir.

— Alors va pour Jack. Il faut juste que je m'y fasse et que je réponde quand on m'appelle.

— Voilà une bonne chose de faite.

Elle avait répondu avec une certaine gaieté dans la voix. Elle se gara sur un petit parking.

— Allez, ne tardons pas. À la maison, vous pourrez prendre vos antidouleurs et retirer ces vêtements.

Jack leva spontanément un sourcil coquin.

— Si je n'étais pas si mal en point, je serais votre homme.

Elle ouvrit grand les yeux.

— On dirait bien que Jack est un dragueur.

Willow coupa le moteur et sortit de la voiture.

Jack détacha sa ceinture de sécurité, s'avouant en silence qu'il semblait effectivement être de ce bois. La séduction lui paraissait être une seconde nature chez lui.

Il était bien avancé avec cette unique bribe d'information…

- 2 -

Willow laissa là son patient pour se rendre à la pharmacie. Sur l'île, personne n'avait eu vent de la maladie qui l'avait terrassée avant qu'elle ne vienne s'installer dans cette nouvelle maison.

Eddie, le pharmacien, était au courant et se chargeait de lui commander son traitement hormonal. Elle appréciait l'anonymat et la tranquillité pour lesquels elle avait quitté Seattle.

— Bonjour Eddie. J'ai une ordonnance. Ce n'est pas pour moi, c'est pour un inconnu qui s'est échoué sur la plage, je l'ai retrouvé à demi-mort sur le sable. Doc a prescrit des médicaments pour qu'il tienne le coup pendant la tempête, avant qu'on puisse le rapatrier.

Eddie parcourut la feuille de papier manuscrite.

Willow poursuivit :

— Il a une bosse grosse comme un œuf sur la tête et est incapable de décliner son identité. Il a sûrement quelques côtes cassées. Je sais que c'est un cas un peu particulier, je vais payer pour lui. Je ne sais pas s'il a une mutuelle ou s'il est bien couvert.

Elle devinait que l'homme n'était pas à plaindre. La protagoniste de tous ses romans, Amelia Hayes, aurait elle aussi relevé ce genre de détails. Certes, son costume était bon pour la poubelle et lui avait besoin d'une bonne douche, mais il s'agissait à n'en pas douter d'un modèle coûteux, taillé sur mesure.

Willow était une écrivaine de romans policiers à succès, mais le costume de Jack devait valoir plus que sa garde-robe tout entière. Son héroïne n'aurait pas hésité un instant à mener l'enquête. *L'Affaire du sympathique amnésique*. Bof. Elle allait devoir trouver autre chose.

Jack les avait rejoints dans la pharmacie, étudiant les rayons comme s'il découvrait un magasin pour la première fois de sa vie.

Chacun de ses mouvements semblait le faire souffrir.

Eddie reprit le fil de leur échange :

— Bien sûr. Je vous prépare ça.

— Merci. Faites-moi signe quand c'est bon.

Willow avait envie de rejoindre Jack. Elle pensa qu'il s'agissait d'un réflexe logique face à une personne mal en point. Elle s'inquiétait de son état, notamment à cause du choc qu'il avait reçu à la tête.

Mais à dire vrai, elle aimait simplement être près de lui. Il était beau, nul besoin de se mentir, et semblait être un séducteur invétéré.

Elle appréciait son sourire et son sens de l'humour.

Elle ne connaissait rien de sa vie mais avait envie de l'aider.

Eddie l'appela.

— Vous l'avez trouvé sur la plage, dites-vous ? Je connais une très bonne écrivaine dont l'héroïne se régalerait d'une telle intrigue.

Willow lui sourit d'un air malicieux et posa sur le comptoir les produits de toilette qu'elle avait choisis avec Jack.

Le pharmacien lui tendit sa commande. Après avoir réglé, Willow emmena Jack dans un magasin de vêtements.

— Quelle taille faites-vous, à votre avis ?

— Je n'en ai aucune idée.

— Bon. Je vais vous faire essayer quelques modèles et nous verrons bien.

Tandis qu'il essayait des pulls et T-shirts, Willow réfléchit à voix haute :

— La mémoire est une chose bien étrange. Je n'ai jamais inventé de personnage amnésique dans mes livres. Comment peut-on oublier son nom mais pas sa langue maternelle ? Comment expliquez-vous que vous sachiez encore compter, distinguer un chat d'un chien ? Vous avez oublié qui vous êtes, mais avez conservé l'ensemble de vos connaissances. On dirait un mauvais scénario. C'est un peu facile.

— Pas vraiment, croyez-moi.

— Oui, pardon. Déformation professionnelle.

Les sacs de courses dans une main, les clés de sa voiture dans l'autre, Willow ouvrit son coffre.

— Je vais acheter de quoi manger. Attendez-moi ici, vous serez mieux assis.

— Non, je viens.

— Pourquoi, vous comptez payer ?

Elle lui décocha un clin d'œil moqueur.

— Vous n'avez rien sur vous. Installez-vous dans la voiture.

— Très drôle. Conservez les tickets de caisse, une fois que je serai rétabli je vous rembourserai.

— Nous verrons ça. Pour l'heure, montez dans la voiture.

La route du retour fut tout aussi douloureuse pour Jack, qui avait hâte de pouvoir enfin se reposer dans le grand fauteuil moelleux. Il remercia Willow pour les courses, les médicaments et les vêtements.

Il se demanda si le chien-loup allait s'habituer à sa présence. Observant le gris du ciel, il vit qu'il était effectivement plus que temps de rentrer.

Willow l'aida à descendre de voiture et le laissa prendre ses marques tandis qu'elle rangeait les courses. Elle lui indiqua ensuite la salle de bains, afin qu'il puisse enfin, dans la mesure du possible, faire peau neuve.

— Vous voulez que je fasse quoi ?

Jack aurait tellement aimé immortaliser le moment, l'expression sur le visage de Willow. Pour une femme qui vivait seule sur une île avec un chien-loup et une carabine, elle avait soudainement l'air bien terrifiée par ce qu'il venait de lui demander.

— En temps normal, je ne me serais pas permis, mais j'ai besoin d'aide, là.

Willow s'était figée sur place, tel un lapin pris dans les phares d'une voiture. Elle se ressaisit devant l'évidence de la situation.

— Habituellement quand je demande à une femme d'enlever mes vêtements, j'ai pris soin de l'inviter au restaurant avant. Du moins j'espère. Mais je crains d'avoir égaré mon portefeuille.

Jack se tenait devant elle en T-shirt, braguette déboutonnée. Il n'avait pu aller plus loin, incapable de se déshabiller tout seul. Et il avait grand besoin d'un brin de toilette.

Il l'avait donc sollicitée. Il pressentit que les femmes

n'étaient en général pas aussi réticentes que Willow quand elles se trouvaient face à lui.

— OK. Restez aussi immobile que possible.

Elle se plaça derrière lui.

— Je me charge de vous retirer vos vêtements, vous, ne bougez pas.

— Bien, madame.

Il sentit son souffle chaud dans sa nuque lorsqu'elle se pencha pour remonter son T-shirt et le lui ôter.

Mais la douleur était insupportable. Il soupira de soulagement quand le vêtement tomba au sol.

— Ça devrait être plus facile avec mon pantalon.

— Pour vous, certainement.

Elle avait prononcé ces mots dans un balbutiement gêné, avant de faire doucement glisser le pantalon sur ses cuisses.

Il retint sa respiration.

Pour ne pas avoir trop mal, peut-être aussi pour ne pas sentir le parfum de Willow.

Il l'entendit émettre un petit son de surprise et tourna la tête dans sa direction. Il la vit brièvement dessiner ses fesses du regard avant de baisser les yeux, l'air coupable.

Il leva une jambe, puis l'autre et se retrouva bientôt en boxer devant elle. Il observa son reflet dans le miroir de la salle de bains et admit qu'il y avait de quoi se pâmer.

Ses fesses étaient plutôt pas mal. C'était bon à savoir. À vrai dire, il avait plutôt fière allure à demi nu. Il n'était pas en état de parader devant la glace, pourtant ce n'était pas l'envie qui lui manquait.

Jack était tout en muscles. Il était bronzé, svelte, avec des cuisses bien galbées. Il était sportif, cela ne faisait aucun doute. Il pratiquait peut-être l'escalade ou un autre sport exigeant.

Le spectacle était néanmoins gâché par la présence d'hématomes disgracieux et d'écorchures sur tout son corps. Cela pouvait paraître étrange de se regarder ainsi dans le miroir, mais en ce qui le concernait c'était comme une première fois.

Rien n'avait été gagné d'avance : il n'avait eu aucune idée du corps qui se trouvait sous son costume.

Il étudia enfin son visage. Amoché. De quoi effrayer les enfants un soir d'Halloween. Son front avait pris un sacré coup.

— Je suis plutôt beau gosse. Enfin je le serais sans ces affreuses plaies et cette bosse.

Willow se redressa et le scruta, ainsi posté devant l'image que lui renvoyait le miroir de sa salle de bains.

— Prenez garde, Narcisse, ou vous risquez de vous noyer dans votre propre reflet.

Sa sauveuse n'avait pas sa langue dans la poche. Il aimait ça. Elle n'était pas non plus du genre à se laisser marcher sur les pieds.

— Attendez, je ne me suis pour ainsi dire jamais vu. Je découvre et constate, c'est tout.

— Désolée, j'aurais dû vous dire dès le départ que vous êtes sacrément séduisant. Où avais-je la tête ?

— Sachez que ça me met du baume au cœur de me découvrir bel homme. Tout comme ça me réjouit de savoir que je vais pouvoir plonger ce corps abîmé dans un bon bain. Il ne me reste plus qu'à être débarrassé de mon caleçon.

Il se tint immobile. Willow fit de même.

— Vous croyez que vous pourriez…

Elle hésita. Il la regarda et vit qu'elle était presque aussi rouge que son sous-vêtement.

Il ne savait quelle opinion se faire de ce qui avait été sa sauveuse. Elle avait l'âge d'avoir vu un homme en tenue d'Adam, l'intelligence de la situation et un caractère bien trempé, mais la perspective de lui enlever ce dernier bout de tissu semblait fortement l'embarrasser.

Il leva péniblement la main, comme pour l'arrêter.

— Je ne peux pas exactement me baisser, mais je peux essayer si vous le souhaitez. Je ne veux pas vous mettre mal l'aise.

Elle poussa un soupir de soulagement.

— Je vais faire couler le bain. Avec un peu de lavande, pour soulager vos douleurs.

Jack se contorsionna au ralenti pour enlever son boxer. Il attrapa l'épaisse serviette qu'elle avait déposée pour lui sur le meuble et l'enroula autour de sa taille. Il ne tenait pas à ce que Willow aperçoive ce qui se cachait en dessous – une plaisante surprise, soit dit en passant, dans la continuité du corps bien bâti qu'il avait découvert dans le miroir.

Et son accident n'avait en rien atteint cette partie de son anatomie.

— Ça sent bon. De la lavande vous avez dit ?

— Oui, voilà.

Willow se dépêcha vers la porte de la salle de bains.

— Pas si vite. Je ne peux pas grimper dans la baignoire tout seul. Et Doc préfère que vous restiez près de moi.

Elle s'arrêta, main posée sur la poignée.

Si elle ne dit rien, il put deviner le juron qu'elle venait de prononcer en silence.

— Je suis désolée, vraiment. Je ne prends aucun plaisir à vous torturer de la sorte.

— Vous ne…

Elle se tut un instant.

— Tout va bien, je reste là.

— Je ne vous demande pas de me laver, surtout pas. Si vous pouviez juste m'aider à entrer et sortir, en fermant les yeux si vous préférez. Après ça, je prendrai des douches, promis, mais Doc avait l'air de penser qu'un bain me ferait du bien.

— Oui, tout à fait. Je l'ai entendu comme vous. Allons-y.

Il tenta l'humour pour la rassurer :

— Et pas de regard en coin, hein ? Ne tirez pas sur ma serviette non plus.

— Très drôle. Écoutez, quoi que nous fassions vous allez avoir mal. Alors autant le faire rapidement.

Elle avait raison. Il inspira profondément et s'assit doucement dans l'eau. Une atroce douleur lui parcourut le torse et lui fit monter les larmes aux yeux. Il s'allongea tant bien que mal et tenta de trouver une position tenable.

Willow lui tendit une serviette enroulée à placer derrière sa nuque :

— Tenez.

Il tâcha de se détendre et de profiter de la chaleur bienfaitrice de l'eau.

— Merci.

— Vous voyez, c'est bon, j'ai survécu à l'épreuve.

Il la regarda plus sérieusement :

— Je voulais dire merci pour tout ce que vous faites. Le repas, les vêtements, les médicaments, votre accueil. Vous prenez soin de moi alors que vous ne me connaissez pas. Vous auriez pu vous contenter d'appeler la police et les secours pour vous débarrasser de moi.

Dehors, un coup de tonnerre retentit. Les fenêtres tremblèrent.

— N'importe qui aurait fait pareil à ma place.

Willow s'installa au fond de la pièce, où se trouvait une petite chaise en rotin.

— Vous n'avez nulle part où aller, et si la tempête est aussi violente qu'annoncée, les secours auront déjà bien assez de pain sur la planche. J'ai du temps, une chambre d'ami. Tout va bien.

— Vous avez parlé de vos romans avec le pharmacien. Vous écrivez quoi ? Une chance que j'aie entendu parler de vous ?

— J'en doute, même sans votre amnésie. J'écris des romans policiers. J'en ai publié une trentaine. Je me suis bien débrouillée, mais ma notoriété reste très confidentielle.

Il était content de pouvoir discuter un peu avec elle. Cette femme piquait sa curiosité, il sentait une profondeur en elle. De celles qu'il avait envie d'explorer… Y compris la plus intime d'entre elles.

Mais son état physique l'en empêchait.

— C'est tout de même impressionnant. Dites-m'en plus.

— Il s'agit d'une héroïne, détective à ses heures perdues. Même s'il y a des meurtres, je n'entre pas dans les détails et évite les crimes sordides.

— Et donc vous vivez seule sur cette petite île avec votre chien et inventez des crimes résolus par une enquêtrice amatrice ?

— On peut le résumer ainsi, en effet.

Il étouffa un petit rire, rapidement rattrapé par la douleur.

— J'ai peut-être perdu la mémoire, mais quelque chose me dit, Willow Bates, que vous êtes différente de toutes les femmes que j'ai pu rencontrer jusque-là.

— Je ne crois pas. Enfin, je…

Son regard s'éteignit et se perdit dans le vague.

Jack fronça les sourcils, intrigué et peiné par sa réponse autant que son air subitement maussade.

— Je ne le disais pas dans le mauvais sens. Au contraire.

— Ah ? Être différente des autres ne m'a jamais trop porté chance. J'ai mené une existence assez solitaire jusqu'ici, vous savez.

Elle semblait porter une immense tristesse en elle. Lui-même traversait une mauvaise passe, dont la durée semblait indéterminée. Peut-être même avait-il des problèmes dans sa vraie vie, qu'il finirait par découvrir tôt ou tard. Il devait bien à cette femme de lui rendre un peu le sourire. Son visage, marqué malgré sa jeunesse évidente, témoignait de journées plus inquiètes que joyeuses.

Elle méritait de sourire à la vie, pas de la subir. De ce qu'il avait vu à de rares moments, la joie lui allait particulièrement bien et rendait justice à sa beauté.

— Je peux vous dire qu'il n'y a rien de plus ennuyeux que la normalité. Des images imprimées sur papier glacé ? Merci mais non merci.

— Ma mère disait qu'elle avait cassé le moule après m'avoir mis au monde. Je plaisantais en prétendant que c'était uniquement pour ne pas avoir à gérer un autre enfant comme moi.

— Je n'y crois pas une seconde. Je suis persuadé qu'elle voulait souligner par là votre nature si spéciale. Vous êtes quelqu'un d'unique. Cela n'a pas de prix pour qui sait le reconnaître.

- 3 -

Willow poussa un soupir de soulagement.

— Voilà, c'est parfait comme ça.

Elle venait d'aider Jack à enfiler le pull qu'ils avaient acheté ensemble. Le vêtement était comme une petite barrière en laine et coton entre elle et l'homme le plus sexy qu'il lui avait été donné de rencontrer.

Il était beau et séduisant, avec un corps digne d'un tableau de maître. Et les compliments qu'il lui avait faits, lui dire qu'elle était un oiseau rare, lui avaient brouillé les sens.

Jamais un homme n'avait prononcé de tels mots à son sujet. Certes, Jack souffrait d'un évident traumatisme crânien. Un paramètre non négligeable qui le poussait sûrement à la flatter plus que de raison.

— Je vais vous installer dans la chambre d'ami, suivez-moi.

— Je ne sais pas si ce sont les médicaments ou les effets du bain, mais je sens que je vais dormir comme un bébé cette nuit.

— Tant mieux, c'est une bonne nouvelle. Le lit que j'ai à vous proposer n'est peut-être pas le plus confortable du monde. Je ne voulais pas investir dans un modèle qui allait si peu servir. À dire vrai, vous êtes la première personne que je reçois chez moi depuis que je me suis installée ici, sur l'île.

Willow ouvrit la porte de la plus petite des deux chambres, qu'elle avait meublée et décorée pour des invités qu'elle ne recevait en réalité jamais.

Un réflexe familial, peut-être. Elle avait grandi dans une communauté avec ses parents, qui partageaient tout avec tout le monde.

Après le divorce, elle avait été confiée à sa mère, qui tenait à avoir une chambre d'ami. Il en allait ainsi dans leur famille.

Willow vivait sur l'île depuis un an et venait de faire ce lit pour la première fois, pendant que Jack avait avalé un morceau dans la cuisine.

Qui d'autre aurait bien pu lui rendre visite ? Elle n'avait pas menti au sujet de sa solitude. Son père s'était évaporé, sa mère et sa grand-mère étaient mortes. Sa sœur avait des journées bien occupées, entre son mari et leur jeune enfant, encore trop petit pour passer des vacances chez sa tante sans ses parents. Les sœurs Bates n'avaient plus aucune famille. Du moins de ce que Willow en savait. Elle avait perdu contact avec la plupart de ses amis d'école. Les autres n'étaient que des visages sur les réseaux sociaux, des messages sporadiques envoyés à certaines occasions, pas de ceux qui risquaient de lui rendre visite sur son île.

Ici, seul Shadow partageait sa vie.

Elle défit le lit pour que Jack puisse s'allonger sans trop d'efforts.

Elle avait choisi du mobilier blanc, un dessus-de-lit jaune à petites fleurs rose pâle. De quoi égayer la pièce dans ce paysage de forêt où le ciel était plutôt gris.

Les tons n'étaient pas très masculins, mais la chambre sembla plaire à Jack.

— Vu que j'ai passé la nuit dernière dans le sable, avec un morceau de bois flotté pour oreiller, je sens que je vais passer une nuit des plus confortables, voyez-vous. D'ailleurs, je n'ai pas de souvenir de nuit plus mémorable que celle qui s'annonce.

Un petit sourire anima le visage de Willow. Jack avait perdu la mémoire, mais pas le sens de l'humour. Il prenait la chose avec recul. Elle en aurait été bien incapable. C'était lui qui avait raison. Il était coincé sur une île où ils s'apprêtaient à essuyer une grosse tempête. Que pouvait-il bien faire d'autre ?

— Je vais vous chercher un verre d'eau pour vos médicaments.

Dans la cuisine, elle trouva Shadow affalé sur le carrelage, les yeux mi-clos.

— Ne t'endors pas, toi. Une fois que notre invité sera bien installé, on ira faire un tour dehors pour que tu fasses tes petites affaires, et après je me mettrai au travail. Mon roman m'attend. Je ne peux pas me permettre de rendre mon manuscrit en retard à cause d'un mystérieux naufragé.

Le chien posa sur elle un indolent regard bleuté et souffla mollement en guise de réponse. Parfois, c'était un gentil grognement. Elle n'avait pas volontairement choisi une race bavarde, mais les petits sons canins qu'il émettait lorsqu'elle lui parlait adoucissaient souvent son sentiment de solitude.

— Je ne veux rien savoir, Shadow. Pluie ou pas, il faut que tu sortes un peu. Parce que la météo ne va pas s'arranger dans les jours à venir.

Elle tourna les talons et rejoignit Jack dans sa chambre provisoire.

Elle le trouva endormi, allongé sur le dos, soutenu par

quelques coussins et bercé par son léger ronflement. Il avait enroulé un bras autour de ses côtes dans un geste protecteur.

Willow déposa le verre d'eau sur sa table de nuit, près des médicaments qu'il lui faudrait avaler quelques heures plus tard.

Le moment était venu pour elle d'éteindre la lumière et de le laisser récupérer, mais elle était comme hypnotisée par le mouvement régulier de sa respiration. Elle l'observa ainsi pendant plusieurs minutes, comme elle l'avait observé le matin même sur la plage.

Il était encore plus beau maintenant qu'il s'était débarrassé de la saleté et des traces de sang séché. Ses joues roses faisaient plaisir à voir. Sans le bandage qui lui barrait le front, rien n'aurait laissé deviner qu'il venait de traverser une terrible épreuve. On aurait cru à un prince endormi, qu'un délicat baiser pouvait sauver d'une éternité de sommeil.

Willow soupira, éteignit la lumière et quitta la pièce. Il fallait qu'elle arrête d'écouter ces podcasts de mythes et légendes. Son visiteur n'avait rien d'un monarque aux griffes d'une méchante sorcière. Il pouvait même s'agir d'un dealer jeté à l'eau après une transaction avortée. Ou d'un play-boy coureur de jupons tombé de son yacht après une débauche d'alcool et de fête.

Elle avait signé suffisamment d'enquêtes policières pour savoir que les choses n'étaient jamais ce qu'elles paraissaient.

Willow dut se battre pour faire sortir Shadow afin qu'il se soulage. Elle l'attendit debout sur sa terrasse, en ciré, le visage battu par la pluie.

Le pire de la tempête était attendu dans la nuit. Elle fit donc le tour de la maison pour fermer tous les volets. Quand elle revint, Shadow s'impatientait devant la porte, les pattes trempées et mouchetées de boue.

Elle le nettoya et le sécha, puis tous deux s'installèrent dans son bureau pour une session d'écriture nocturne.

Sa concentration habituelle lui faisait faux bond. Sur la page blanche de son écran, elle revoyait l'image de l'inconnu qui avait déboulé au petit matin sur l'île et dans sa vie.

Son allure et ses vêtements semblaient indiquer qu'il ne manquait pas d'argent. Son physique avantageux ne pouvait faire débat. Était-il tombé d'un bateau au cours d'une sortie en mer organisée pour des clients importants ? L'amant d'une épouse fortunée qui avait sauté par-dessus bord pour échapper aux foudres du mari bafoué ?

Quelle que soit l'explication, la place de cet homme n'était pas sur Shaw Island. Il n'avait pas pu tomber du ciel ! Eddie le pharmacien avait compté sur ses aptitudes narratives pour démêler toute cette histoire.

Willow émit un bruit de bouche agacé et referma son ordinateur. Elle torturait ses cellules grises pour rien. La mémoire allait bien lui revenir un jour, et avec elle son identité et les détails de sa dangereuse épopée.

La réalité serait certainement plus simple et moins romanesque que toutes les hypothèses qu'elle venait d'échafauder.

Et pourquoi s'en souciait-elle, après tout ? Cette histoire n'allait rien changer à sa vie.

Sa vie… Elle avait celle d'une ermite, isolée volontaire, son corps vide loin du regard des autres. Elle ne voulait pas afficher sa différence, mais la cacher. Tout était plus facile ainsi. Tout plutôt que d'avoir à se justifier sur son célibat.

Elle n'avait pas rencontré d'homme, pas fait d'enfant comme sa sœur. Elle n'avait aucune envie de lire de la pitié dans les yeux des gens en leur racontant son parcours chaotique, ses problèmes médicaux.

Jack était charmant. Et son sens de l'humour ne gâchait rien. Une jolie fossette lui creusait la joue droite. Elle se sentait fondre rien qu'en la regardant. S'il n'avait pas atterri sur cette plage, sur ses genoux à elle, presque, elle n'aurait jamais croisé le chemin d'un homme comme lui. Shaw Island n'était pas de ces lieux où poussait ce type de personnages.

Fort heureusement.

Elle s'évitait ainsi toute tentation, toute attirance. Toute émotion.

Mais cet homme était là à présent. Couché dans la pièce voisine. Elle avait aperçu son corps nu un peu plus tôt. Et rapidement détourné le regard pour calmer le feu de ses joues, ne pas succomber à l'intérêt soudain qu'il avait éveillé en elle. La tentation s'était invitée chez elle.

Comment garder sa cuirasse de stoïcisme, la chaste solitude qui enveloppait habituellement ses journées ?

Il lui fallait brider ses désirs, leur relation ne risquait pas de devenir autre chose que celle d'une femme hébergeant provisoirement un homme amnésique. Jack avait une vie quelque part ! Un travail, une famille, une petite amie ou même une épouse. Avec sa mémoire viendrait le besoin de retrouver ses proches. C'était bien normal.

Il n'avait rien à faire sur Shaw Island.

Et quand bien même.

Jack était du genre à poser des questions. Et il finirait

bien un jour par lui demander pourquoi elle vivait ainsi recluse. La réponse n'allait pas de soi. Du moins pour elle. Et rien ne laissait croire qu'il était prêt à l'entendre.

La vérité le ferait certainement fuir, et elle ne pourrait le blâmer. La vie qui l'attendait était certainement bien plus séduisante que son quotidien à elle sur cette petite île.

Sa famille et ses amis s'étaient d'ailleurs certainement mis à sa recherche. Et s'il ne se souvenait pas de son nom, la nouvelle de sa disparition n'allait pas tarder. Elle devait donc veiller à ne pas s'attacher trop à celui qu'elle avait prénommé Jack.

Il ne faisait que passer dans sa vie.

Kat Steele faisait les cent pas dans sa cuisine, caressant machinalement son ventre rond. Le terme était pour bientôt.

Elle n'avait plus aucune nouvelle de Finn et il ne lui paraissait plus insensé de croire à sa mort. Sa relation avec lui n'était pas au beau fixe, mais la disparition de Finn serait un désastre. Son beau-frère était aussi le père de son enfant.

Sawyer était désormais à ses côtés, il l'avait choisie, mais elle ne voulait pas qu'il endosse le rôle de père par contrainte. Pas dans de telles conditions.

Elle entendit ses pas venir à elle. Sawyer, son mari.

Elle le dévisagea, en quête de réponses.

— Ils l'ont retrouvé ?

— Ils ont retrouvé l'avion.

La situation devait être insoutenable pour lui. Finn était son frère. Son jumeau. C'était comme perdre une partie de lui-même.

— Et ?

— Il s'est écrasé dans une forêt au beau milieu de nulle part. Près de la frontière entre les États de Washington et de l'Oregon. Ils ont retrouvé quatre corps sur place. C'est terrible, et incompréhensible.

— Combien étaient-ils à bord, tu sais ?

Sawyer évita son regard.

— Quatre. Deux pilotes, une hôtesse et Finn. Les corps sont calcinés, il est impossible de les identifier.

Kat s'effondra sur la chaise la plus proche.

— Donc nous ne pourrons être certains tant qu'ils n'auront pas étudié son dossier dentaire, c'est ça ?

Elle s'accrochait au plus maigre des espoirs. Pour son mari et sa fille. Mais la pénombre venait de s'abattre sur eux.

— Voilà. Ils vont rapatrier les corps ici, une fois que le lieu du crash aura été passé au peigne fin. On sera fixés après ça.

Kat ferma les yeux et ravala ses larmes. Finn avait toujours été insupportable. Elle avait pourtant bien failli l'épouser dans l'unique but de former une famille.

Ces derniers temps, il avait déployé de vrais efforts pour se montrer à la hauteur de son futur rôle de père. Il ne méritait pas de mourir ainsi. Personne ne le méritait.

Elle sentit les bras de Sawyer l'envelopper tendrement. Elle se sentait si bien contre lui. Comme si plus rien ne pouvait les atteindre, elle et son bébé, une petite fille.

Pourtant le chagrin enfla en elle. D'imaginer sa souffrance à lui ajoutait à sa peine.

La famille entière allait être dévastée.

— J'ai quelque chose à dire, mais je ne sais pas comment m'y prendre. Je ne peux en parler à personne d'autre que toi. Ils me croiraient fou. Je sais que toi c'est différent.

Kat se redressa et essuya une larme sur sa joue.

Sawyer était le plus fiable des jumeaux. Il parlait peu, jamais pour ne rien dire. S'il avait quelque chose sur le cœur, elle voulait bien en être la dépositaire, aussi fous soient les propos qu'il allait pouvoir tenir.

— Je t'écoute.

Il fixa le mur de la cuisine comme pour s'aider à trouver les bons mots.

— Je ne veux pas te donner de faux espoirs ni te secouer davantage, mais je sens que… Enfin, si Finn était mort, je le saurais.

— Comment ça ?

Sawyer secoua la tête.

— Je ne dis pas que nous sommes liés sur le plan psychique parce que nous sommes jumeaux. Ce n'est pas le cas. On ne peut pas faire plus différents que nous deux, tu en sais quelque chose. Mais je sens au fond de moi qu'il n'est pas mort. Je ne sais pas, quelque chose me dit que si c'était le cas, je le saurais. Je le sentirais.

Kat lui jeta un regard interrogateur.

Sawyer était né avec une cuillère d'argent dans la bouche et n'avait jamais eu à souffrir de la mort d'un être cher.

— Quand on perd quelqu'un on ne réagit jamais comme on l'aurait imaginé. Lorsque mes parents ont été tués dans l'accident de voiture, j'ai eu l'impression qu'ils étaient simplement partis en voyage et allaient revenir plus tard. Même après avoir identifié leurs corps, j'attendais encore un coup de fil de leur part, une visite à l'improviste. Les morts brutales sont les plus dures à intégrer. Du moins c'est l'expérience que j'en ai, et je crois que c'est assez courant. Ça nous tombe dessus violemment, on n'y est pas préparé. Je ne sais pas si…

— Je comprends ce que tu me dis. Ça me parle. Et lorsqu'ils l'auront formellement identifié, j'accepterai l'idée. En même temps, je ne peux m'empêcher de me dire que je le sentirais s'il était mort. J'ai mal à la tête depuis hier, avant l'appel. J'ai beau prendre des médicaments, rien n'y fait. Je pense que Finn est blessé. Il s'est peut-être cogné la tête. Et je crois qu'il est vivant.

Kat ne savait comment réagir face au déni dont son mari faisait preuve. Ils avaient retrouvé quatre corps. Finn se trouvait forcément parmi eux. Elle était en colère, pour lui et pour sa famille, pour sa fille, qui ne connaîtrait jamais l'homme drôle et insouciant grâce auquel elle avait pu voir le jour.

Mais la colère n'y ferait rien. Il fallait bien se résoudre à accepter la situation.

— Toi, tu ne me crois pas.

Sawyer était visiblement en colère lui aussi.

— Je viens de me livrer à toi et tu ne me crois pas !

Kat soupira.

— Je n'en sais rien, mon amour. J'ai envie de te croire. Et j'ai envie, tellement envie, que Finn aille bien. Peut-être que c'est le cas et que tu as raison.

Elle lui caressa doucement le bras.

— Nous le saurons sous peu. L'attente est insupportable, je le sais.

Sawyer serra les poings.

— Et moi je reste persuadé que mon frère n'est pas mort.

Jack s'attendait à être tiré du sommeil par le réveil lui rappelant de prendre ses médicaments. Il en fut plutôt arraché par une série d'éclairs trop proches pour être fascinants. La maison trembla sous les coups de tonnerre.

Il se redressa, comme monté sur ressorts. Le vacarme de la tempête étouffa son cri de douleur.

Tenant ses côtes dans ses mains, il s'adossa contre les oreillers en tâchant de respirer plus calmement. Il tendit le bras pour allumer la lumière et vérifier l'heure. Mais rien. Plus d'électricité. Lumière éteinte, réveil éteint. Dans la maison, le silence.

Les appareils électroniques ne ronronnaient plus dans une régularité rassurante. La tempête avait eu raison du système électrique.

Il entendit la porte grincer, bruit mat dans cette maison soudainement silencieuse entre deux coups de tonnerre. Il leva les yeux pour tomber sur le visage de Willow, entouré d'un halo lumineux. Elle tenait une lampe de poche, une expression légèrement inquiète sur le visage.

— Tout va bien ?

— Oui, le tonnerre m'a réveillé en sursaut. J'ai mal, vraiment, mais je vais survivre.

Comme en écho à sa promesse, le ciel libéra sa foudre sur eux. Une pluie battante s'abattit sur la maison.

— Les plombs ont sauté. L'électricité ne reviendra pas avant demain, au mieux. J'ai un groupe électrogène pour faire tourner le réfrigérateur et quelques appareils avant que les services officiels interviennent.

Jack se redressa et posa un pied à terre le plus délicatement qu'il put.

— Il y a besoin de faire quelque chose ? Bloquer les volets, sécuriser les ouvertures ?

— Je l'ai fait pendant que vous dormiez. On peut s'installer au salon, ce serait peut-être plus confortable. Sans chauffage, il va vite faire frais ici. Vous serez mieux près de la cheminée.

— Entendu. Je vous suis.

Jack se leva péniblement. Willow lui tendit la lampe torche. Elle désigna la couette et les oreillers.

— Faisons l'inverse, plutôt. Si vous pouvez prendre ça, je m'occupe d'apporter vos affaires dans le salon.

Il la regarda prendre le tout. Elle pensa aussi à ses médicaments. Il avança prudemment dans le couloir.

Willow installa sa couette sur le siège inclinable, disposa ses médicaments et son verre d'eau sur la table de nuit.

— Installez-vous aussi confortablement que possible. Je vais lancer le feu.

— Vous devez avoir une sacrée facture d'énergie, ici.

— C'est vrai. Mais j'entretiens un feu tout l'hiver. Avec l'océan pas loin, il y a peu de neige, mais le vent est glacial et vous glisse sous la peau.

Le chien-loup fit son apparition. Il renifla le gros coussin devant l'âtre et s'y roula en boule, tête sur les pattes, le regard planté dans celui de Jack.

Shadow semblait à présent se méfier de lui, protecteur de sa maîtresse face à un homme dont la présence était inhabituelle. Jack lui décocha un petit clin d'œil. Sa maman était tout à fait capable de prendre soin d'elle-même.

La pluie redoubla, et avec elle son vacarme devenu presque assourdissant. Le groupe électrogène y allait de son concert et Jack sut qu'il n'allait pas se rendormir de sitôt.

— Vous voulez un thé, ou autre chose ?

Elle se tenait devant la cheminée. Jack dessina du

regard la courbe de ses hanches, la forme des seins sous son pyjama en coton fin. Elle n'avait pas une silhouette particulièrement voluptueuse, mais sa féminité le tentait bien plus que de raison.

Ses longues jambes, le vernis rose qu'elle portait aux pieds. C'était un détail, une futilité, mais qui le fit sourire. Sa sauveuse solitaire, femme indépendante vivant au milieu des éléments, renfermait un côté féminin qui n'était pas non plus pour lui déplaire.

— Jack ?

Il remonta lentement jusqu'à son visage.

— Jack ?

— Pardon. Oui, avec plaisir.

Il lui offrit un aimable sourire, espérant qu'elle ne l'avait pas vu la regarder ainsi.

— Très bien.

Elle le scruta d'un air suspicieux.

— Je reviens.

Il s'enfonça dans son confortable siège, un peu trop vite pour éviter les douleurs cuisantes. Il les accueillit bien volontiers pour une fois : elles lui permettaient de dissiper l'émoi physique qui s'était emparé de lui et avait réchauffé son corps bien plus vite que le feu de cheminée.

- 4 -

— Camomille et miel de la région. Idéal pour se détendre et bien dormir.

Willow lui sourit.

— Ça soulage aussi mes allergies. J'en bois presque chaque soir. Parfois je me laisse emporter par mes romans, et ce petit breuvage m'aide à débrancher mon cerveau.

— C'est plutôt bon.

Il avala une nouvelle gorgée et parcourut la pièce du regard pour trouver un nouveau sujet de conversation.

— Comme nous sommes seuls avec beaucoup de temps devant nous, parlez-moi de vous, Willow. Je sais de vous que vous écrivez des livres, que vous vivez sur une île et avez un chien. Qu'y a-t-il d'autre à savoir ?

Elle resta perplexe quelques instants.

— Pas grand-chose. Je ne suis pas très à l'aise dans le fait de me confier.

Elle avait beaucoup à raconter sur elle. Il en était certain. Il lui fallait simplement trouver la clé.

— Je n'ai rien à vous dire à mon sujet. Donc, à moins de se regarder dans le blanc des yeux toute la nuit, je vous propose de commencer par le commencement. Ça vous dit ?

Résignée, elle laissa échapper un soupir avant de se lancer :

— Eh bien… J'ai grandi pas loin d'ici, dans une

communauté sur le continent. Mes parents étaient des hippies convaincus, véganes avant l'heure. Mon père cultivait la terre, faisait pousser des légumes. Ma mère s'occupait des enfants de tout le monde. J'ai grandi dans un environnement un peu à part. Nous avions l'électricité, mais pas de télévision ni de jeux vidéo. Il y avait un seul téléphone pour tous. La nature était notre terrain de jeu. J'ai dévoré tous les livres que nous avions dans notre petite bibliothèque. Ma sœur et moi étions très libres, nous ne risquions absolument rien. J'ai adoré vivre là-bas.

Elle s'arrêta, les yeux perdus dans le vague, avant de se redresser et de poursuivre :

— Et puis mes parents se sont séparés. Ma mère a préféré partir. Elle nous a emmenées et nous sommes allées vivre chez ma grand-mère.

— Quel âge aviez-vous ?

— Onze ans, je dirais. Ma sœur en avait treize.

Jack n'avait aucun souvenir de son enfance, mais nul doute qu'elle était bien éloignée de la sienne.

— J'imagine combien ça a pu vous perturber de changer ainsi de vie.

— J'étais dévastée. L'école, le bus, toutes ces voitures, la pollution, les fast-foods, la violence, les séries à la télé. Tout ce qui semblait évident pour les autres était nouveau pour nous. Tout n'était pas noir, mais c'était difficile. Je me souviens supplier ma mère de nous ramener dans notre communauté. À la maison. Je crois qu'elle était prête à dire oui, mais ma grand-mère est tombée malade et nous sommes restées prendre soin d'elle. Nous ne sommes jamais retournées là-bas.

Jack voyait bien que Willow avait du mal à parler d'elle, que l'exercice lui était même déplaisant. Il était donc d'autant plus honoré qu'elle se confie à lui, même par petites touches.

— Vous avez été à la fac ou vous avez directement plongé dans le grand bain de la littérature ?

— J'ai un diplôme d'études littéraires.

Willow sembla se détendre à l'évocation de son parcours universitaire et de son métier.

— Je ne savais pas exactement ce que je voulais faire. Ça m'évitait aussi de me confronter à la vie réelle. De rester un peu cachée quelques années de plus. J'ai vraiment aimé mes cours d'écriture. Ma professeure m'a encouragée à poursuivre dans cette voie. J'ai pu me lancer tout en épaulant ma mère, qui est tombée malade à son tour. Lorsqu'elle est décédée, j'avais déjà publié quelques romans et j'étais désormais en mesure de m'assumer financièrement.

Finalement, le sujet professionnel n'était pas non plus sans affect. Il lut une profonde tristesse dans ses yeux, alors même qu'elle évoquait ses premiers succès en librairie.

La mort de sa mère teintait tout de gris, planait au-dessus de ses premiers souvenirs d'écrivaine.

— Vous avez perdu des proches très jeune.

Elle hocha la tête.

— Cette merde de cancer.

Le ton de sa voix indiqua que la conversation venait de prendre fin. Tout du moins sur ce sujet.

— Quand avez-vous décidé de venir habiter ici, sur cette île loin de tout ?

— Pendant quelques années, j'ai cru que j'allais rester à Seattle pour de bon. J'avais besoin d'être près de la civilisation.

Un nuage trouble assombrit son visage.

— Mais finalement, dès que j'ai pu partir, je suis venue ici. Ça me rappelle l'endroit où j'ai grandi. En pleine nature, sans aucun danger.

— Vous ne vous sentez pas seule par moments ?

Elle le scruta pendant quelques secondes. Il devina un conflit d'émotions et de sentiments en elle.

Elle secoua la tête :

— Je préfère être seule. Ça me permet de rester concentrée sur mes romans.

— Oui, je devine. Vous ne voulez pas fonder une famille, un jour ? Ou au moins trouver un compagnon avec qui partager votre vie ? Vous ne rencontrerez personne en restant cloîtrée ici.

Il vit Willow se raidir imperceptiblement avant de se pencher pour saisir la tasse posée sur la table devant elle.

— Non. Je ne désire rien de tout ça. J'ai su très vite que ce n'était pas pour moi. Ma grande sœur, Rain, s'est mariée et a eu un enfant. Je peux toujours aller les voir quand l'envie de câliner mon neveu me prend. Mais c'est moi qui choisis. Il y a juste certaines choses dans ma famille qui n'ont pas besoin d'être transmises de génération en génération. La maternité n'est pas dans mon chemin de vie. L'amour non plus, d'ailleurs. Et ça me va très bien. J'ai ma maison, mon île, ceux qui y vivent. Et j'ai Shadow, aussi. Les chiens surpassent les humains à tellement d'égards.

Elle rigola de sa propre petite moquerie, mais son sourire n'atteignit pas ses yeux. Ils étaient tristes. Son regard, quand elle lui parlait, trahissait autre chose.

Elle lui mentait, et se mentait vraisemblablement à

elle-même. Elle avait peut-être simplement… peur d'être avec quelqu'un.

Willow avait perdu des êtres chers. Trop tôt, trop vite. Elle voulait sans doute éviter de courir ce risque une nouvelle fois. Ou bien un homme lui avait-il brisé le cœur ? Et elle s'était juré de ne plus jamais s'y laisser prendre. Mais tous n'étaient pas des sales types.

Elle ne devait pas croire qu'elle serait de nouveau abandonnée. Jack, par exemple, était un homme tout à fait correct. C'était tout du moins l'opinion qu'il s'était faite de lui-même.

Il fut interpellé, puis aimanté, par la façon dont elle le regarda soudainement. Instinctivement, il se pencha vers elle. Elle ne bougea pas. Il sut qu'il avait vu juste, qu'il la comprenait. Il posa une main sur sa joue et attira ses lèvres à lui.

Le premier contact fut doux, presque hésitant. Sans souvenirs de son passé, Jack se sentit comme un adolescent maladroit embrassant une fille pour la première fois derrière l'école.

Mais la mémoire de sens lui revint rapidement. Il intensifia son baiser, encadra de ses mains demandeuses le visage de Willow. Elle avait le goût du miel de son thé, il la but tout entière, chaude et sucrée.

Willow tendit le bras et posa une main sur son genou. Le tissu n'apaisa en rien le feu que son geste presque anodin déclencha en lui. Il tenta de se maîtriser.

Et puis non. Il avait envie de la toucher, d'explorer son corps, de faire connaissance avec ses courbes féminines. Il fit glisser sa main de sa joue à son épaule, puis descendit.

Il sut aussitôt qu'il était allé trop loin. Willow se figea, sa bouche soudainement de glace. L'instant d'après, elle avait reculé, laissant une ombre froide à la place de son corps chaud, et pour laquelle le feu de cheminée ne pouvait rien.

— Je… Je suis désolé.

Il avait parlé instinctivement, sans être sûr exactement de ce qu'il avait pu mal faire. Son élan vers elle avait été si spontané. Mais visiblement, il avait mal jaugé le besoin de Willow. Il avait à peine effleuré sa poitrine.

Il ne l'avait pas réellement touchée, elle s'était effacée avant qu'il ait eu le temps de sentir le poids de son sein au bout de ses doigts. Peut-être avait-il été trop loin avec cette femme qu'il connaissait à peine ?

Elle avait eu raison de reculer : elle n'avait aucune idée de l'homme qu'il était réellement. Quel genre de type finissait abandonné sur une plage ?

Willow referma son peignoir, poings serrés sur sa poitrine.

— Ce n'est pas votre faute.

— C'est juste que… Je n'aurais jamais dû vous embrasser. C'était stupide de ma part. Je vous ai laissé faire, ce n'était pas une bonne idée. Vous n'êtes pas en état de…

— Je me sens mieux à chaque minute qui passe.

— C'est l'effet des médicaments, pas le pouvoir curatif de mes baisers. Et il y a d'autres raisons. Oublions tout ça.

Elle se leva et prit le tisonnier pour raviver le feu.

Il tendit le bras vers elle, mais un grognement sourd l'arrêta avant qu'il ne puisse toucher son poignet. Shadow ne le quittait pas du regard. Il retira sa main et le grognement cessa.

— Tout va bien, mon Shadow.

Elle lui caressa la tête avant de se tourner vers Jack :

— Il est très protecteur avec moi.

— Je vois ça.

Il n'était plus question d'insister ou de chercher à en savoir davantage. Qu'il le veuille ou non, il était coincé sur cette île jusqu'à ce que la tempête se calme et que le ferry reprenne du service.

Mieux valait dissiper la tension rapidement et passer à un autre sujet, oublier ce qui venait de se produire.

Pourtant quelque chose lui disait qu'il n'avait jamais embrassé une femme de la sorte. Et il avait adoré ça. Vraiment.

— Que fais-tu ?

Sawyer leva la tête de sa valise. Il affichait une expression coupable mais tout aussi déterminée. Kat n'allait pas être ravie, pourtant il n'avait pas le choix.

— Je fais mon sac et je pars pour Seattle.

Kat soupira et s'assit sur le lit à côté de la valise.

— Le fait qu'aucun des corps ne soit celui de Finn ne signifie en rien qu'il est encore vivant. Le trou dans la carlingue a bien pu l'aspirer. Tu as entendu comme moi ce qu'ils ont dit. Il est peut-être tombé dans l'océan ou dans les arbres bien avant le crash. Rien ne dit qu'on le retrouvera.

Sawyer plia un pull, puis un T-shirt.

— C'est ce qu'ils ont dit, effectivement. Rien de plus logique, je sais. Mais je dois y aller. Partir à sa recherche, au moins. C'est peut-être une cause perdue. Cependant on parle de mon jumeau. Il ferait la même chose pour moi.

— En es-tu certain ?

Sawyer s'immobilisa et regarda son épouse. Cette jolie

rousse était le centre de son univers depuis qu'elle avait déboulé au mariage de sa sœur et l'avait giflé.

Elle était à présent dans son dernier trimestre de grossesse, belle comme le jour. Mais elle ne pourrait le dissuader de partir.

Il soupira longuement, jeta sa trousse de toilette dans la valise et la referma.

— C'est compliqué de l'avoir pour frère. Je lui en ai tellement voulu par moments. Il a toujours vécu sa vie sans se soucier de la pagaille qu'il semait, de ce que nous traversions par sa faute. C'est un play-boy hédoniste. Aucun doute là-dessus. Mais au fond, c'est quelqu'un de bien. Et je suis certain qu'il partirait à ma recherche. Il serait capable de séduire l'infirmière de l'hôpital où je serais dans le coma, mais il serait là. Donc je dois y aller.

Kat hocha la tête en signe de résignation.

— Tu pars combien de temps ?

— Quelques jours. Pas plus. Je ne sais pas vraiment ce que je vais faire une fois sur place. Échanger avec la police, rencontrer les gardes-côtes, peut-être. Faire le tour des hôpitaux. Je vais avancer dans le vide, j'en ai bien conscience.

Kat se leva doucement et enroula ses bras autour de lui. Sawyer enfonça sa tête dans sa chevelure soyeuse, s'enivra du parfum de son shampooing avant de la quitter provisoirement.

— Si tu as besoin de quoi que ce soit en mon absence, appelle maman ou les filles. Morgan et Jade sont là pour toi. Et si tu restais chez l'une d'elles en mon absence ?

— Je suis enceinte, pas invalide, Sawyer. Tout ira bien. J'ai vécu seule un bon moment avant que la famille Steele ne débarque dans ma vie.

— OK, je capitule. Mais ne sois pas surprise si tu les vois arriver pour savoir comment tu vas.

— Tu as prévenu tes sœurs de ton départ ?

— Oui

— Avant de me le dire à moi ?

Sawyer hésita. Il devait prendre des pincettes avec Kat, que les hormones pouvaient rendre sensible.

— Morgan et Jade sont venues cet après-midi. Elles étaient là quand j'ai reçu les résultats de l'analyse dentaire. Tu es ce qu'il y a de plus important pour moi, bien sûr que je t'aurais prévenue en premier sinon.

Kat se lova contre lui et son émotion se dissipa.

— Reviens-moi vite, Sawyer Steele. Mon bébé a probablement déjà perdu un père. J'ai besoin de l'autre.

Willow observa son reflet dans le miroir de la salle de bains et fit une moue dépitée. Elle se sentait bête. Deux jours s'étaient écoulés depuis le baiser et elle évitait Jack comme s'il s'agissait d'un tueur en série. Ridicule.

Il osait à peine croiser son regard et, depuis, s'était parfaitement comporté, en tant qu'homme et en tant qu'invité.

Il avait beaucoup dormi. Une fois les douleurs calmées, il avait même prêté main-forte dans la maison. Il avait tenté de cuisiner, rangé avec elle, fait du mieux qu'il avait pu. Et il s'était tenu à l'écart physiquement, craignant peut-être de la brusquer ou qu'elle ait peur de lui.

Elle n'avait pas voulu ça.

Il n'avait rien fait de mal, elle avait juste paniqué de le sentir si proche d'elle. De son corps. Elle avait pourtant eu autant envie de ce baiser que lui. Elle n'avait simplement embrassé personne depuis son traitement et son intervention chirurgicale.

Elle n'avait pas pu gérer la situation. Avant cette soirée, elle n'avait jamais envisagé un tel imprévu. Elle avait précisément choisi de vivre sur l'île pour ne pas être confrontée à tout cela.

Les quinze dernières années de sa vie avaient été difficiles : la menace d'un cancer du sein planait au-dessus d'elle. Sa mère et sa grand-mère avaient été terrassées par la maladie à quelques années d'écart.

Elles étaient porteuses d'un gène qui les prédisposait à déclencher un cancer du sein ou des ovaires. Un jour, lors d'une énième mammographie, une tache avait inquiété l'équipe médicale.

La vérité lui avait immédiatement sauté au visage : Willow avait elle aussi un cancer. Les médecins s'étaient montrés optimistes car ils l'avaient dépisté suffisamment tôt. Elle n'avait pas été de cet avis. Sa mère s'était étiolée sous ses yeux, cherchant une solution dans les remèdes holistiques. Elle avait finalement dû se résoudre à accepter la chimiothérapie. Mais il était trop tard.

Willow savait parfaitement les dégâts que pouvait causer le cancer. Et avait pris sa décision en conséquence, à la plus grande surprise de l'équipe médicale. Survivre au cancer était une chose, être débarrassée de tout risque en était une autre. L'épée de Damoclès continuerait de flotter au-dessus de sa tête, de son corps.

Sans intervention chirurgicale, son cas restait à risque. Sans ovaires ni seins, elle ne risquait plus rien. Rain lui avait répété que sa décision n'avait rien de logique, qu'elle agissait ainsi par peur. Mais Willow avait préféré prendre le problème de fond, agir radicalement avant qu'il en soit trop tard. Elle comptait bien sortir l'artillerie lourde contre le cancer. Et c'était mieux ainsi. Pourquoi prendre le risque de transmettre la maladie à une autre génération ?

Les médecins lui avaient dit qu'elle regretterait peut-être sa décision. Sa sœur ne la soutenait pas non plus dans cette voie. Elle avait tenté de la dissuader. Mais son choix était fait.

Après une opération douloureuse, une longue convalescence et une chimiothérapie, elle avait les hôpitaux en horreur.

Mais n'avait jamais eu aucun regret. Jusqu'à aujourd'hui.

Elle se retourna, fit couler l'eau de la douche, dégrafa son soutien-gorge rembourré. Elle observa sa poitrine barrée de cicatrices et se rappela pourquoi elle avait tant paniqué lorsque Jack avait approché ses mains d'elle. Elle avait refusé la reconstruction mammaire, incapable de repasser par la table d'opération, de revoir les blouses blanches, les murs de l'hôpital.

De souffrir en silence.

Personne n'avait posé les mains sur elle depuis son opération.

Jack s'était trop dangereusement rapproché d'elle. Lorsqu'elle était seule, Willow ne portait pas de soutien-gorge, sa silhouette lui importait peu. Après l'arrivée de Jack, elle s'était résolue à en sortir un de son tiroir.

Que se serait-il passé si elle l'avait laissé aller plus loin ? Son corps n'avait rien à offrir en cet endroit. Pas de pointe rose à faire durcir, pas de fruit mûr à caresser. Elle n'aurait pas été capable de supporter la réaction de Jack, de voir son désir s'éteindre soudainement.

Willow préférait maîtriser la situation, fuir si besoin, plutôt que de se sentir rejetée.

Mais leurs lèvres s'étaient rencontrées, il avait aimé l'instant, l'avait manifesté par un soupir rauque. Qu'il était bon de se sentir désirée de la sorte ! Même l'espace d'un instant – avant qu'elle ne gâche tout.

Lorsqu'elle retourna au salon après sa douche, elle trouva Jack installé dans le siège inclinable. Il s'était servi un bol de céréales et avait préparé le café.

— Bonjour.

— Bonjour Willow. Votre choix de céréales est impressionnant. Il y en a pour tous les goûts.

Elle s'amusa de sa réflexion.

— Ma sœur désapprouve totalement. Elle me dit que je ne mange pas de la vraie nourriture.

— Eh bien moi, je me régale. Je voulais vous dire, votre téléphone a sonné pendant que vous étiez sous la douche.

— Merci.

Doc avait tenté de la joindre. Elle le rappela.

— Bonjour Willow, comment se porte votre patient ?

— Jack va mieux.

— Jack ? Il a retrouvé la mémoire ?

— Non. Mais il fallait bien lui trouver un prénom.

— Ah, ça m'embête. J'espérais un miracle. Ça a été avec la tempête ? Nous sommes restés longtemps sans électricité.

— Oui. J'ai allumé un feu et le groupe électrogène nous a permis de garder le réfrigérateur en marche.

— Tant mieux. Je suis navré de ne pas avoir appelé plus tôt, mais j'ai eu quelques dégâts chez moi. Je me suis dit que vous m'appelleriez en cas de problème. Les traversées sont de nouveau ouvertes. J'ai passé quelques coups de fil, Jack est attendu cet après-midi à l'hôpital de Harborview. Avec un peu de chance, ils vont pouvoir l'identifier rapidement et vous serez débarrassée de lui.

Willow ne répondit pas. Elle ne savait que penser, surprise par la nouvelle, qu'elle n'attendait pas si tôt. Jack avait besoin de soins, mais une partie d'elle n'avait pas envie de le voir partir.

— Willow ?

— Merci, Doc. Je vais le lui dire.

Elle raccrocha, avala une gorgée de café.

— J'ai une bonne nouvelle.

Jack se redressa.

— Dites-moi ?

— Le ferry a repris du service. Vous allez être reçu à l'hôpital. Les médecins vont vous examiner, à Seattle. Vous serez entre de bonnes mains.

— Ah, d'accord.

Il n'avait pas l'air exactement ravi. Elle ne chercha pas davantage à en comprendre la raison. Mieux valait éviter d'y penser.

— Ils auront peut-être accès au fichier des personnes disparues, là-bas. Je suis sûre que vos proches se font un sang d'encre.

— Si j'ai une famille, oui.

Elle était persuadée que c'était le cas. Un homme en costume hors de prix, portant une montre tout aussi hors de prix, ne pouvait pas disparaître sans que personne ne s'en inquiète.

Et même s'il n'avait pas de famille, il avait des amis, des employés, une femme dans sa vie. Tous devaient se poser des questions. C'était probablement pour cette raison qu'elle hésitait à l'accompagner à Seattle. Savoir qu'elle rentrerait chez elle sans lui…

— Je peux consulter les horaires des traversées et vous conduire à l'embarcadère quand vous serez prêt.

Jack la rejoignit dans la cuisine.

— Attendez, ça veut dire que vous ne venez pas avec moi ?

Sa décision devait lui sembler égoïste ou étrange : lâcher ainsi un homme amnésique dans la nature, lui faire un dernier coucou et laisser son bateau s'en aller au loin… Mais elle était incapable de remettre un pied à l'hôpital. Elle y avait subi le choc de l'annonce, l'horreur de l'opération.

Rien que de penser à l'odeur des couloirs lui donnait la nausée et lui serrait les entrailles.

— Tout va bien se passer. Je vous donnerai de l'argent pour prendre un taxi depuis le débarcadère.

— Là n'est pas la question. Enfin, je veux dire… Que va-t-il se passer une fois que j'aurai passé les examens et obtenu les résultats ? Et si personne n'était à ma recherche ? Je fais quoi ? Je vais où ?

Il semblait réellement perdu.

Et tout aussi prêt à tout tenter pour la convaincre :

— Je sais que vous ne me devez absolument rien, je suis un étranger pour vous, à qui vous avez eu la gentillesse d'offrir le gîte et le couvert. Mais vous êtes, pour ainsi dire, la seule personne que je connais. Vous êtes mon unique amie à l'heure actuelle. J'aimerais vraiment que vous veniez avec moi.

Il venait de la faire culpabiliser en quelques secondes.

— Je n'aime pas les hôpitaux, Jack.

- 5 -

Jack entra dans le service des IRM.

Willow, elle, s'arrêta devant la porte.

La journée avait été longue, ponctuée d'examens en tout genre. Encore un et ce serait fini. L'infirmière leur avait donné l'autorisation de sortir, mais ils devaient se tenir prêts à revenir. L'hôpital appellerait dès le lendemain pour la suite des examens.

Willow s'était installée dans la salle d'attente, se faisant aussi petite que possible. Elle avait replié ses genoux contre elle. Roulée en boule dans son gilet, elle paraissait aussi stressée que Jack.

Il se sentait coupable. Elle lui avait avoué détester les hôpitaux. Le simple fait d'être entre ces murs la torturait. L'endroit était certainement synonyme de mauvais souvenirs pour elle qui avait perdu des êtres si chers à son cœur.

Il aurait tellement voulu pouvoir l'inviter au restaurant, lui changer les idées grâce à une bonne soirée. Lui dire merci. Elle le méritait amplement. Mais il n'avait ni argent ni voiture.

Willow attendait depuis un long moment lorsque Finn sortit.

— Ah, vous voilà. Comment s'est passé l'IRM ?

— Bien. Déjà, je ne suis pas claustrophobe, ce qui est une belle nouvelle.

Il lui sourit dans l'espoir de la détendre un peu.

— Nous pouvons rentrer.

Willow consulta sa montre.

— Le dernier ferry est parti il y a une heure. Nous allons devoir dormir à Seattle.

— C'est peut-être mieux ainsi. Les médecins m'ont dit que j'allais certainement devoir revenir demain.

— J'aurais dû nous préparer un sac. Nous allons devoir faire quelques achats.

— Je suis désolé que vous ayez dû m'attendre et rester ici toute la journée. Je vous promets que lorsque tout ça sera rentré dans l'ordre, je vous rembourserai jusqu'au dernier centime. Pas seulement pour l'hôtel, mais aussi les repas, les médicaments, votre temps… Je sais que j'ai été un poids pour vous depuis l'instant où vous m'avez trouvé sur la plage.

Willow baissa les yeux vers ses mains, qu'il avait enveloppées dans les siennes, et les dégagea doucement.

— Vous n'y êtes pour rien et vraiment je l'ai fait de bon cœur, Jack. J'ai du temps, de l'argent aussi. Cela faisait longtemps qu'il ne m'était rien arrivé de bien excitant. J'ai été contente de voir mon quotidien bousculé un peu. Même si je n'ai pas aimé vous voir souffrir, ma vie sera certainement un peu plus ennuyeuse sans vous.

Leur temps ensemble était effectivement compté. Il lut de la tristesse dans ses yeux. Car il ne pouvait pas rester éternellement sur son île.

Il finirait par retrouver la mémoire, par être retrouvé lui aussi. Une partie de lui espérait que cela n'arrive jamais. Les choses seraient plus faciles d'une certaine manière.

Tout recommencer aux côtés de Willow Bates et ne plus regarder en arrière.

— OK. Trouvons un hôtel, alors. Et après nous irons manger. Je suis certaine que vous rêvez d'avaler autre chose que de la soupe et des céréales.

— Je n'ai absolument aucune plainte à ce sujet, figurez-vous. Je vous assure.

Ils se mirent en route et se dirigèrent vers la sortie. Ils croisèrent une femme en fauteuil roulant.

— Vous connaissez bien Seattle, donc ?

Jack se tourna mais vit qu'il marchait seul.

Willow était figée sur place, loin derrière, comme paralysée par la vue de cette femme en fauteuil. Probablement une patiente atteinte d'un cancer. Un turban sur la tête, des cernes noirs sous les yeux. Elle semblait si faible.

Jack regarda de nouveau Willow. Elle ne s'était pas remise de la mort de sa mère et de sa grand-mère. Le temps n'avait pas fait son œuvre, la douleur était encore vive en elle.

Il la rejoignit.

— Willow ? Dites-moi ce que je peux faire ?

Mieux valait éviter de lui poser trop de questions intimes quand elle semblait déjà peiner à retrouver sa respiration.

— Quittons cet endroit.

Il n'hésita pas une seconde. Il passa un bras autour d'elle et l'emmena vers la sortie.

Une fois dehors, ils prirent place sur un banc.

Après quelques minutes, Jack rompit le silence :

— Je n'aurais jamais dû vous demander de m'accompagner. J'imagine que cela doit faire remonter de très mauvais souvenirs.

— Vous ne pouviez pas savoir. Même moi je ne savais pas comment j'allais le vivre. Allez, n'en parlons plus.

En l'espace d'un instant, sa Willow, si forte, si résolue, fut de retour, prenant les rênes de la situation. Il lui prit la main lorsqu'elle se leva, fermement, avec une résolution renouvelée. Et, cette fois-ci, elle se laissa faire, se laissa toucher par lui.

Le contact de leurs peaux témoignait d'une force naissante entre eux, en eux, d'une conscience accrue du moment particulier qu'ils partageaient, de l'énergie dont ils avaient bien besoin après cette journée.

Ils ressemblaient certainement à de jeunes lycéens, mais Jack n'en avait cure. Il chérissait ce lien naissant.

Il sentit soudainement qu'il ne voulait pas le perdre. Ni ce soir ni même probablement les jours d'après. Ni jamais.

Willow posa le sac en papier sur la table.

— J'espère que vous aimez la cuisine thaïe.

Ils avaient trouvé un joli hôtel à quelques rues de l'hôpital, une chambre double avec kitchenette. Jack était passé sous la douche et Willow était partie faire quelques courses pour la soirée.

Elle était revenue une heure plus tard avec des brosses à dents, du dentifrice, quelques autres produits de toilette et de quoi nourrir un régiment. Elle s'était laissé tenter par un restaurant duquel émanaient de délicieuses odeurs. Elle ne s'était pas régalée de cuisine asiatique depuis longtemps. Le choix n'était pas franchement vaste sur sa petite île.

Jack sortit de la salle de bains en jogging, torse nu. Son duvet blond était encore humide et la vapeur avait laissé quelques gouttelettes sur sa peau, qui se frayaient un chemin le long des muscles de son abdomen. Willow dut détourner le regard et tâcher de se concentrer sur les plats qu'ils allaient déguster.

— Cuisine thaïe, vous dites ? Je ne sais pas si j'aime ou si j'en ai déjà mangé, à dire vrai. En tout cas, ça sent divinement bon.

Ils s'installèrent à la petite table, ne sachant que choisir parmi tout ce que Willow avait rapporté.

La journée les avait tous les deux exténués. Malgré le silence, Willow percevait un changement d'ambiance entre eux deux. Les choses avaient évolué.

Elle avait été attirée par lui dès le début. Une attirance qu'il partageait certainement, du moins un peu, car il l'avait embrassée. Mais ils s'étaient tous deux bien gardés d'aborder le sujet depuis cette fameuse soirée. L'attirance était toujours là, mâtinée d'autre chose. Une certaine affection. Un besoin mutuel de soutien et de présence, qui allait bien au-delà d'un simple flirt.

Cela facilitait les choses autant que cela les complexifiait. Elle ne s'était jamais sentie aussi à l'aise à ses côtés, même après cette journée éprouvante pour elle. Une sensation qui mettait à mal les remparts qu'elle avait érigés autour d'elle et de sa vie. Il lui en faudrait peu pour qu'elle le laisse s'approcher d'elle.

Et lorsqu'il partirait, elle n'aurait plus que ses yeux pour pleurer.

Elle savait malgré cela qu'elle n'était plus en mesure de lui résister. Sa main ne demandait qu'à toucher sa peau. Avec lui, sa solitude s'était un peu évaporée. Elle comprit en cet instant combien sa vie solitaire sur l'île lui pesait.

Elle pensait se protéger en s'isolant ainsi du monde, se persuadant qu'elle n'avait besoin que de ses livres, de son chien et d'une bonne tasse de café pour avancer dans la vie. La présence de Jack mettait à mal ces mensonges qu'elle s'était racontés à elle-même.

À la fin du repas, Jack leva les yeux vers elle.

— Je peux te demander quelque chose ? Enfin, déjà si ça ne te dérange pas que je te tutoie ?

— Non, bien sûr. Dis-moi ?

Willow avait arrêté de manger avant de se rendre malade. Elle n'était pas habituée à avaler de telles quantités de nourriture à la fois. Elle recula dans sa chaise et s'adossa sur son cuir moelleux. Jack avait opportunément interrompu des réflexions qui ne le menaient à rien.

— La première nuit que nous avons passée ensemble. Le soir de la tempête... Je t'ai embrassée et cela semblait te convenir. Et puis... Ai-je fait quelque chose de malvenu ?

Finalement, ses réflexions étaient peut-être moins dangereuses.

L'introspection présentait moins de risques que cette conversation naissante.

— Non. Comme je te l'ai dit, j'ai juste pensé que c'était une mauvaise idée.

Elle se leva et jeta les boîtes vides à la poubelle.

Jack ne la laissa pas s'en tirer à si bon compte. Il la suivit avec les restes de leur repas, déposa tout près de l'évier et insista :

— Tu es sûre que c'est tout ?

Il se pencha sur le comptoir. La proximité de son corps, sa chaleur, son odeur, mit les sens de Willow en émoi.

Elle soupira et se posta face à lui. Leurs corps se frôlèrent presque. Elle ne voulait pas reculer, par peur d'agir comme une enfant effrayée.

— Non, ce n'est pas tout.

Son regard glissa jusqu'au torse de Jack.

— J'ai paniqué, OK ? Ça faisait longtemps que je n'avais pas été attirée ainsi par quelqu'un et tout m'a semblé aller trop vite.

— Willow ?

Jack avait prononcé son prénom avec toute la délicatesse du monde. Il posa doucement les mains sur ses hanches.

Elle était incapable d'articuler le moindre mot alors qu'il la touchait ainsi. Son T-shirt frotta légèrement la ceinture de son jean et les doigts de Jack effleurèrent les quelques centimètres de peau ainsi mis à nu. Ce simple contact fit battre son cœur un peu plus fort encore, sa respiration s'accéléra.

Il s'était tenu à l'écart depuis leur rendez-vous manqué, ce qui l'avait à la fois soulagée et déçue. Mais il était alors encore un inconnu pour elle. Et trop amoché pour se mouvoir librement.

Ce qui n'était plus le cas à présent.

— Oui ?

Il posa son index sous son menton et fit basculer sa tête : elle ne pouvait plus se défiler, elle n'avait d'autre choix que de poser les yeux sur lui. Elle sentit ses joues rosir sous l'effet de l'embarras, son corps se tendre lorsque leurs regards se rencontrèrent.

Il la caressa des yeux. Un sourire se dessina sur son visage, comme un encouragement silencieux.

— C'est ce que j'espérais.

Le sang battait si fort dans ses tempes qu'elle parvenait mal à distinguer ce qu'il disait. Le fait de se retrouver ainsi à Seattle semblait faire resurgir leur attirance mutuelle. Ils devinaient certainement l'un comme l'autre qu'il leur fallait saisir leur chance. Maintenant ou jamais.

Jack allait retrouver sa vie d'avant, sa mémoire. Pour

l'instant, ces heures étaient à eux. Il ne leur restait plus qu'à s'en emparer.

Elle l'interrogea du regard :

— Comment ça ?

Jack glissa une main dans son dos, l'attirant à lui sans hésitation.

— Parce que j'ai passé mes journées à dormir, mais mes nuits à repenser au baiser qui nous a rapprochés tous les deux. J'avais peur de ne plus jamais avoir l'occasion de t'embrasser. Par ma faute.

Willow fut profondément touchée. Aucun homme ne lui avait jamais dit de telles choses. Même avant qu'elle ne tombe malade, à l'époque où elle s'autorisait encore le luxe de quelques aventures sans lendemain.

— Je n'ai qu'une envie depuis, c'est de te prendre dans mes bras. Te sentir contre moi. Je sais que je ne devrais pas car je ne sais rien de moi. Je ne sais pas si je suis celui qu'il te faut. Mais maintenant que nous sommes loin de chez toi, j'ai peur que notre séparation approche et je n'aime pas du tout cette idée. Je n'ai plus envie de me brider, j'ai envie de vivre l'instant.

Elle se sentit fondre dans ses paroles. Il avait raison. L'occasion risquait de ne plus jamais se présenter. Si elle la laissait filer, elle ne se le pardonnerait pas.

Oui, elle avait honte de son corps. Elle allait bien trouver une parade, réussir à se débarrasser de ses craintes pour profiter de ce que la nuit lui promettait. Il le fallait.

Elle se lança, soutenant son regard comme jamais elle n'aurait imaginé pouvoir le faire.

— Alors fais-le.

Il l'embrassa sans crier gare.

Un baiser intense sans être envahissant, passionné sans

être effrayant. Willow se mit sur la pointe des pieds pour enrouler ses bras autour de lui et l'attirer plus fort encore contre elle. Lorsque la langue de Jack partit en quête de la sienne, elle s'ouvrit à lui et se laissa fondre contre lui.

Si leur premier baiser, devant la cheminée, lui avait laissé des étoiles dans les yeux, celui-ci était… indescriptible. Un éclair dans le ciel, une décharge d'adrénaline dans son corps resté en sommeil trop longtemps. La vie revenait en elle, au creux d'elle. Il caressa son dos, laissa ses doigts vagabonder sur sa peau.

Elle ne pensait plus qu'à lui. Elle avait tellement besoin de lui.

— J'ai envie de toi.

Jack détacha ses lèvres des siennes et déposa un chapelet de baisers au creux de son cou.

— Tout ce que tu voudras.

Sa voix rauque résonna en elle, la fit frissonner.

Il l'embrassa de plus belle. Elle le sentait affamé, prêt à passer à la suite. Sans briser le sceau de leurs lèvres, il la fit reculer jusqu'à la petite table de la chambre. Willow s'assit sur le plateau en bois, Jack se posta entre ses cuisses. Elle sentit son désir contre elle, la décharge sensorielle qui s'ensuivit en elle.

Il glissa une main sous son T-shirt et entreprit de le lui ôter. Elle l'interrompit d'un geste ferme.

— J'ai besoin de le garder. S'il te plaît.

Il fronça les sourcils, visiblement perdu face à son hésitation. Il respecta néanmoins sa demande.

— Ma poitrine est… très sensible. Je n'aime pas qu'on la touche.

Elle n'en précisa pas la cause. Elle ne précisa pas non plus qu'elle portait un soutien-gorge rembourré pour masquer sa mastectomie, lui offrir le semblant de seins qu'elle n'avait plus.

— Je suis désolée.

Elle avait parlé à voix basse, comme pour ne pas le laisser seul dans cet instant trouble.

— Ne sois pas désolée. Si quelque chose ne te va pas, tu me le signales et c'est tout.

Jack retira ses mains de son T-shirt et n'y toucha plus.

À la place, il descendit le long de son ventre, puis vers la ceinture de son jean. Elle souleva le bassin afin qu'il puisse plus facilement le faire glisser sur ses cuisses.

Debout face à elle, il admira la longueur sensuelle de ses jambes écartées. Il l'embrassa, laissant ses doigts courir sur la peau nue de ses cuisses.

Il s'invita ensuite entre ses jambes d'une main délicate, caressa sa peau si sensible, l'électrisant tout entière.

Il recommença, plus fort cette fois-ci. Lorsqu'il la toucha au bon endroit, elle laissa échapper un cri de plaisir.

— Jack !

Encouragé par sa réaction sans équivoque, il caressa de plus belle, encore et encore, lui faisant perdre la notion du temps, le corps arqué, suspendu au bord de la table. La tension se fit si violente en elle, et si rapidement, qu'elle se sentit bientôt perdre pied.

— Stop.

Elle lui saisit le poignet.

— Pas tout de suite. Viens en moi.

— Tes désirs sont des ordres.

Il se débarrassa de ses vêtements sans la quitter du regard. Il reprit place entre ses jambes, pressant sa raideur excitée contre elle.

Doucement, il se glissa en elle.

— Oui !

C'était si bon.

Il l'attrapa par les hanches, la tenant fermement pour mieux entrer en elle. Elle ferma les yeux, tandis qu'une explosion de sensations l'emporta aux confins du plaisir et du désir moite. Willow se cambra et s'agrippa à la table pour mieux recevoir son assaut délicieux, avide.

Comment tout cela avait-il bien pu arriver ? Le matin même, elle était montée à contrecœur dans le ferry afin d'accompagner Jack à l'hôpital.

Et voici qu'il était en elle, lui donnant un plaisir qu'elle n'avait pas ressenti depuis longtemps. Il s'inclina au-dessus d'elle pour mieux aller à la rencontre de son plaisir sensible. L'orgasme s'annonçait, si fort.

Il le sentit approcher, continua à s'inviter en elle, toujours plus loin. Ils se comprenaient comme si leurs corps se connaissaient depuis toujours.

Jack semblait savoir exactement quoi faire.

La libération arriva. Délicieuse, dévastatrice.

Willow s'accrocha à Jack, naufragée volontaire de ce plaisir intense. De spasmes en frissons délicieux, ils vécurent l'instant à l'unisson. Elle gémit, corps en perdition contre celui de Jack.

Pantelante, Willow attira Jack contre elle. Le coton de son T-shirt absorba leur sueur partagée, collante.

Les pensées s'entremêlèrent en elle à mesure que la brume du plaisir se dissipa. Elle eut brutalement conscience de ce qu'ils venaient de faire. De ce qu'elle venait de faire.

Avant qu'elle ne puisse prononcer le moindre mot, Jack se redressa et déposa un tendre baiser sur ses lèvres.

— On va s'allonger ?

Oui, c'était exactement ce dont ils avaient besoin. Ils laissèrent leurs vêtements là où ils étaient et passèrent dans la pièce voisine. Ils ouvrirent le lit et se glissèrent entre les draps propres et frais. Jack attira Willow contre lui et l'enveloppa d'un bras protecteur.

Le sommeil allait cueillir Willow, apaisée, souriante dans les bras de cet homme, quand son téléphone sonna. Elle pesta, s'appuya sur un coude et consulta l'écran. C'était l'hôpital.

Elle décrocha.

— Allô ?

— Bonjour, c'est le docteur Dunne à l'hôpital de Harborview. Pourrais-je parler à Jack s'il vous plaît ?

Elle tendit le téléphone à l'intéressé, qui échangea quelques mots avec le médecin à voix basse. Elle s'inquiétait de savoir à son tour ce qu'il avait à lui annoncer.

Ils avaient appelé plus tôt que prévu. Elle espérait qu'il ne s'agissait pas d'une mauvaise nouvelle. Willow ne savait pas si elle serait capable de se rendre deux fois à l'hôpital dans la même journée.

Jack raccrocha et lui rendit son téléphone.

— Qu'ont-ils dit ?

Il affichait une expression indéchiffrable. Il semblait fixer un point invisible devant lui, ne sachant visiblement pas comment réagir à ce qu'on venait de lui apprendre.

— Tout va bien ? Quelque chose d'anormal dans les résultats de tes examens ?

— Tout va bien. Rien de nouveau de ce côté-là.

Willow ne comprenait pas.

— D'accord. Alors qu'est-ce qui ne va pas ?

Jack se racla la gorge.

— Ce matin quand je suis arrivé, ils m'ont pris en

photo, m'ont demandé ce que je savais et ont transmis le tout au commissariat central de Seattle pour qu'ils vérifient leur fichier de personnes déclarées disparues.

Le cœur de Willow s'emballa. Non. Non, non, non. Pas maintenant. Pas aussi vite. Ils passaient un si bon moment tous les deux. Elle ne pensait pas avoir droit à un tel plaisir auprès d'un homme. Elle n'y croyait plus depuis son cancer.

Elle n'était pas prête à le laisser partir. Pourtant elle savait que Jack s'apprêtait à prononcer les mots qui allaient tout changer.

— Ils m'ont retrouvé presque immédiatement. On leur a remonté un témoignage hier. Apparemment, mon frère jumeau est ici à Seattle, à ma recherche. Et je m'appelle… Finn Steele.

- 6 -

Jack ne tenait pas en place sur la banquette du restaurant où il avait pris place aux côtés de Willow.

Ils avaient convenu d'un rendez-vous le lendemain matin, pour le petit déjeuner, avec l'homme qui prétendait être son frère jumeau – Sawyer Steele.

Il avait passé une très mauvaise nuit, presque sans sommeil. Deux tasses de café vides étaient posées devant lui sur la table. Il tapait du pied nerveusement, incapable de stopper le mouvement de sa jambe. Qu'allait-il advenir après cette rencontre ? Quelles informations cet homme apportait-il avec lui ?

— Tu devrais peut-être passer au décaféiné, Jack, enfin… Finn ?

Elle le regarda et soupira.

— Tu risques d'être un peu… secoué.

— Je sais.

Il avait espéré qu'entendre son vrai nom ouvrirait les portes de sa mémoire, mais non. Rien. « Finn Steele » n'évoquait rien en lui. Il se sentait plus « Jack » qu'autre chose.

La clochette de la porte d'entrée sonna, annonçant l'arrivée d'un client. Jack et Willow levèrent les yeux de concert pour voir s'il s'agissait de l'homme qu'ils attendaient.

Cela ne faisait aucun doute. L'inconnu était la copie conforme de Jack.

Et il était indéniablement riche, puissant, sûr de lui. Jack le regardait sans le reconnaître. Sawyer était grand et arborait les mêmes boucles blondes que son frère, bien que coiffées différemment. Lorsqu'il tourna la tête vers eux et croisa le regard de Jack, il se précipita à sa rencontre :

— Finn ! Dieu soit loué.

Jack se leva pour saluer cet étranger et fut pris de court lorsque Sawyer le serra dans ses bras. Il flancha sous l'effet de la douleur et recula dès qu'il le put pour tenir ses côtes endolories.

— Oh non, je t'ai fait mal, je suis désolé. Ils ne m'ont rien dit au téléphone, ils ont juste évoqué une amnésie. Tu vas bien ? Je n'arrive pas à croire que tu es en vie. Ils nous ont dit que tu étais mort, mais je n'y croyais pas.

Le flot d'informations parvenait difficilement au cerveau de Jack. Ne sachant que répondre à cet homme, il lui fit signe de prendre place sur la banquette en face d'eux.

Lui-même se rassit à côté de Willow et lui saisit la main sous la table. Il avait besoin de son soutien.

— J'ai quelques côtes cassées. Et c'est cette bosse, là, sur mon front, qui est le plus compliqué. J'étais mal en point quand Willow m'a trouvé. Ça a duré quelques jours, ce n'était pas facile, mais ça va mieux maintenant. Grâce aux bons soins de Willow, bien sûr.

Sawyer se tourna enfin vers cette femme, qui n'avait pas encore ouvert la bouche depuis son arrivée et se tenait tout près de son frère. Il lui sourit et retourna à son jumeau.

— J'aurais dû me douter que tu finirais par trouver une jolie femme pour s'occuper de toi, où que tu sois.

Jack ouvrit de grands yeux.

— Pardon ?

Il n'appréciait en rien le ton de cet homme. Ou plutôt, ce que cela disait de lui, de Finn.

— Ah oui, tu as bien perdu la mémoire. Tu ne te souviens vraiment de rien ?

— Rien de personnel. Je ne sais pas qui je suis, je ne sais rien de ma vie. Et je n'ai aucune idée de ce que je faisais sur cette plage.

Sawyer leva un sourcil interrogateur.

— Tu t'es échoué sur une plage ?

Willow intervint :

— Nous n'en sommes pas sûrs. Je l'ai trouvé inconscient sur le sable, pas loin de chez moi sur Shaw Island. C'est dans l'archipel des San Juan, au large de Seattle.

Sawyer secoua la tête, parvenant difficilement à se figurer la scène, à comprendre ce qui était arrivé à son frère.

— C'est dingue ! C'est à plus de trois cents kilomètres de là où l'avion s'est écrasé.

Jack se redressa, sous le choc des paroles que son frère venait de prononcer. Il avait ébauché toutes sortes de scénarios, mais certainement pas imaginé un crash d'avion.

— Vous dites que j'étais en avion ?

— Oui.

Sawyer marqua une pause.

— Tu… Tu peux me tutoyer, tu sais. On est frères.

Il lui sourit gentiment.

Jack opina du chef en silence.

— Et pour te répondre, donc, tu rentrais de Pékin en jet privé. Ils n'ont pas su nous dire encore ce qui s'est passé, mais apparemment quelque chose a explosé et vous avez été aspirés au-dehors, au-dessus de l'océan. L'avion s'est écrasé dans une forêt.

Sawyer se tut un instant, se remémorant le choc de l'annonce.

— Les enquêteurs m'ont répété que tu étais mort, même si ton corps était introuvable. Ils m'ont assuré que tu avais dû être éjecté plus loin ailleurs. Honnêtement, jusqu'à ce que je te voie ici, j'ai eu peur qu'ils aient raison. C'est un miracle que tu aies survécu.

Cela faisait beaucoup d'informations, pourtant Jack ne parvenait pas à rassembler les pièces du puzzle pour former une image claire et cohérente.

Il parvenait difficilement à croire qu'il avait réchappé à un crash d'avion. Pas plus qu'il n'arrivait à se dire qu'il voyageait en jet privé et revenait de Chine !

Rien de ce que décrivait Sawyer ne semblait lui correspondre.

— Peux-tu me dire qui je suis ?

Jack leva les mains, comme désemparé.

— Tu es, de toute évidence, mon frère jumeau. Mais que peux-tu me dire d'autre ? Que devrais-je savoir selon toi ?

Sawyer acquiesça et lui sourit tranquillement. Jack le trouva un peu plus sympathique que quelques minutes plus tôt.

— Ça fait beaucoup à digérer d'un coup, je m'en doute.

Il soupira.

— Je n'aurais pas dû débouler comme ça et tout te raconter d'une traite. Mais te voir assis là…

Sawyer secoua la tête et détourna le regard, les yeux emplis de larmes.

— Tu t'appelles Finn Hamilton Steele. Hamilton est le nom de jeune fille de notre mère. Tu vis à Charleston, en Caroline du Sud. Toute notre famille est de là-bas. Toi et moi sommes vice-présidents de l'entreprise familiale, Steele Tools, qui a été fondée par notre arrière-grand-père et est aujourd'hui dirigée par notre père, Trevor Steele.

Willow intervint :

— Steele Tools, vous voulez dire l'entreprise qui fabrique les marteaux et tournevis qu'on trouve dans presque toutes les boîtes à outils du pays ?

Sawyer lui sourit en retour.

— Oui. Donc si tu n'avais pas encore compris, Finn, tu es plutôt du genre fortuné.

La serveuse choisit ce moment précis pour se présenter à leur table.

Ils demandèrent chacun quelque chose au hasard, accompagné de café, pour qu'elle reparte rapidement s'occuper de leur commande.

— Fortuné ?

Jack avait prononcé ces mots sans parvenir à leur donner du sens. Il portait un T-shirt à cinq dollars, acheté par Willow au supermarché de Shaw Island. Il n'avait pas un cent en poche.

— Tu es sûr ?

— Oui, à moins que tu n'aies dilapidé ton épargne et tes actions auprès des femmes et en voitures de sport. Enfin, plusieurs centaines de millions de dollars, il faut y aller quand même. Je ne sais même pas s'il est possible de dépenser autant si rapidement.

Jack se sentit soudainement morose.

N'importe quel autre homme aurait été ravi d'apprendre une telle nouvelle. Mais son esprit butait sur les mots de son frère : « femmes » et « voitures de sport ». Cela semblait faire de lui un séducteur. Un vrai coureur de jupons, même. Lorsqu'il avait repris connaissance sur la plage, il avait presque tout de suite pressenti qu'il avait un faible pour les femmes. Mais à écouter Sawyer, il semblait en changer comme de chemise, avoir une nouvelle femme à son bras chaque semaine.

— Est-ce que… je suis marié ?

Jack retint sa respiration, espérant une réponse négative. Il ne semblait pas être du genre à s'installer dans une vie de couple, mais peut-être était-ce plus compliqué qu'il ne le pensait. Et s'il était un mari volage ? Son aventure avec Willow ne pourrait pas lui être reprochée, avec une amnésie pareille.

L'idée ne lui plaisait, malgré tout, pas le moins du monde.

— Oh que non. Pas marié. Loin de là. Tu as fait ta demande à mon épouse en début d'année, mais elle a refusé. Voilà, c'est à peu près tout.

Jack fronça les sourcils. Il ne comprenait rien à ce que son frère venait de dire. Il décida d'ignorer tout cela pour le moment et de se concentrer sur le fait que non, il n'avait été infidèle à personne en se rapprochant de Willow.

Il était libre d'être avec elle s'il le souhaitait.

Il prit une profonde inspiration et s'autorisa à se détendre. Il s'appuya contre le dossier de la banquette, soulagé de ne pas être un dangereux criminel. Et de ne pas être marié. De ne pas avoir mis Willow dans une mauvaise posture. Sachant cela, il se sentait prêt à encaisser ce qu'il pourrait apprendre d'autre sur lui-même.

— Donc je m'appelle Finn, c'est bien ça ?

Jack serra les dents. Ce nom – tout comme le reste de son identité – ne lui disait rien. C'était comme porter les vêtements d'un autre.

Il allait pourtant devoir s'y faire.

— Quand il était petit, notre père adorait les histoires de Mark Twain. Nous portons tous le nom de personnages tirés de ses livres. Notre grand frère s'appelle Tom. Et donc toi et moi, Finn et Sawyer, et notre petite sœur, Morgan. Et puis il y a Jade, notre autre sœur. Rien à voir avec Mark Twain, mais c'est une longue histoire, pas d'urgence pour que je te la raconte.

Jack se sentait dépassé. Il n'avait qu'une envie : repartir à Shaw Island et s'y cacher pour toujours avec Willow.

— Ils vont être tellement heureux et soulagés quand je vais leur apprendre la bonne nouvelle. Je n'ai rien voulu leur dire, je voulais te voir de mes propres yeux avant d'y croire. Maman ne dort plus. Elle va t'attendre de pied ferme. Ils vont tous vouloir que tu rentres tout de suite.

Sawyer fit un geste qui se voulait apaisant.

— Je suis venu avec l'un des avions de la boîte. Mais sois rassuré, j'ai demandé à nos techniciens de réviser toute notre flotte. Nous allons pouvoir voler en toute sécurité.

Sawyer se tourna vers Willow :

— À mon avis, vous n'allez pas être mécontente de vous débarrasser de ce numéro. Accueillir quelqu'un qui n'a aucune idée de son nom ni du reste, je peine à imaginer… Vous êtes quelqu'un de bien, en tout cas. Il y a une récompense prévue. Nous avions promis une somme pour toute information qui permettrait de retrouver

Finn. Nos parents seront ravis de vous la remettre en dédommagement.

— Je n'ai pas besoin de cet argent.

Willow était tendue et en retrait depuis l'arrivée de Sawyer. À présent, son irritation était presque palpable. Jack la sentait. Elle n'était pas du tout ravie de la situation. Et lui non plus, s'il devait être honnête.

Les choses seraient tellement plus faciles si la mémoire lui revenait. Il n'aurait plus l'impression d'être en train de lire la biographie de quelqu'un d'autre.

— Et on partirait quand ?

— Dès que tu es prêt.

Jack contempla la belle femme assise à côté de lui et se demanda s'il serait jamais prêt.

— Je veux que tu viennes avec moi.

Willow se figea juste après avoir passé la porte de leur chambre d'hôtel. Elle se tourna pour observer Jac… *Finn.*

Après le petit déjeuner, Sawyer avait repris le chemin de sa suite au Four Seasons pour appeler leur famille. Ils n'avaient pas encore eu l'occasion de se retrouver pour parler en privé depuis que la nouvelle leur était tombée dessus.

— Comment ça, venir avec toi ? Où ça ? Au Four Seasons pour retrouver ton frère ?

Ils avaient rendez-vous un peu plus tard là-bas pour organiser le retour de Finn.

— Je peux te commander un taxi, si tu veux.

— Non. À Charleston.

Il hésita…

— Je veux que tu rentres avec moi.

Finn – *ah, ça y est, elle le tenait* — avait perdu la tête, il n'y avait pas d'autre explication.

— Pourquoi irais-je en Caroline du Sud ?

Elle le dévisagea.

— Tu rentres chez toi, dans ta famille. Tu vas retrouver ta vie d'avant. Tu n'as pas besoin de moi là-bas.

Il referma la porte de leur petite suite derrière lui et s'approcha de Willow. Il enroula ses bras autour d'elle et l'attira contre lui.

Son odeur suffit à la faire flancher.

— C'est là que tu te trompes. J'ai besoin de toi. Comme hier à l'hôpital. Ces personnes sont de ma famille, mais je ne les connais pas. Pour l'heure, c'est toi qui…

Il plongea son regard dans celui de Willow.

— Tu es tout ce que j'ai. Je n'ai aucun souvenir dans lequel tu n'es pas.

Finn lui sourit.

— Ne me laisse pas traverser ça tout seul.

Willow savait qu'elle n'aurait d'autre choix que d'accepter – comment refuser alors qu'il la regardait ainsi ? Il lui fallait toutefois mettre deux ou trois choses au clair avant. Elle avait quelques inquiétudes, qu'elle tenait à exprimer avant de s'engager dans quoi que ce fut.

— J'ai grandi sans le sou au sein d'une communauté, Finn. Je n'ai aucune idée du comportement à adopter avec des gens riches. Je vais… eh bien… me couvrir de honte, et toi aussi au passage.

— Je ne pourrais jamais avoir honte de toi.

Il insista :

— Nous sommes dans le même bateau, toi et moi. Je ne sais rien de ma vie. J'ai tout oublié. Je ne me sens en rien le multimillionnaire que Sawyer décrit. Il aurait aussi bien pu me dire que j'étais clown ou dresseur de chiens, j'aurais acquiescé et c'est tout. Ça ne me parle pas, tout simplement. Cette histoire de vice-présidence, d'actions par milliers... C'est comme si quelqu'un se jouait cruellement de moi. La seule vérité, la seule constante dans ma vie à l'heure actuelle, l'unique lien entre les choses, c'est toi, Willow Bates.

S'il était agréable d'être ainsi perçue comme indispensable, Willow était en proie à une anxiété montante. Une peur s'était logée au creux de son ventre. Discrète, mais bel et bien là. Elle allait l'accompagner pour l'aider dans cette phase de transition. Rien de plus, rien de moins. Elle ne devait pas espérer passer plus d'une semaine supplémentaire en sa compagnie.

Elle se sentait, à son corps défendant, utilisée.

— Et quand tu auras repris tes marques ? Lorsque la mémoire te reviendra ? Il se passera quoi ? Je repars, retourne à Seattle, à Shaw Island, et on fait comme si rien ne s'était jamais passé ?

— Non, bien sûr que non.

Finn fit glisser ses doigts sur les bras de Willow, dans un geste apaisant.

— Je ne sais pas où je mets les pieds, en allant à Charleston. Mais je vais réfléchir à tout ça en chemin. Je ne suis pas encore prêt à tout abandonner, à tout lâcher. À te quitter, toi. D'un autre côté, vu mon contexte, on ne peut rien exiger l'un de l'autre, toi et moi.

Il se tut, sembla jouer avec différentes idées en même temps.

— Tout ce que je peux te dire, c'est que si tu viens et qu'une fois sur place tu n'es pas bien, que ça ne te plaît pas, tu pourras repartir quand tu veux. Je ne te demanderai pas de rester contre ton gré. Viens avec moi, s'il te plaît.

Il leva une main et, de son index, écarta délicatement la mèche blonde qui tombait devant les yeux embués de Willow.

— Dis-moi oui.

Willow soupira. Un soupir de résignation.

— Je vais voir si Doc peut garder Shadow pendant mon absence. En tout état de cause, je ne reste pas plus d'une semaine. J'ai une vie, un roman à terminer. Et je ne vais pas embêter Doc plus longtemps que nécessaire.

Le visage de Finn s'éclaira.

— Une semaine c'est parfait.

Son unique fossette fit son apparition, appelant par sa simple présence un baiser.

Willow étudia Finn quelques instants avant de céder à la tentation et d'y poser ses lèvres. Vint ensuite le besoin de sentir sa bouche contre la sienne. Elle l'embrassa.

— Je trouve que ça te va bien, Finn. Il y a quelque chose de coquin dans ce nom. Comme dans ton sourire.

Il haussa les épaules.

— Je suis en train de m'y faire, moi aussi. Il est vrai que ça aurait pu être pire.

Willow se détacha de son étreinte et balaya la pièce du regard.

— Il faut que j'y aille si je veux espérer prendre le prochain ferry. Je vais aller voir Doc, prendre quelques affaires et vous retrouver, Sawyer et toi, au Four Seasons. On fait comme ça ?

Finn hocha la tête.

— Fais vite, par pitié. Sawyer veut m'emmener faire les magasins cet après-midi.

Elle l'étudia, observa les vêtements qu'elle lui avait achetés le premier jour. Ce n'était pas exactement la tenue d'un grand industriel.

— Il n'a peut-être pas tort. Ta tenue est idéale pour les îles San Juan. Peut-être moins pour diriger une entreprise.

Willow entreprit de faire son sac, s'activant pour ne pas rater le ferry.

— En parlant de ça, as-tu laissé des affaires à la maison, quelque chose que je peux te rapporter ?

Il était parti pour Seattle sans penser un instant qu'il ne reviendrait pas.

Finn la suivit du regard.

— La seule chose dont j'ai besoin, c'est toi.

Willow leva les yeux au ciel :

— C'est bon, tu sais, j'ai déjà dit oui pour t'accompagner.

Elle éclata de rire.

— Il est totalement inutile de me brosser dans le sens du poil.

Ils finirent de rassembler les quelques affaires qu'ils avaient apportées. Willow héla un taxi pour Finn puis un pour elle, direction l'embarcadère.

La traversée seule en ferry lui offrit un espace de liberté pour réfléchir à la situation. Peut-être un peu trop. Elle n'eut de cesse de se demander si elle ne faisait pas une énorme bêtise en accompagnant Finn à Charleston.

Tout ce temps, elle l'avait imaginé travaillant dans une entreprise à Seattle. Intelligent, avec un bon salaire, à n'en pas douter.

Mais riche à millions ? L'héritier d'un empire qui valait des milliards de dollars et équipait les foyers américains depuis des décennies ? Cela dépassait de loin toutes les hypothèses qu'elle avait pu ébaucher à son sujet.

Les rêveries à l'eau de rose qu'elle avait pu nourrir, les futurs à deux qu'elle avait déclinés dans ses moments d'égarement avaient été balayés d'un revers de main aussitôt qu'elle avait découvert sa véritable identité.

Jack et Willow allaient bien ensemble. Finn et Willow n'avaient aucune chance.

Elle se voilait peut-être la face en partant à Charleston.

Elle s'accrochait à un rêve qui s'était évaporé au moment où Sawyer avait poussé la porte du café-restaurant. La lutte en elle était pourtant acharnée.

Comment pouvait-elle s'empêcher d'y croire, même un peu ?

Malgré l'impasse qui se dessinait sous ses yeux, qui s'était dès le départ imposée, Willow s'était autorisée à voir naître des sentiments en elle.

Il lui fallait profiter de chaque instant en compagnie de Finn, cueillir ces sept jours que la vie lui accordait. Quand tout cela serait terminé, il resterait le chagrin. Et la certitude que cela en valait la peine.

Une semaine en sa compagnie. Et le reste de sa vie pour se nourrir de ces souvenirs et espérer que cela suffirait.

— Attends, tu peux répéter ?

Kat avait parlé avec une hystérie perceptible dans la voix.

Sawyer sourit de tout son bonheur, répéta fort et distinctement à son épouse les mots qu'il venait de prononcer.

— Il est vivant, Kat. Finn est vivant. Je le savais. Je sentais qu'il n'était pas mort dans cet avion. Et j'avais raison. Je l'ai retrouvé.

Il n'avait pas besoin de voir son visage pour deviner qu'elle pleurait à l'autre bout du fil. En silence, émue, peut-être aussi un peu en proie aux flux hormonaux de son troisième trimestre de grossesse. Elle pleurait devant les publicités à la télévision, en lisant des posts sur les réseaux sociaux.

La nouvelle qu'il venait de lui annoncer avait à son tour de quoi la faire pleurer, bien sûr. Il poursuivit doucement :

— Il s'est retrouvé sur une île, à des centaines de kilomètres du lieu où l'avion s'est écrasé.

— Il va bien ?

— Oui, globalement. Mais il a subi un violent traumatisme crânien. Nous l'aurions retrouvé plus vite s'il avait été en mesure de décliner son identité et d'expliquer comment il s'est retrouvé sur cette île.

Kat hésita avant de reprendre la parole :

— Es-tu en train de me dire qu'il souffre d'une amnésie ?

— Oui. Je sais, c'est fou, mais c'est bel et bien le cas. Une femme l'a recueilli, elle l'a logé durant ces quelques jours et s'est occupée de lui. Elle l'appelait Jack. Il n'a aucune idée de sa vie. Il ne sait pas qui je suis. Finn ne se souvient de rien, Kat. Tout ce qu'il a vécu avant le crash a tout bonnement été effacé de sa conscience.

— En es-tu certain ? Enfin…

Elle soupira :

— Il pourrait jouer la comédie, faire semblant. Avec lui, ce serait du domaine des possibles, tu ne crois pas ? Pas l'accident, bien entendu. Mais cette histoire d'amnésie pourrait être un petit subterfuge pour que votre père lui fiche la paix quelque temps. Il cherche peut-être à s'offrir un peu de liberté, sans aucune responsabilité ?

Sawyer avait également envisagé cette possibilité. Cependant même les mensonges de Finn avaient des limites.

— Il ne fait pas du tout semblant. Et tu sais comment je le sais ?

— Dis-moi, je suis curieuse.

— Parce qu'il est raide dingue de la femme qui l'a sauvé.

Un nouveau silence au bout du fil

— Finn est… raide dingue d'une femme ?

— Je ne trouve pas de meilleure expression, en effet. Raide dingue, sous le charme, tout ce que tu veux. J'étais assis en face de lui et il n'avait d'yeux que pour elle. Il la dévorait du regard, radieux rien que de la regarder. Il lui tenait la main. Je ne l'ai jamais vu se comporter de la sorte avec une femme. Même au lycée, à l'époque des premières amours.

— Je dois absolument voir ça.

Sawyer prit une profonde inspiration.

— Tu vas pouvoir. Parce que Finn a insisté pour qu'elle l'accompagne à Charleston. Il veut qu'elle soit avec lui. Au moins pendant la semaine qui vient.

Sa demande avait surpris Sawyer. En arrivant à l'hôtel, Finn lui avait annoncé que Willow les rejoindrait et partirait avec eux pour la Caroline du Sud. Cela ne ressemblait tellement pas à son frère. Il parvenait tout juste à croire qu'il s'agissait bien de lui.

S'il n'y avait eu cette indéniable ressemblance entre eux, il aurait même fortement douté.

Finn aimait tout ce qui était tape-à-l'œil, beau, bien fait : les femmes, les voitures, les montres. Tout. Mais il était bien plus fidèle à ses montres et à ses voitures qu'aux femmes. Il les adorait, les vénérait, mais cela ne durait qu'un temps et il se lassait bien vite d'elles.

Il n'avait aucune envie, ni même la patience, de s'attacher, de prendre soin d'une seule femme et de leur relation.

Cette femme, Willow, était plutôt jolie. Assez frêle, mince, presque noyée dans le grand gilet qu'elle portait sur son T-shirt. Elle ne portait pas une once de maquillage. Ses cheveux blonds étaient coupés court, ce qui avait le don d'agrandir un peu plus son regard.

Son visage était intéressant, avec des pommettes hautes et des lèvres pulpeuses, qui contrastaient avec l'absence de courbes sur le reste de son corps. Elle n'avait pas une beauté traditionnelle, mais elle était de ces femmes qui attirent, que l'on voit dans les magazines de mode ou sur les podiums.

Elle n'était pas du tout le genre de son frère. Il aimait les femmes plantureuses, les longues crinières, le maquillage presque outrancier et les vêtements moulants. Il aimait les femmes qui aiment le faste, le luxe, les belles voitures. Et faciles à piloter, comme ses bolides.

Willow était discrète, mais intelligente. Elle s'exprimait avec clarté et précision, semblait attentionnée et réellement inquiète pour son frère, alors même qu'elle ne savait rien de lui. Qu'elle n'avait rien su de sa fortune avant ce jour.

Une attitude qui faisait du bien, quoiqu'un peu déconcertante.

Kat soupira.

— Il a vraiment pris un violent coup au crâne.

— Oui. Et il n'y a pas que cette femme. C'est comme s'il avait changé de personnalité. Je l'ai trouvé moins affirmé, moins tapageur ou extraverti. Je n'ai pas entendu une seule blague ou commentaire ironique sur quoi que ce soit. Il s'est montré hypersérieux.

Sawyer lâcha un petit rire, à la fois amusé et désabusé.

— Toute la situation semble le préoccuper grandement. Autant te dire que ça ne lui ressemble pas du tout.

— Eh bien, je suis curieuse de savoir ce que tout ça va donner. Il est où à présent ?

— Dans la salle de bains. Il prend une douche. Je l'ai emmené, un peu de force je dois dire, chez Neiman Marcus et lui ai refait une petite garde-robe express, pour qu'il ressemble à celui qu'il était quand il arrivera à Charleston. Ma mère s'évanouirait de le voir en jogging et en tongs comme je l'ai trouvé ce matin.

Kat réprima un petit rire.

— Oh ! Le bébé a bougé. Un petit coup de pied. Elle a dû trouver ça drôle, elle aussi.

Sawyer sourit, visualisant sa femme et son ventre tout rond, assise dans le rocking-chair. Il détestait être loin d'elle et de l'enfant qu'elle portait, surtout à une date si proche du terme. Mais retrouver son frère avait été le plus important.

Finn était le père biologique de ce bébé.

Kat commenta d'une voix émue :

— Je crois que tu lui manques. Et à moi aussi. Vous revenez quand, tous les deux ?

— Tous les trois.

— Ah oui, c'est vrai.

— On va peut-être attendre demain. Je dois voir avec le pilote pour la météo et les fenêtres de vol. On doit aussi attendre que Willow soit revenue. Elle doit prendre le ferry pour nous rejoindre.

— La mer permet la traversée ? J'ai entendu parler d'une tempête dans le coin.

— Le temps s'est calmé, le vent a baissé. Cela ne devrait pas poser de problème.

— Tant mieux, vous n'avez pas besoin de ça.

— Oh ! attends un instant, veux-tu.

La porte de la salle de bains s'ouvrit et Finn entra dans la chambre habillé de son costume flambant neuf. Il n'était pas aussi bien taillé qu'une pièce de couturier, mais compte tenu des circonstances, c'était déjà très bien.

— Je vais y aller. On se voit bientôt. Je t'aime.

— Je t'aime aussi. Prenez soin de vous, tous les deux. Je compte sur vous pour me revenir en pleine forme.

— Ne t'inquiète pas. Tout va bien se passer. Tu as ma parole. Dis un petit mot doux au bébé pour moi.

— Ce sera fait. Je t'embrasse.

— Je pense à toi, je te tiens au courant pour notre retour et l'organisation.

Sawyer raccrocha et observa son frère. Il ressemblait à Finn, avait la voix de Finn. Tout le reste lui était étranger.

Ce n'était peut-être pas une si mauvaise chose, pensa Sawyer.

- 7 -

À l'instant où elle mit un pied dans l'avion – dans l'un des jets privés de la famille Steele –, Willow sut qu'elle n'était pas, mais alors pas du tout préparée à tout cela.

Ce petit engin pouvait accueillir six personnes, dans une véritable débauche de luxe. Des fauteuils en cuir moelleux à souhait, une hôtesse pour leur souhaiter la bienvenue et les servir pendant le vol. Gloria, une jolie brune d'une quarantaine d'années.

Elle lui tendit une coupe de champagne puis se tourna vers Finn.

— Je suis tellement heureuse de vous voir sain et sauf, monsieur Steele.

Elle leva un verre à sa hauteur.

— Je n'ai pas hésité une seconde à ouvrir notre meilleure bouteille pour fêter votre retour parmi nous.

Finn parut déconcerté.

— Je vous remercie. Mais… je voudrais avoir une pensée pour les autres personnes, les membres de l'équipage et cet homme, qui n'ont pas eu ma chance.

Willow avait appris la veille, en même temps que Finn, la mort de deux pilotes, une hôtesse et un homme d'affaires dans le crash de l'avion.

D'après ce que Sawyer leur avait décrit de l'état de la carcasse, c'était un miracle, rien de moins, que Finn ait survécu. Il devait avoir déjà enfilé son parachute au moment où la carlingue s'était fendue en deux sous l'effet de l'explosion. C'était du moins la conclusion à laquelle étaient arrivés les enquêteurs.

Gloria observa Finn, agréablement surprise de le voir ainsi touché, tout en sobriété et recueillement. Elle hocha la tête.

Et sourit avec humilité.

— C'est un risque que nous acceptons de prendre, en espérant ne jamais vivre une telle situation.

Elle se reprit rapidement :

— Tâchez, si vous le pouvez, de mettre ces pensées de côté pour le moment. Quant à cet avion, il a été vérifié par les meilleurs mécaniciens et experts du pays. Aucun souci à se faire de ce côté-là.

— Merci pour vos mots.

Le regard de Finn se perdit dans le vide.

— Par chance, je n'ai aucun souvenir du crash. Aucun souvenir de rien, à vrai dire. Donc ça devrait aller.

Gloria lui fit un petit clin d'œil.

— Sachez que nous avons du Xanax à bord, comme toujours, si quelqu'un en a besoin.

Willow pensa tout d'abord à une plaisanterie. Voyant que personne ne rigolait, elle accepta la coupe qu'on lui tendait et se garda bien d'ouvrir la bouche.

Les gens fortunés vivaient dans un monde qui, décidément, lui échappait entièrement.

Elle s'installa dans un siège, séparée de Finn par le petit couloir central.

Elle posa sa coupe dans le petit support en bois prévu à cet effet et boucla sa ceinture d'un geste nerveux. Elle saisit ensuite son verre et le vida d'un trait. Elle venait probablement de gâcher un excellent millésime, mais elle n'en avait cure en cet instant.

Finn s'adressa à elle :

— Tu as peur en avion ?

Il était confortablement installé dans son siège, comme si le crash n'avait jamais existé.

— Non. J'ai quelques vols à mon compteur, déjà. En avion de ligne et en classe économique, pas besoin de te le préciser. Enfin, avec ce qui t'est arrivé, je suis moins tranquille. Et je ne suis pas à l'aise quand je dois voyager, de manière générale. Je suis trop casanière, j'imagine.

À dire vrai, son anxiété l'avait gagnée dès qu'elle avait retrouvé les deux frères Steele dans le hall de l'hôtel. Tous deux se tenaient là, beaux comme des dieux, le premier en costume bleu marine, l'autre en noir.

Leur ressemblance était impressionnante. Tous deux lui avaient souri quand elle s'était approchée. Elle avait alors remarqué que chacun portait une fossette, mais pas du même côté. Comme un reflet l'un de l'autre. Une fois l'information visuellement enregistrée, elle avait reconnu Finn, dans le costume noir. Elle aurait dû le deviner au simple fait qu'il ne portait pas de cravate.

Et il avait fini de la convaincre lorsqu'il s'était penché vers elle et l'avait embrassée à pleine bouche, sans hésiter.

À partir de cet instant, elle avait été emportée dans un tourbillon de luxe : le lobby de l'hôtel, tout en marbre et laiton, la suite avec deux chambres, plus grande que son premier appartement. Puis Sawyer les avait emmenés dîner dans un restaurant de fruits de mer, la meilleure adresse de Seattle. Il avait commandé une bouteille de vin dont le prix dépassait le montant mensuel de son emprunt immobilier.

Willow était montée en limousine pour la première fois de sa vie le matin même, lorsqu'ils s'étaient rendus à l'aéroport. Le chauffeur les avait déposés sur le tarmac, au pied de l'avion.

Elle se trouvait à présent à bord du jet privé, avalant, plus doucement cette fois-ci, le champagne que l'hôtesse s'était empressée de lui resservir.

Elle aurait aimé trouver quelques jolies choses dans sa garde-robe. Elle avait bien des tenues un peu plus formelles pour ses rendez-vous professionnels. Elle avait pioché dans ces dernières pour le vol : elle portait un fourreau noir, un pull en cachemire et des ballerines.

Elle se sentait malgré tout en décalage total avec les frères Steele. Le tissu avait beau être souple donc confortable pour voyager, il n'était pas d'assez bonne facture pour donner le change.

Willow se faisait l'effet d'une secrétaire accompagnant son directeur en rendez-vous.

Et elle savait très bien que les choses n'allaient qu'empirer une fois qu'ils auraient atterri à Charleston.

Elle en était à la moitié de son deuxième verre de champagne quand l'avion fut mis en position sur la piste et les moteurs allumés pour le décollage.

Quelques minutes plus tard, ils avaient gagné de l'altitude. Tout s'était impeccablement passé. Le vol s'annonçait étonnamment paisible.

Devant elle, Sawyer appuya sur un bouton et fit pivoter son siège pour leur faire face. Il se pencha et sortit de sa fente une table en bois exotique sur laquelle Willow et Finn posèrent leur boisson. Sawyer y plaça quelques documents de travail.

— Bon, maintenant que tu es dans cet avion sans aucune possibilité de t'échapper, il faut que je te dise quelque chose.

Finn scruta son frère, inquiet.

— Je crains le pire. Tu m'as déjà annoncé que ton épouse est enceinte de moi. Que peut-il y avoir d'autre encore ?

Willow écarquilla les yeux. Elle n'avait pas entendu parler de ce bébé, et encore moins de la paternité que les jumeaux s'apprêtaient à partager, si elle comprenait bien la situation.

Elle avait présumé, un peu naïvement peut-être, que si Finn n'était pas marié, il n'avait pas d'enfant. Apparemment, tout cela allait bien vite changer.

Sawyer se tourna vers elle et lui posa une main amicale sur le genou :

— C'est une autre histoire. Et cela n'est pas nécessairement une mauvaise nouvelle. Ce n'est normalement pas ce que l'on a envie d'entendre, c'est tout.

Elle hocha la tête et, d'un geste du menton, l'invita à poursuivre. Ce qu'il avait à dire à Finn semblait important. Elle aurait bien le temps de comprendre la situation plus tard.

Tendu, Finn soupira et se prépara à encaisser un nouveau choc.

— Très bien, je t'écoute.

— Eh bien, tu apprendras très prochainement, si tu ne t'en souviens pas, que maman adore organiser des fêtes. Nous sommes sans cesse conviés chez eux, dans la grande maison familiale, pour des occasions spéciales, ou même ordinaires. Et je ne te parle pas des soirées associatives, mariages, garden-parties et autres sauteries qu'elle se plaît à prévoir pour un oui ou pour un non. C'est toute sa vie.

— Oui, et ?

— Dès que je lui ai annoncé ton retour, elle s'est mis en tête d'organiser une fête en ton honneur samedi soir.

Finn ne réagit pas.

— Où est le problème exactement ?

L'attention lui semblait plutôt gentille et plaisante.

— Certes, je ne vais reconnaître personne. Cela me fera peut-être revenir la mémoire, maintenant que j'y pense.

Sawyer secoua la tête avec énergie.

— Ce n'est pas ça. Ne t'imagine pas une petite soirée tranquille avec la famille proche. Du style vingt personnes, quelques embrassades et des petits fours. Quand notre chère mère parle d'une fête, c'est une centaine d'invités, traiteur, orchestre, cravates et belles robes. S'il fait beau, cela se tiendra dans le jardin, sinon dans la salle de bal.

Willow fit de grands yeux et geignit en silence. Ses parents avaient une salle de bal ? Elle n'avait rien prévu pour un tel événement. Elle ne possédait aucun collier de perles, aucune robe de soirée. Et si par chance elle en avait eu une, elle aurait été couverte de poils de husky.

Elle se demanda ce qu'elle allait bien pouvoir faire. Peut-être que l'une de ses sœurs était du genre petite, avec une poitrine tout aussi petite, et pourrait lui prêter une robe ? Elle n'y croyait pas franchement.

La nouvelle sembla avoir un effet à peu près similaire sur Finn.

— Tu plaisantes ?

— Pas du tout.

— Si, tu me fais marcher ? Pour voir si j'ai vraiment perdu la mémoire ? Avoue.

— Pas le moindre du monde.

Sawyer avait l'air, lui aussi, passablement dépité.

— Elle était impatiente d'inaugurer cette salle de bal. Elle l'a fait entièrement refaire après l'explosion de l'année dernière. Alors tu penses bien que l'occasion tombe à pic. D'ailleurs, j'imagine que la soirée aura lieu à l'intérieur, même si la météo est clémente. Morgan s'est mariée en extérieur, Kat et moi nous sommes échappés à Hawaï. Autant te dire qu'elle est dans les starting-blocks.

Willow l'interrompit :

— Une explosion ?

Sawyer énonçait les événements avec la plus grande décontraction, comme s'il n'y avait rien de plus normal que ce qu'il racontait.

— Oui, quelqu'un a posé une bombe chez nous. Un fiasco, si on se place du point de vue de ce criminel, mais cela a fait quelques dégâts, et donné à notre mère une très bonne excuse pour tout redécorer.

Finn posa un regard interloqué sur son frère.

— Cela arrive souvent que des gens essaient de faire sauter notre maison et de nous tuer ? Il serait peut-être bon que je le sache.

— Non, ça a été une grande première ! Honnêtement, on avait une vie à peu près normale jusqu'à ce qu'on apprenne que notre sœur avait été échangée avec un autre bébé à la naissance. Morgan a grandi auprès de nous, mais notre sœur biologique est Jade. Le type qui a essayé de kidnapper Jade pour nous réclamer une rançon a décidé de recommencer l'année dernière. Et comme ça n'a pas fonctionné, il s'est présenté en tant que traiteur et a tenté de tous nous faire sauter.

Willow et Finn restèrent bouche bée.

L'arrivée de Gloria, chargée d'un plateau de fruits frais et croissants, mit fin à cet étrange instant.

Willow fut ravie de pouvoir avaler quelque chose pour accompagner son champagne. La tête lui tournait légèrement et, après avoir entendu ce qu'elle venait d'entendre, elle craignait d'enfreindre les règles de la bienséance.

La vie des gens riches ressemblait-elle toujours à un feuilleton de télévision ?

Sawyer balaya l'air d'une main légère.

— Bref. Personne n'a été blessé. Et tout s'est bien terminé. Mais je préférais te mettre en garde. Maman a très, très hâte de recevoir du monde à la maison. Elle s'est empressée de raccrocher hier soir quand je l'ai appelée pour pouvoir commencer à passer des coups de fil et lancer des invitations. Ne sois pas surpris si tu te retrouves face à deux cents personnes venues voir de leurs propres yeux Finn Steele revenu d'entre les morts.

Finn lança un regard éberlué à Willow et goba un grain de raisin. Il était tout aussi surpris qu'elle d'apprendre de telles choses.

Pourtant, c'était bel et bien sa vie, son lot quotidien. Il ne s'en souvenait simplement pas. Il y a peu, lui aussi pouvait parler ainsi d'événements hallucinants sans ciller, comme venait de le faire son frère jumeau. En comparaison, l'histoire et la famille de Willow semblaient bien tristes, tragiques même, et ennuyeuses.

Finn interpella l'hôtesse :

— Gloria.

Il lui lança un regard implorant :

— Je crois que je vais avoir besoin de ce Xanax.

Willow serra les dents et sourit comme elle le put, tandis qu'elle lui soufflait à l'oreille :

— Ne me laisse pas. Je m'en fiche de ce que pensent ou disent les autres, surtout reste avec moi.

— J'allais te dire la même chose. Te supplier, même.

— On fait la paire, alors.

- 8 -

Finn leva les yeux pour étudier la vaste demeure bourgeoise devant laquelle le chauffeur les avait arrêtés.

Elle était proprement immense, portée par de hautes colonnes en pierre, habillée de volets sombres qui contrastaient fortement avec la façade blanche.

L'arrivée par une allée bordée de chênes avait déjà de quoi impressionner. Mais cette demeure ? Et dire qu'il s'agissait de la maison dans laquelle il avait grandi. Cela lui paraissait impossible.

La porte d'entrée s'ouvrit en grand. Finn serra plus fort encore la main de Willow. Trois femmes de leur âge à peu près sortirent – une blonde, une brune, une rousse. Cette dernière était enceinte, cela ne faisait aucun doute. Des hommes leur emboîtèrent le pas. L'un d'eux était vraisemblablement Tom, leur frère aîné, à en juger par la ressemblance.

Les autres étaient certainement les maris de ses sœurs, ses beaux-frères, donc. Avec leurs yeux sombres, leurs cheveux bruns et leur barbe fournie, ils n'avaient rien en commun avec ce que Finn avait pu voir de la famille Steele. Un couple plus âgé, ses parents certainement, apparut sur le seuil de la maison.

Ils s'avancèrent, suivis par une femme qui ressemblait encore plus à la reine d'Angleterre qu'Elisabeth elle-même.

Tous foncèrent bientôt droit sur eux. S'ensuivit une

cacophonie de mots, d'embrassades et de pleurs. Finn se tenait raide comme un piquet, acceptant les marques d'affection et les salutations de tous, sans réellement y répondre à son tour.

La seule à ne pas être venue à eux était la vieille dame, postée sous le porche, appuyée sur une canne.

— Vous allez lui ficher la frousse, vous tous. Le pauvre garçon ne vous connaît ni d'Ève ni d'Adam. Regardez-le ! Vous lui êtes tombés dessus. Ne l'étouffez donc pas ainsi.

Tout le monde recula et Finn comprit qui dirigeait réellement la maisonnée. Sa grand-mère, en toute vraisemblance.

Elle leur fit signe depuis le porche.

— Approchez. Il fait bon à l'intérieur.

Tenant la main de Willow, Finn pénétra dans la maison. Tout y brillait du sol au plafond. Sa famille vivait dans un luxe impressionnant. Mais les lieux lui étaient aussi étrangers que le château de Versailles.

Finn ravala sa colère et sa frustration en traversant le hall d'entrée. Il avait espéré que son retour à Charleston fasse remonter les souvenirs. Il avait attendu un déclic qui n'était pas venu.

Par chance Willow était là, avec lui. Il la regarda et tenta de sourire pour la rassurer. Elle semblait aussi nerveuse que lui. Mais sa présence lui faisait du bien. Elle était son roc, présente dans les moments où il avait besoin d'elle.

Il ne pourrait jamais la remercier assez pour son soutien. Pas même avec tout l'argent qu'il possédait, d'après les dires de son frère. Il trouverait bien comment le faire. Il lui devait bien cela.

Au salon, Finn prit place et fit signe à Willow de s'asseoir à côté de lui. Il avait pris soin de se mettre un peu à l'écart du groupe, pour souffler quelques instants.

Une femme d'âge mûr leur apporta aussitôt à chacun un verre de thé glacé et déposa devant eux une assiette de cookies et des petits sandwichs. Elle posa ensuite une main affectueuse sur la joue de Finn, les yeux emplis de larmes.

— Bon retour parmi nous, Finn.

Elle disparut ensuite aussi rapidement qu'elle était venue.

— Qui est-ce ?

Sa grand-mère lui répondit :

— Lena, notre précieuse gouvernante. Ton accident l'a bouleversée. C'est notre perle. Elle travaille ici depuis votre plus tendre enfance. Depuis *ta* plus tendre enfance. Je pense que tu es son préféré.

Tout le monde s'assit et chacun se présenta à tour de rôle, lentement, afin que Finn puisse prendre ses marques et enregistrer les informations.

Sa grand-mère paternelle se prénommait Ingrid Steele. Ses parents, Trevor et Patricia, avaient pris place dans le grand canapé. Son frère Tom était installé au fond de la pièce. Taciturne, il observait tout ce monde en grignotant les biscuits de Lena. Il ressemblait davantage à son père que les jumeaux.

La femme aux cheveux blonds, comme Patricia, était sa sœur biologique, Jade. Cette comptable de métier était d'un tout petit gabarit, qui contrastait fortement avec la carrure imposante de celui qui se tenait près d'elle – son mari, Harley. Il avait un pedigree militaire : Harley avait œuvré pour la sécurité des troupes à l'étranger et avait le physique de la mission. Les deux bruns étaient

Morgan, sa sœur, et son mari, River, promoteur immobilier. Elle venait de fonder une association caritative en faveur des bébés prématurés. La rousse près de Sawyer se prénommait Kat. Elle était sculptrice sur bois… et enceinte de sept mois d'une petite fille, son enfant à lui, qu'ils avaient décidé de baptiser Beatrice.

S'il devait ne reconnaître qu'une seule personne, il aurait pensé que ce serait cette femme. Celle qu'il avait séduite en se faisant passer pour son frère et qui portait à présent son enfant – un accident.

Quel genre de type pouvait bien faire ça ? Finn avait été dépité d'apprendre les frasques dont il s'était fait le héros volontaire et ô combien méprisable.

Il tenta de se convaincre que les choses avaient plutôt bien tourné. Kat avait épousé Sawyer et leur bonheur sautait aux yeux. Si le bébé devait ressembler au père, il aurait également les traits de son jumeau.

Cette histoire le tourmentait malgré tout : qu'allait-il encore découvrir sur lui ? Il semblait prendre les femmes et les jeter comme de vulgaires mouchoirs. Il ne se reconnaissait pas dans ce personnage, mais sa famille était là pour en témoigner.

Plus ses proches levaient le voile sur sa vie avant le crash de l'avion, moins il espérait recouvrer la mémoire. Il valait peut-être mieux que les souvenirs ne lui reviennent jamais. Commencer une nouvelle vie.

Une fois que tout le monde se fut présenté, sa mère posa un regard curieux et un peu distant sur Willow :

— Et qui est cette jeune femme ?

— C'est la femme qui m'a sauvé la vie.

Finn serra fort la main de Willow et la regarda avec une affection non feinte.

— Je vous présente Willow Bates. Elle est écrivaine, elle vit au milieu de nulle part, précisément là où j'ai atterri il y a quelques jours. Je ne sais pas ce qui serait arrivé si elle ne m'avait pas trouvé et pris soin de moi comme elle l'a fait.

Jade s'agita :

— Attendez, vous êtes S. W. Bates ? Les polars d'Amelia Hayes, c'est vous ? J'adore vos livres, je dois en avoir une dizaine.

— Oui, c'est moi. S. W. Bates est mon nom de plume.

Finn fut surpris :

— Que signifient ces initiales ?

Willow le regarda avec une certaine hésitation.

— Ce sont mes initiales, rien de plus.

— Willow n'est pas ton premier prénom ?

— Non. Mais je me présente ainsi depuis de nombreuses années à présent.

Quelque chose dans sa posture et son regard interdit à Finn de poser davantage de questions. Elle n'aimait peut-être pas son prénom de naissance. Il n'avait aucun mal à la comprendre, lui qui était sorti d'un roman de Mark Twain. Il n'insista pas, mais se promit de découvrir plus tard le prénom qui se cachait derrière ce « S ».

— Eh bien, nous ne pourrons jamais assez vous remercier pour ce que vous avez fait pour Finn. Nous avons vraiment cru l'avoir perdu dans ce terrible accident qui a coûté la vie aux autres personnes à bord. Nous nous préparions à organiser ses funérailles lorsque nous avons reçu l'appel miraculeux de Sawyer qui nous annonçait avoir retrouvé sa trace à Seattle.

Patricia était très émue.

— Je n'y croyais plus. C'est vous, son miracle. Vous

avez plus que mérité la récompense que nous avions promise à quiconque nous aiderait dans nos recherches.

— Je n'ai pas besoin de cette récompense, je vous remercie.

— Ne discutez pas. Vous allez accepter ces cent mille dollars et vous faire plaisir avec. Acheter un bateau, rembourser votre emprunt immobilier, en faire don à un orphelinat. Tout ce que vous voulez, mais acceptez cette somme.

Finn jeta un coup d'œil discret à Willow, dont l'irritation était bien palpable, mais pas suffisamment pour qu'elle se lance dans un débat sans fin avec sa mère à ce sujet.

Morgan intervint :

— Maman t'a dit qu'elle organise une fête en ton honneur samedi soir ? J'ai pensé, comme Sawyer m'a dit que vous aviez quitté Shaw Island un peu précipitamment, que les filles et moi pourrions emmener Willow faire un peu de shopping pour lui trouver une robe ?

Morgan semblait ravie de son idée. Elle interrogea Willow du regard :

— On pourrait se faire une journée entre filles, Willow, Jade, Kat et moi. Qu'en dis-tu, Willow ? Ce serait notre cadeau à nous pour toi.

Kat approuva d'un hochement de tête

— Pour avoir pris soin de Finn. Une belle robe pour une belle femme.

— Merci, c'est gentil. Ce serait avec plaisir. Vous me serez sûrement d'une plus grande aide que Finn pour choisir ma robe.

— Ah ça, c'est sûr. Finn est bien plus habile quand il s'agit d'*enlever* les robes des filles.

Finn pensa avoir reconnu la voix de son frère Tom.

L'assemblée éclata de rire. Il soupira. Il avait suffisamment soupé de ce type de remarques, qui semblaient pourtant bien méritées.

Patricia se leva et fit un geste de la main en direction de l'escalier et de l'étage supérieur.

— J'espère que vous allez rester quelques jours ici ?

Sawyer secoua la tête.

— Maman, Finn habite à quelques kilomètres d'ici. Il est peut-être préférable qu'il passe un peu de temps dans un environnement qui lui est encore plus familier. Être entouré de ses affaires pourrait raviver des souvenirs. C'est d'ailleurs ce qu'ont dit les médecins.

Finn remercia son frère intérieurement. Il était prêt à loger n'importe où, pourvu qu'il puisse bénéficier d'un peu d'intimité avec Willow.

Il l'avait à peine touchée depuis qu'ils avaient fait l'amour à l'hôtel. Après l'appel de l'hôpital, ils avaient été aspirés dans une spirale sans fin. Ils avaient partagé le même lit la veille dans la suite louée par Sawyer, mais ils étaient restés sages, gênés par la présence de son frère juste à côté.

— Alors si les médecins sont de cet avis. Mais sens-toi ici comme chez toi, mon fils.

Sawyer décocha un clin d'œil à son jumeau. Décidément, Finn l'appréciait de plus en plus.

Le surlendemain, Willow suivit Kat, Morgan et Jade en ville. Elles connaissaient les bonnes adresses et lui firent essayer une myriade de robes et tenues chic. Elle trouva la tenue parfaite en vue de la soirée et craqua pour une paire de boucles d'oreilles et un collier assorti.

Les jeunes femmes évoquèrent la vie dissolue de

Finn, qui avait accumulé les conquêtes au cours de sa vie. Elles avaient parfois parlé de lui, malgré elles, en termes peu élogieux : égoïste, irresponsable et un peu pitoyable par moments.

Pour l'instant, tout se passait bien entre eux. Mais qu'allait-il se passer si Finn retrouvait la mémoire, et ses comportements d'indécrottable séducteur ? Cela mettrait, à n'en pas douter, un terme à cette relation naissante.

Willow tâcha de ne pas trop y penser. Elle allait déjà devoir passer l'épreuve de la réception que Patricia avait organisée, jusque dans les moindres détails, pour le retour miraculeux de son fils.

Le moment venu, elle enfila la robe noire qu'elle avait choisie. Les filles lui avaient réservé une surprise : un rendez-vous en institut de beauté, où elle avait bénéficié des bons soins et de l'œil expert d'une maquilleuse.

Allait-elle être au goût de Finn ?

Tous les regards étaient braqués sur lui. Finn se sentait extrêmement mal à l'aise. Si son passé de fêtard ne faisait aucun doute, il rêvait en cet instant de se retrouver sur la terrasse de Willow, en compagnie de Shadow, dans le silence apaisant de Shaw Island. Écouter le chant d'oiseaux, savourer la nature environnante.

Il n'avait qu'une hâte : que Willow descende et le rejoigne dans cette salle de bal qui ne l'inspirait guère. Elle lui manquait.

Lorsqu'il la vit arriver depuis l'autre bout de la pièce, il manqua tomber à la renverse. Elle était magnifique. Ses sœurs et Kat étaient parvenues à lui faire voir le diamant qu'elle était. La robe et les bijoux ne faisaient que servir sa beauté naturelle.

Elle posa les yeux sur lui et tout s'effaça : les souvenirs qu'on lui avait racontés et qui n'étaient pas encore les siens, l'assemblée, les musiciens, le buffet, le brouhaha général.

Lorsqu'elle arriva à sa hauteur, il se pencha vers son oreille :

— Tu es la plus belle femme de la soirée.

Willow balaya la vaste pièce du regard et épingla la coupe de champagne qu'il tenait à la main :

— Combien de verres de champagne as-tu bu, déjà ?

— Je ne suis pas ivre. Tu es absolument splendide, fin de la discussion.

Il observa les invités et se confia à Willow :

— J'ai l'impression que toutes ces femmes ont soit déjà passé la nuit avec moi, soit rêveraient de le faire. Je ne suis pas du tout à l'aise. C'est perturbant, même.

— Tu as un passé très… rocambolesque, on dirait.

— Oui, et d'ailleurs je…

Il fut interrompu par Tom, qui monta sur scène et prit le micro :

— Mesdames et messieurs, puis-je avoir votre attention quelques instants seulement. Pour ceux et celles d'entre vous qui ne me connaissent pas, je suis Tom, l'aîné de la fratrie Steele. Nous sommes ici ce soir pour fêter le retour inespéré de notre frère, Finn.

Il marqua une pause, laissant aux invités le temps d'applaudir et de lancer quelques cris de joie.

— Mais je dois avouer ne pas avoir été surpris lorsque j'ai appris la nouvelle. Finn a toujours su se tirer des mauvaises passes. Et quand je dis « passes », je pèse mes mots. La fille d'un ambassadeur, celle du proviseur au lycée. Heureusement que papa a toujours été là pour le sortir d'affaire. Sacré Finn. Portons un toast en son honneur !

L'assemblée, amusée par le discours de Tom, trinqua de bon cœur. Finn reçut quelques tapes amicales dans le dos, d'autres le félicitèrent pour ses exploits.

Finn était embarrassé au plus haut point. Embarrassé et soudainement en proie à une violente panique.

Il serra le poing si fort autour de sa flûte de champagne qu'il fut surpris de ne pas la voir exploser entre ses doigts. Le barrage de sa mémoire venait de céder.

Les souvenirs affluaient, inondaient son esprit, son regard, son corps. L'amnésie venait de laisser place à la pure et simple vérité. Tout ce qu'avait insinué son frère était vrai. Il n'était pas rentré dans les détails pour épargner les oreilles chastes et la sensibilité de sa mère et de sa grand-mère.

Finn se découvrait, se redécouvrait avec effroi.

Willow sentit que quelque chose n'allait pas et le dévisagea.

— Que se passe-t-il ?

— Il faut que je parte d'ici. Il me faut un peu d'air.

Il lui attrapa la main, reposa sa flûte sur une table et se précipita vers la porte.

Une fois dehors, il tâcha de reprendre sa respiration. Il fit signe au voiturier.

— Bien sûr monsieur, tout de suite.

Finn se replia sur lui-même, les mains sur les genoux, et inspira un peu d'air frais.

Willow s'inquiéta pour de bon :

— Ça ne va pas ?

— Je crois que je fais une crise d'angoisse.

— Qu'est-ce qui l'a déclenchée ? Une chose en particulier ? Le petit discours de ton frère ?

Finn secoua la tête. Il ne voulait pas lui avouer la vérité. Il ne *pouvait* pas. Il était déjà assez difficile pour lui de voir l'homme qu'il était, d'admettre que Finn Steele était loin d'être parfait. Il était même détestable.

Et il craignait que Willow ne l'apprécie guère plus. S'il se montrait honnête envers elle, s'il lui expliquait comment il avait traité les femmes et les personnes en général, elle ne penserait plus qu'à fuir le plus loin possible de lui. Et cette idée lui était insupportable.

- 9 -

De retour chez Finn, Willow revint à la charge. Elle ne semblait pas satisfaite des bribes de réponse qu'il lui avait apportées.

— Alors, tu vas continuer à me regarder dans le blanc des yeux ou enfin te décider à me dire ce qui peut bien te tracasser à ce point ?

— Mes frasques semblent être un sujet de rigolade pour tout le monde. Ma famille et tous ces gens ont ri à mes dépens. Mais moi je ne trouve pas ça drôle. C'est une chose de traverser une épreuve comme celle que je vis, de perdre la mémoire. C'en est une autre de ne pas comprendre l'homme que j'étais. Pire, de ne pas l'apprécier le moins du monde.

Les traits de Willow s'adoucirent. Elle lui prêtait une oreille attentive.

— Dans la vie, on n'a pas besoin d'être amnésique pour ne pas aimer qui on est ou se sentir mal dans sa peau, tu sais. Je pense que c'est le lot de beaucoup de gens. Et ils ont trop peur pour essayer de changer, ou ne savent tout simplement pas comment faire.

Finn secoua la tête :

— Et si j'étais tout bonnement incapable de changer ? Que va-t-il se passer si la mémoire me revient et que je reprends mes bonnes vieilles habitudes, celles qui me font vomir rien que d'y penser ?

— Finn, si tu as envie de changer, tu peux le faire à tout moment, avec ou sans ta mémoire et tes souvenirs. Tu es déjà très différent de l'homme dont tout le monde parle ici. Être le coureur que tout le monde décrit ou ne plus l'être, tout cela dépend entièrement de ton bon vouloir. Ce n'est pas comme si tu avais une maladie incurable ou comme si tu avais été défiguré dans l'accident. Rien n'est irréversible dans ton cas.

Ses paroles visaient juste. Elles résonnaient en lui. Il se demanda jusqu'où ce que disait Willow la touchait elle aussi personnellement.

— Contrairement au tien ?

Willow ouvrit la bouche puis se ravisa. Elle lui tourna le dos, arpenta le salon, le regard perdu dans le vague, avant de se décider à parler :

— Oui.

Il s'approcha et lui prit la main.

— Raconte-moi, Willow. S'il te plaît.

Elle prit place sur l'un des tabourets de l'îlot central. Finn sentit son ventre se nouer.

— Je t'ai parlé de ma mère. Et de ma grand-mère. Nous avons découvert trop tard qu'elles étaient porteuses du gène BRCA, qui augmente le risque de déclencher un cancer des seins et des ovaires. Quand elles sont tombées malades, ma sœur et moi nous sommes fait dépister à notre tour. Nous avons hérité du même gène. Il y a deux ans, j'ai senti une grosseur dans mon sein et j'ai tout de suite su ce qui m'attendait.

Willow se passa une main sur le visage. Il lui caressa doucement la main pour l'inciter à poursuivre.

— Après avoir vu ce qui était arrivé à ma mère et à ma grand-mère, j'ai décidé de prendre le taureau par les cornes. Ma sœur m'a dit que j'étais trop radicale, mais je m'en fichais. J'étais bien décidée à ne pas mourir jeune, à vivre au-delà de mes quarante-cinq ans et de ne transmettre cette malédiction à personne. J'ai donc subi une double mastectomie et une hystérectomie. J'ai eu deux mois de chimiothérapie. J'ai perdu quinze kilos et le peu de courbes que mon corps affichait. Mes longs cheveux blonds partaient par mèches entières, alors je me suis résolue à me raser le crâne. Cette cicatrice…

Elle toucha du bout du doigt une trace sur sa peau, qu'il avait remarquée un peu plus tôt.

— C'est la marque de mon port-à-cath, là où était inséré le cathéter.

Paupières serrées, Finn se demanda comment il avait pu être aussi aveugle. Aveugle ou tout simplement égoïste. Les pièces du puzzle s'étaient étalées sous ses yeux, mais il n'avait pas compris. Il était trop focalisé sur ses propres problèmes pour voir qu'elle avait traversé l'enfer.

Elle vivait une vie recluse, retranchée loin du monde. Et tout cela s'expliquait. Sa coupe courte, son corps encore frêle… Sa crise d'angoisse à l'hôpital quand elle avait aperçu cette femme en fauteuil roulant. Le fait qu'elle refuse qu'il approche ses mains de sa poitrine ou lui ôte son T-shirt…

— Pourquoi ne m'as-tu rien dit ?

Willow soupira.

— Ce n'est pas un sujet facile à aborder, Finn. Une partie de moi a honte. J'ai un corps abîmé, Finn. Parfois je me dis que je suis bonne pour le rebut. Qui voudrait de moi en toute connaissance de cause ? Déjà, je ne peux pas avoir d'enfant. Ensuite, je n'ai pas eu recours à une chirurgie réparatrice.

Elle leva doucement les yeux vers lui. Il y lut toute la tristesse du monde.

— Je ne veux pas que tu voies ça. Je voulais que personne ne le voie jamais. Alors je me suis cachée sur mon île, pour me protéger. Et à présent que je connais la vie que tu as menée jusque-là, toutes ces femmes que tu as conquises. Comment pourrais-je me mesurer à elles ?

Finn se tut et l'observa longuement. Il rompit enfin le silence :

— Tu es impressionnante. Belle et impressionnante. Ce dont tu me parles, c'est de ton combat pour la vie. Tu as pris des décisions extrêmement difficiles, pour éviter de répéter les mêmes erreurs que ta mère. Tu as beaucoup perdu et pourtant il te reste encore tant à donner. Je le sais car j'en ai été l'heureux bénéficiaire. Je voudrais à présent t'aider à mon tour.

— M'aider ? Je ne vois pas bien ce que tu pourrais faire. Le mal a été fait.

— Je voudrais que tu me montres.

Willow fut prise d'un violent vertige.

— Non !

— Tu m'as fait confiance, tu m'as confié ton histoire, Willow. Fais-moi encore un peu confiance. S'il te plaît. J'ai envie de faire l'amour avec toi, Willow. Mais je veux te faire l'amour à toi tout entière. Je veux pouvoir toucher le moindre centimètre carré de ta peau, y poser mes lèvres. Je ne veux plus que tu me caches quoi que ce soit. Tu t'es ouverte à moi, il est temps de t'ouvrir au monde en prenant le risque de t'exposer en toute sécurité. Tu en as besoin.

Willow se détendit et étudia son visage. Ses mots étaient empreints d'une telle sincérité. Et peut-être, peut-être que cela ne serait pas la terrible épreuve qu'elle avait toujours appréhendée. Quel risque prenait-elle vraiment en essayant ?

Sans mot dire, elle retira sa main de celle de Finn, et fit doucement descendre les bretelles en soie de sa robe. Elle les laissa retomber sur ses bras. Le tissu frais glissa sur sa peau, jusqu'à sa taille. Elle passa ensuite ses mains dans son dos pour dégrafer le soutien-gorge adapté qu'elle portait. Elle ferma les yeux, retint sa respiration et le laissa tomber au sol. Puis ce fut le silence. Un long et douloureux silence.

Elle baissa les yeux sur sa poitrine pendant un long moment puis leva enfin le regard vers Finn. Si la vue de ses seins absents, de ses cicatrices, ne le dérangeait pas, peut-être pouvait-elle apprendre à son tour à vivre avec ?

— Je ne veux plus jamais que tu aies honte de tes cicatrices, Willow. Surtout avec moi. Elles sont la preuve que tu es plus forte que le cancer.

Il tendit la main vers elle.

— Je peux ?

Elle hocha la tête et ferma de nouveau les yeux.

Elle sentit la douce caresse de ses doigts dans son cou, sur ses clavicules, le long de son sternum, puis, comme une plume, sur ses cicatrices.

C'était une sensation étrange. Certaines zones étaient insensibles, d'autres réagissaient fortement. Il semblait savoir d'instinct où poser ses doigts, comment la caresser.

Les choses semblaient évidentes. Cela faisait bien longtemps que Willow n'avait pas pu jouir d'un tel moment de simplicité et d'émotion. De plaisir même. Car les mains de Finn sur sa peau lui en procuraient. La flamme du désir s'alluma au creux de son corps.

Elle ouvrit les yeux et posa sa main sur celle de Finn, et s'avança pour l'embrasser.

— Fais-moi l'amour.

Finn retira sa veste, son nœud papillon et tendit le bras vers Willow pour relever, dans un sourire coquin, le bas de sa robe et exposer ses cuisses. Le fourreau noir n'était plus qu'un bandeau de tissu autour de sa taille.

Elle observa les mains de Finn aller et venir sur ses cuisses, elle sentit son souffle chaud mettre sa peau en émoi. La saisissant de ses deux bras puissants, il la souleva et la porta jusqu'à la chambre, le bout de ses doigts s'attardant sur le satin de sa culotte.

Il l'allongea sur le matelas, laissant sa main entre les jambes de Willow. Il exerça une pression au bon endroit et envoya une décharge de plaisir dans tout son corps.

— Oh ! Finn.

Elle ferma les yeux, sentit les mains de Finn tirer gentiment sur le bout de satin qui les séparait. Elle souleva les hanches, il la débarrassa de ses vêtements. Elle se trouvait nue, entièrement nue, pour la première fois devant lui, devant un autre tout court, depuis son intervention chirurgicale.

D'un doigt, il s'invita en elle. Willow oublia tout, traversée par une vague de plaisir à l'état brut. Son pouls s'accéléra à mesure qu'il caressait son intimité la plus moite.

L'orgasme vint rapidement. Violent, intense. Les spasmes eurent raison d'elle, et elle se laissa retomber de tout son plaisir sur le matelas.

— Willow…

Il fonça droit sur sa bouche, qu'elle ouvrit grand pour lui.

Avant qu'elle n'ait eu le temps de reprendre ses esprits,

il vint en elle de toute sa longueur. Sa peau brûlante mit celle de Willow en fusion. Elle ouvrit un peu plus les cuisses pour mieux l'accueillir.

Son secret ne l'avait pas fait fuir, il les avait au contraire rapprochés. Faisait-elle une erreur en repartant à Shaw Island quand tout ce qu'elle désirait en cet instant se trouvait ici, à Charleston ? Elle tenait à profiter de Finn autant qu'elle le pouvait avant que cette histoire ne prenne fin.

— Je pourrais peut-être rester quelques jours de plus…

— Tu serais prête à prolonger ton séjour ici ?

— Oui.

Sa réponse décupla l'énergie de Finn, qui accentua son assaut charnel, prenant possession de son intimité avec une ferveur renouvelée.

Willow s'accrocha à lui, sentit le plaisir monter de nouveau en elle. Elle lui souffla les mots qui naissaient en elle :

— Je n'ai pas envie que ça s'arrête.

Elle ne parlait pas seulement de ce délicieux instant. Prolonger son séjour ne faisait que repousser l'échéance de leur inévitable séparation.

Mais il ne lui avait pas demandé de rester pour toujours…

— Alors savoure. Nous aurons d'autres moments à nous, profite pleinement de celui-ci.

Il l'embrassa avec avidité, passa une main sous son genou et posa sa jambe sur son épaule. Il fit basculer son bassin et la pénétra plus fort et plus loin encore. La sensation était indescriptible, le plaisir intense. Willow ne put s'empêcher de gémir.

— Oh Finn.

Il la caressa, lui offrant la promesse d'une extase délicieuse. L'explosion vint, l'orgasme s'empara d'elle avec une force totale, sidérale.

Elle l'entendit prononcer son nom, tout bas, comme un talisman.

— Willow…

- 10 -

Sawyer avait enfin échappé à l'homme qui avait essayé de faire affaire avec lui pendant une heure.

Il parcourut la salle du regard, désormais déserte, à la recherche de son épouse, qui l'avait abandonné à cette conversation ennuyeuse il y avait déjà un long moment. Il la retrouva assise au coin d'une table. Elle avait enlevé ses chaussures, et avait posé son pied nu et gonflé en hauteur sur une chaise.

Il s'approcha d'elle.

— Je suis désolé.

— Je crois que je viens de passer la plus longue nuit de toute ma vie. Si ma grossesse avait été plus avancée, j'aurais pu prétendre avoir des contractions juste pour pouvoir partir plus tôt.

— Tu sais bien qu'il est compliqué pour moi de m'éclipser trop tôt de ce genre de soirée. Ma mère le remarquerait tout de suite.

Kate prit son cocktail, un mélange d'eau pétillante et de jus de fruit, et en but une longue gorgée.

— Et pourtant, voilà deux heures que l'invité d'honneur s'est évaporé.

Effectivement, il n'avait pas vu son frère ni Willow depuis un moment. Pensant qu'il était Finn, certaines personnes s'étaient même approchées de lui.

— Il trouve toujours une excuse pour prendre la poudre

d'escampette lors de ce genre de situations. Pourquoi est-il parti ? Tu sais ?

Kat haussa les épaules.

— La dernière fois que je l'ai vu, il était blanc de honte suite aux propos de Tom. Je ne serais pas surprise que tout ça l'ait fait fuir.

Sawyer étudia son épouse froncer des sourcils.

— Finn ? Humilié devant tout le monde ? Pourtant, il adorait raconter ce genre d'histoires, avant tout car elles ont tendance à mettre notre cher père hors de lui.

— L'ancien Finn prenait peut-être plaisir à évoquer ses histoires extravagantes. Néanmoins, mon chéri, la personne que tu as ramenée à la maison est un tout autre homme. Je n'ai pas l'impression qu'il soit toujours fier de ses frasques. Depuis qu'il est arrivé ici, c'est à peine s'il arrive à me regarder dans les yeux. Je ne sais pas s'il sera capable de rester à mes côtés en salle de travail quand Beatrice viendra au monde.

L'orchestre termina son ultime morceau et salua les quelques personnes encore présentes. Cet au revoir musical marquait la fin de la soirée.

Le personnel envoyé par le traiteur prit alors le relais, ramassa la vaisselle restante et démonta le buffet de desserts.

Kat tendit les bras vers Sawyer.

— Ramène-moi à la maison, mon chéri. J'en ai assez de tout ça.

Sawyer s'agenouilla afin de lui passer ses ballerines au pied et l'aida du mieux qu'il put à se lever de sa chaise. Il l'enlaça, appréciant du regard la distance qui les séparait, ce ventre rond si beau et si tendre.

— Et dire que nous nous sommes mis d'accord pour que ce bébé ne nous sépare jamais !

— Très drôle.

Kat posa un baiser bref mais intense sur ses lèvres.

— Je dois dire que je me sens un peu empotée, version gros format, chaud devant.

— Tu es bien injuste avec toi. Moi je te trouve magnifique. La grossesse te va à ravir. Et tu as fabriqué de tes mains le futur berceau de Beatrice. Tu es une vraie force de la nature, mon amour.

Sawyer passa un bras autour de son épaule et l'emmena vers le hall d'entrée.

Le voiturier leur ouvrit les portières de la Range Rover. Ils s'installèrent dans leur voiture et se mirent en route vers le pont qui menait au centre-ville.

Kat resta silencieuse quelques instants.

— Tu sais, il faut que je t'avoue quelque chose. Je crois que j'aime bien le nouveau Finn.

— Moi aussi, à dire vrai. J'aime bien Willow, aussi. Je pense qu'elle a une bonne influence sur lui. Je n'ai jamais pu en dire autant des femmes qui ont plus ou moins partagé sa vie jusque-là.

— Les filles et moi sommes d'accord pour dire qu'il devrait rester avec elle. J'espère qu'il saura lui aussi y voir clair et faire le bon choix.

Sawyer n'en était pas si convaincu. Il n'aurait jamais cru voir le jour où Finn s'assagirait. Son père l'avait forcé à demander Kat en mariage le jour où elle était tombée enceinte, mais le cœur n'y était pas. Finn ne s'était jamais senti aussi soulagé que lorsqu'elle avait refusé sa proposition.

— Si Finn a bel et bien changé, que le ciel t'entende. Toutefois…

Il s'interrompit.

— Toutefois ?

Les yeux rivés sur la route, Sawyer fronça des sourcils.

— Les docteurs à Seattle disaient que Finn finira par recouvrer la mémoire. Selon eux, l'amnésie est une résultante de son œdème cérébral, dû au choc qu'il a pris sur le crâne. Elle devrait demeurer provisoire. Je ne peux m'empêcher de croire que les choses changeront du tout au tout le jour où tous ses souvenirs lui reviendront, notamment en ce qui concerne sa relation avec Willow.

— Il semble vraiment considérer ses anciennes habitudes de fêtard avec dégoût. Ne penses-tu pas que toutes les choses qu'il a vécues depuis son accident auront un impact sur lui, même après que sa mémoire lui est revenue ?

Il aurait aimé répondre par l'affirmative, mais Finn finissait toujours par trouver un moyen pour le surprendre.

— Je ne sais pas.

— Eh bien, je pense que, malgré ses souvenirs, Finn est devenu un bien meilleur homme. Il a frôlé la mort. Et si tu veux mon avis, il est amoureux de Willow.

— Finn ?

Sawyer était interloqué.

— Amoureux ?

— Tu les as bien vus tous les deux. Il refuse peut-être de le reconnaître ou de l'admettre devant quelqu'un, mais il l'aime.

Sawyer fit tourner le SUV sur Market Street. Si Finn était vraiment amoureux de Willow, alors Kat avait raison : le nouveau Finn pourrait bien survivre à son amnésie.

Toutefois, une désagréable sensation en lui semblait indiquer qu'il s'agissait là d'une éventualité improbable.

— J'espère que tu as raison, pour le bien de tous.

Pour la première fois de sa vie peut-être, Finn sortit de son lit aux aurores.

Il savait à présent qu'il avait jusque-là plutôt joué les oiseaux de nuit. Être debout à cette heure avait été pour lui synonyme de nuit blanche.

Mais en cet instant, il devait son insomnie au trop-plein dont son esprit était victime. Il avait regardé Willow dormir un long moment, si belle et paisible, la tête posée sur l'oreiller. Elle, bien entendu, avait dormi comme un bébé. Elle avait non seulement pu profiter d'une belle nuit d'amour, mais avait enfin pu se libérer d'un lourd fardeau. Elle dormait d'un sommeil bienheureux, l'esprit en paix.

Finn versa de l'eau chaude dans sa cafetière et proféra une litanie de jurons à sa propre intention. Cela faisait moins de dix heures qu'il avait recouvré la mémoire et il recommençait déjà à se comporter comme le méprisable égocentrique qu'il avait toujours été.

Exactement celui qu'il ne voulait plus être ni incarner.

Il avait menti à Willow. Elle avait été à ses côtés depuis le début. Il avait traversé cette épreuve avec elle.

Elle était restée présente, figure rassurante auprès de lui alors qu'il luttait pour retrouver la mémoire et comprendre quelle était sa place dans ce monde.

Lorsque sa mémoire lui était enfin revenue, il n'avait rien voulu dire ; au contraire, c'était lui qui avait poussé Willow à se confier à lui.

C'était la meilleure.

Il s'assit sur un tabouret, posa ses coudes sur l'îlot central et se prit la tête dans les mains.

À la faveur d'une nuit de confiance qu'elle croyait mutuelle, Willow lui avait accordé tout ce qu'il lui avait demandé.

Il l'avait convaincue de se fier à lui : il savait qu'elle avait besoin de se libérer de sa douleur et de sa honte. Mais tout ce temps, il n'avait pensé qu'à son désir. Il était vraiment indigne de confiance. Indigne d'elle.

Le moment était venu de tout lui avouer.

Penché au-dessus de sa tasse de café, il projeta sur l'écran noir de son esprit torturé une demi-douzaine de scénarios différents, dans lesquels il mettait en scène son annonce de façon toujours plus théâtrale, avant de comprendre qu'il ne ferait qu'empirer la situation en accumulant les mensonges.

Quelles qu'en soient les conséquences, il devait se montrer honnête envers Willow.

Il savait très bien ce qui lui en coûterait : il allait la perdre, sans l'ombre d'un doute. Pas à cause des mensonges, mais de la vérité.

Maintenant qu'il avait retrouvé la mémoire, Finn n'était plus perdu dans une mer d'inconnues, essayant désespérément de comprendre une vie qui n'avait aucun sens à ses yeux.

Willow allait partir. Il le savait, car désormais, il se souvenait. Il se souvenait de tout. Il savait pourquoi certaines femmes lui avaient jeté des regards en coin, intéressés, au cours de la soirée, et pourquoi d'autres semblaient le regarder de travers.

Il n'était pas perdu. Il n'avait plus besoin que Willow lui tienne la main ; pas comme avant, tout du moins.

Comment vivre sa vie à présent ? S'il ne souhaitait pas reprendre de plus belle ses anciennes habitudes, il devait changer, comme Willow le lui avait suggéré. Il en était capable.

Il était capable de devenir quelqu'un de meilleur. Ou tout du moins celui qu'il était devenu depuis l'accident qui avait manqué lui coûter la vie.

Mais il avait le désagréable pressentiment qu'à la minute où elle repartirait pour Shaw Island, son naturel reviendrait au galop.

Punition pour avoir tout gâché avec Willow, vaine tentative de l'oublier : quelle qu'en soit la raison, il céderait à l'appel de la fête et de la débauche, pour fuir le regard de celle dont l'image ne cesserait de le hanter.

Une fois tombé dans l'alcool et les plaisirs charnels, il se laisserait couler. C'était tellement plus délicieux que d'être rangé des voitures comme Sawyer ou un lèche-bottes comme Tom.

Il y avait eu quelque chose de simple et paisible à n'être que Jack, qui, au milieu de nulle part, était heureux avec Willow. Depuis que Sawyer l'avait retrouvé, Finn et lui vivaient des montagnes russes émotionnelles et relationnelles.

La nuit qui venait de s'écouler l'avait mis au supplice, face à des souvenirs dont il ne voulait pas. Porter le nom de Steele était aussi une source d'exigence. Se prénommer Finn Steele n'était pas toujours une partie de plaisir.

Une voix féminine le tira de ses pensées :

— Je me suis réveillée toute seule, dans un lit bien froid.

Finn se retourna et vit Willow, encore ensommeillée, postée au bas de l'escalier. Elle portait une nuisette en soie rose et avait enfilé ses chaussons à lui.

— Je suis désolé. Et bonjour.

Finn se pencha pour l'embrasser.

— Je n'arrivais pas à dormir.

Willow apparut légèrement surprise.

— Après cette nuit de dur labeur, j'aurais cru que tu dormirais comme un bébé.

— En ce qui te concerne, tu sembles avoir dormi comme une femme comblée par une belle nuit d'amour. Tu veux un café ?

— Je préférerais du thé, si tu en as.

— J'en ai. Il est dans le placard de gauche, au-dessus des biscottes. Il doit y avoir de l'English Breakfast et du Earl Grey.

Willow se dirigea vers l'étagère avant de s'arrêter brusquement.

— Qu'est-ce que tu as dit ?

Il comprit ce qu'il venait de faire.

Le Finn amnésique aurait été bien incapable de dire ce qu'il y avait dans ses placards. Or les mots étaient sortis tout seuls de sa bouche.

Il ne lui avait fallu qu'un instant pour se trahir.

Willow s'impatienta. Elle insista :

— Comment sais-tu tout ça ?

— Je…

Face à n'importe qui d'autre, il aurait improvisé. Un mensonge, une saillie bien sentie, et le tour aurait été joué. Il aurait pu raconter qu'il avait trouvé le thé en cherchant du café ou du sucre. Il n'était jamais à court d'idées.

Mais avec Willow, c'était différent. Impossible. Il ravala ses mensonges. Il savait exactement ce qu'il possédait, car il se souvenait de chaque recoin de sa maison.

— Ce n'est que du thé, Willow.

Ce fut la seule chose qu'il trouva à répondre.

La mine joyeuse qu'elle arborait depuis quelques minutes ne tarda pas à se décomposer. Elle se mordit la lèvre inférieure et leva les yeux vers lui.

— On ne parle pas de ça, Finn, et tu le sais très bien. La question n'est pas thé ou café. La première fois que nous sommes venus ici, tu n'arrivais même pas à retrouver la salle de bains au bout du couloir. Combien de temps, Finn ? Ça fait combien de temps que tu as retrouvé la mémoire ?

Il vit la lumière crue du plafonnier se refléter dans les yeux embués de Willow.

— Un jour ? Une semaine ?

Sa voix se brisa.

— Tout ça n'était donc qu'un jeu à tes yeux, l'occasion de t'éloigner un temps de ta vie et de tes responsabilités, et le tout à mes dépens ?

— Mais non ! Que vas-tu chercher ?

Il ne lui avait pas tout dit, mais cela ne remettait certainement pas en cause tout ce qu'ils avaient vécu. S'était-elle attendue à être trahie ?

— Willow, je viens tout juste de retrouver la mémoire. Je te le jure.

— Et donc, tu te réveilles ce matin, la mémoire fraîchement retrouvée, et tu décides de ne pas me réveiller, encore moins de m'annoncer la nouvelle ?

Elle le fixa depuis l'autre côté de l'îlot, le défiant de mentir à nouveau.

Il soupira et baissa les yeux.

— Non, ça ne remonte pas à ce matin.

— La nuit dernière ? Pendant ta soirée ? Revoir toutes ces belles femmes t'a aidé à te rappeler les nuits que tu as passées dans leurs bras ? Entre leurs jambes ? Elles te regardaient toutes, Finn.

— Mais non, voyons. Je t'ai dit à quel point j'étais mal à l'aise. C'est arrivé au moment où Tom a porté un toast à ma santé. Pourquoi ? Je n'en ai pas la moindre idée. C'est pour ça que j'ai voulu partir sans attendre. Tout ce que je voulais, c'était m'éloigner de ces gens qui me connaissaient d'avant l'accident.

Willow scruta avec attention son visage. Finn essaya du mieux qu'il put de ne pas flancher sous son regard inquisiteur, de ne pas non plus chercher à lui inspirer de la pitié.

Cela ne marcherait pas. Pas avec elle.

— Je ne suis pas sûre de te croire, Finn. Je ne suis plus sûre d'avaler la moindre de tes paroles à présent.

— Je t'en prie, non !

Il s'avança vers elle, Willow recula.

— C'est arrivé hier soir. J'ai eu peur de t'en parler.

— Tu as donc préféré me mentir, à la place ? Durant tout ce temps, alors que tu me poussais à te confier mes secrets les plus douloureux et les plus lourds ?

Willow baissa les yeux vers le décolleté de sa nuisette, puis en resserra les pans pour cacher sa poitrine.

Le destin était bien cruel. Pourquoi sa mémoire lui était-elle revenue la nuit même où elle s'était finalement ouverte à lui ?

— Cela n'a rien à voir. Ce qui s'est passé entre nous hier soir compte beaucoup pour moi. Nous avons partagé bien plus qu'une nuit.

— Tu as entaché tous ces moments, Finn, par tes mensonges. La seule raison pour laquelle je me suis sentie suffisamment en confiance pour m'ouvrir à toi, c'est que je pensais que tu ne me comparerais à aucune de toutes ces femmes que tu as connues avant moi.

Elle soupira et retint un sanglot.

— Alors que, pendant tout ce temps, les images, les corps, les gestes, les nuits torrides te revenaient en mémoire.

— Mais non. Si tu savais comme tu es loin du compte. Tu étais seule à occuper mes pensées.

Finn secoua la tête.

— Je me suis levé alors qu'il faisait encore nuit car je ne sais pas quoi faire. Je suis perdu, Willow. L'ancien Finn n'était pas quelqu'un de bien. J'avais peur que la vérité te fasse fuir, tu comprends ? Comment pourrais-tu vouloir encore de moi ? Une femme comme toi, avec un type comme moi ? La personne que j'étais avant l'accident n'a rien de reluisant.

Il tendit la main vers elle.

— Voilà pourquoi je ne voulais encore rien te dire. Je ne suis pas prêt à te perdre, Willow.

Elle écouta tout ce qu'il avait à lui dire, puis détourna tristement le regard vers un ailleurs inaccessible pour lui.

— Je suis désolée, Finn, mais le mal est fait.

Willow avait redouté ce moment dès l'instant où cet inconnu amnésique au sourire ravageur avait pris possession de son cœur.

Elle avait toujours su qu'elle le perdrait le jour où il recouvrerait la mémoire.

Adieu Jack, l'homme dont elle était tombée amoureuse, là-bas, sur leur petite île. Elle avait croisé sa route, lui tombé du ciel, amoché par les branches et par la vie. Ils avaient bâti un monde à eux, dans lequel le mensonge et la manipulation, les faux-semblants et la déception n'avaient pas cours.

Mais Finn ne lui avait jamais appartenu. Il était l'héritier d'un empire qui valait des milliards, un coureur qui n'avait rien à voir avec l'homme blessé qu'elle avait recueilli. Elle était bien incapable de dire quels points communs elle pourrait partager avec un homme comme lui.

Il était déjà assez difficile pour elle d'avoir des discussions banales avec ses amis et sa famille. Il lui était impossible de continuer à fréquenter Finn avec, pour seul bagage sentimental, ces quelques jours passés ensemble sur son île.

Elle chérirait pour toujours le temps qu'elle aurait passé avec lui. Elle était riche de ces heures passées en sa compagnie, de tout ce que cela lui avait apporté. Aux côtés de Finn, elle avait compris qu'elle était bel et bien vivante.

Elle tenait debout sur ses propres pieds. Elle avait tenté de nourrir quelques relations amicales lointaines, puis avait cédé aux sirènes de la solitude. À cause de cela, elle s'était rendue vulnérable aux charmes du premier homme à croiser son chemin.

À bien y réfléchir, cette expérience lui avait permis d'en apprendre davantage sur elle, sur ce dont elle était capable.

Elle avait eu à se battre contre le cancer, faire des choix difficiles afin de rester en vie. L'heure était venue d'enfin commencer à vivre.

En dépit de ce qu'elle avait pu croire par le passé, elle pouvait encore être belle et attirante, rencontrer de nouvelles personnes. Il existait bien des gens, y compris des hommes, qui étaient prêts à l'accepter comme elle était, une fois qu'elle en aurait fait de même. Mais cet homme, ce ne serait pas Finn. Leur relation était une chimère, et il était grand temps de mettre fin à ce rêve qu'elle avait construit de toutes pièces.

Ce n'était pas ainsi qu'elle avait imaginé son réveil et la journée qui s'annonçait. Elle aurait préféré un baiser, un peu de café, peut-être même un petit supplément de jeux charnels et de plaisirs sensuels.

Au lieu de cela, elle avait dû faire face à une vérité dont elle ne pouvait simplement plus faire abstraction. C'était un bien triste spectacle que de voir Finn bafouiller, ne sachant quoi dire, empêtré dans ses mensonges. Elle avait eu vent de ses frasques… Il était même allé jusqu'à se faire passer pour son frère jumeau sans que personne ne se doute de rien.

Elle aurait cru que le célèbre Finn Steele serait un bien meilleur menteur. Tout du moins, elle aurait espéré qu'il en soit un, ou qu'il ne soit pas si facile de le confondre. Ainsi, ils auraient tous deux pu prétendre que la mémoire ne lui était pas revenue. Hélas, il avait tout gâché, et il était désormais impossible que les choses redeviennent comme avant.

— Je t'en prie, Willow. Comment puis-je te convaincre que c'est la pure vérité ? Je pense chacun des mots que j'ai prononcés.

— Écoute, Finn, tu as tout à fait le droit de reprendre ta vie d'avant. C'est juste que cela se fera sans moi.

Finn ouvrit la bouche, mais Willow leva une main pour l'arrêter.

— Je voudrais que tu me prennes un billet retour pour Seattle dès que possible.

Elle avait eu un aperçu du vrai Finn, capable de

manipuler son monde et de jouer sur toute la gamme des émotions sans jamais vraiment les ressentir. Il ne pouvait espérer la duper à son tour.

Il la fixa de ses yeux noirs, dans un mélange de déception et de résignation. Cette histoire avait été un accident de parcours, il était temps que chacun reprenne le cours de sa vie.

— Je m'occupe de ton vol. Je vais affréter un jet de l'entreprise et faire venir une voiture pour t'y conduire. Le chauffeur sera là sous une heure.

Willow décida de laisser là les vêtements qu'elle avait rapportés de sa virée shopping avec les filles. Ils n'allaient plus lui être d'une grande utilité désormais.

De longues minutes plus tard, Finn frappa à sa porte :

— La voiture sera là dans un quart d'heure.

— D'accord, je te remercie.

— Non, Willow, c'est moi qui te remercie. Merci pour tout.

Elle était incapable de poser les yeux sur lui. Pas si elle voulait rester forte.

— De rien.

Sur ces mots, elle sortit dans la rue, prit une profonde inspiration et attendit.

Une voiture arriva à sa hauteur et s'arrêta. :

— Mme Bates ?

— C'est moi.

— Je suis votre chauffeur, je vous emmène à l'aéroport.

Il sortit pour lui ouvrir la portière et placer son petit sac dans le coffre.

Willow regarda une dernière fois autour d'elle.

L'heure était venue pour elle de retourner à sa vie solitaire mais confortable sur Shaw Island.

- 11 -

Le lundi, aux premières lueurs du jour, Finn enfila un costume et se rendit au siège de Steele Tools.

Il ignora les regards et murmures prudents lorsqu'il traversa le hall pour rejoindre les ascenseurs, et monta à l'étage de la direction. Il avait survécu à un crash d'avion : nul doute que cela contribuait à nourrir les commérages des employés.

En plus de ses autres activités notables et notoires, apparemment.

Lorsqu'il arriva à sa hauteur, son assistante, Melody May, bondit de son fauteuil.

— Monsieur Steele ? Je ne m'attendais pas à vous voir ce matin.

Il admira cette jolie femme à la chevelure brune, qui œuvrait dans l'ombre des trois frères Steele depuis deux bonnes années.

Finn avait flirté avec elle, mais pour s'éviter des problèmes supplémentaires au travail, il n'avait pas tardé à appliquer une politique de distanciation stricte vis-à-vis d'elle. Ce qui avait profondément vexé la jeune femme à l'époque. Par chance, elle semblait ne plus lui en tenir rigueur à présent.

— Vous ne vous attendez pas à me voir le matin de manière générale, Melody.

Finn sourit et passa devant son bureau pour rejoindre le

sien. Melody apparut quelques minutes plus tard avec une tasse de café, des dosettes de lait et des sachets de sucre.

— Je ne sais pas comment vous prenez votre café, monsieur.

Finn rougit de honte. Il n'avait pas fait grand-chose pour mériter ce poste et le salaire qu'il lui rapportait. La plupart du temps, il ne se donnait même pas la peine d'arriver avant le déjeuner.

Il s'était vraiment comporté comme un abruti avec tout le monde, toute sa vie.

— Noir, merci.

Elle le regarda d'un air qu'il devina surpris en posant la tasse devant lui.

— De rien, monsieur Steele. Y a-t-il autre chose que je puisse faire pour vous ?

— Pouvez-vous ouvrir un ticket auprès du service informatique, il me faut un nouvel ordinateur et un téléphone portable. Les miens ont disparu dans l'avion. J'ai également besoin de nouveaux papiers d'identité, cartes de crédit, d'un carnet de chèques. Bref, tout ce que contenait mon portefeuille. Si vous pouviez m'aider à gérer toute la paperasse, je vous en serais très reconnaissant.

— Bien sûr, monsieur.

— S'il vous plaît, appelez-moi Finn.

— Bien sûr, monsieur.

— Pourriez-vous aussi imprimer mon agenda de la semaine prochaine afin que je puisse le consulter facilement jusqu'à ce que mon nouvel ordinateur soit configuré ?

— Absolument.

— Merci, Melody.

La jeune femme hésita un instant. Finn sentit son

malaise grandir. Il s'était vraiment montré incorrect avec elle par le passé.

— Vous ai-je déjà remerciée pour tout ce que vous faites, Melody ?

Elle se figea et le sonda du regard, visiblement intriguée par la question. Elle secoua la tête.

— Je ne crois pas.

Finn soupira et se massa les tempes.

— Eh bien dans ce cas, à mes remerciements, je tiens à ajouter mes excuses. Les choses vont changer désormais.

— Vous avez réellement perdu la mémoire, monsieur Steele ?

Finn acquiesça. Seule Willow savait qu'il l'avait retrouvée.

— Finn, s'il vous plaît, Melody. Mais ne vous en faites pas, il n'y aura pas de nouveau rebondissement. L'amnésie n'a rien à voir avec le respect que j'entends bien montrer à tous.

Melody sourit.

— N'hésitez pas si vous avez besoin de quoi que ce soit d'autre, monsieur… euh… Finn !

Son assistante le quitta, l'abandonnant dans son grand espace vide. Il balaya la pièce du regard. Elle était sans relief, meublée d'un ensemble en acajou, de fauteuils en cuir et d'une petite table de réunion postée près de la fenêtre.

Les bureaux de ses deux frères avaient exactement la même configuration. Il avait fait ajouter un petit bar dans le coin, avec un caisson réfrigéré et une carafe en cristal, qui contenait un whisky hors de prix. Les étagères derrière lui étaient pour la plupart vides, exception faite de quelques photographies encadrées.

Il se retourna pour les contempler comme si c'était la première fois.

Il avait beau avoir retrouvé la mémoire, ces clichés ne résonnaient pas en lui. Il n'avait jamais passé beaucoup de temps dans ces locaux. S'il jouissait de la liberté qu'était la sienne, c'était uniquement en raison des liens du sang. Il était le fils du big boss et pouvait se permettre ce qu'il voulait…

Sur l'une des photographies, la famille posait au grand complet dans le jardin. Il ne parvenait pas à se rappeler l'événement qui les avait tous rassemblés ce jour-là.

Sur une autre, il posait au bras d'une top-modèle italienne. La photo était dédicacée. La suivante immortalisait un séjour aux sports d'hiver, dans une célèbre station européenne, en Suisse. Le nom de la femme qui posait à ses côtés ne lui revenait pas. Il aurait voulu pouvoir mettre cet oubli sur le compte de son traumatisme crânien. Mais en vérité il était incapable de se souvenir le nom de toutes ses conquêtes.

Son téléphone fixe sonna. Il appuya sur la touche qui clignotait sur le côté du combiné.

— Oui ?

— Votre père demande à vous voir.

C'était précisément pour cette raison qu'il fuyait autant que possible les locaux de Steele Tools.

Il jura silencieusement, saisit sa tasse de café et se leva. Le bureau de son père se trouvait à quelques pas de là, à l'angle du bâtiment, où la vue sur la ville était la plus belle.

La pièce occupait une position stratégique : Trevor Steele pouvait aisément observer les bureaux de Tom,

Sawyer et Finn au bout du couloir et surveiller leurs allées et venues.

Ou leurs absences, en ce qui concernait Finn.

Il se posta à l'entrée de la pièce.

— Bonjour. Entre.

Sur indication de son père, Finn prit place dans le fauteuil destiné aux invités. *Le fauteuil aux sermons*, pensa-t-il avec une pointe d'ironie. Il allait certainement y avoir droit une nouvelle fois.

Allait-il lui reprocher d'être parti trop tôt de la fête deux jours plus tôt ? Ou d'avoir survécu au crash de l'avion et mis son père, et l'entreprise aussi, dans l'embarras ? Comment savoir ? Trevor Steele avait toujours quelque chose à redire.

— Je sais que tu as été sur la touche pendant quelques semaines et je ne suis pas sûr que tu t'en souviennes, mais quand ton avion s'est écrasé, tu rentrais de nos nouveaux locaux à Pékin. Je t'avais confié une lourde responsabilité en t'envoyant là-bas pour ouvrir notre première usine de ce côté de l'océan. Et je tenais à te dire que tout se passe très bien là-bas. Le projet a rencontré un succès incroyable et tu y es pour beaucoup, Finn. Je suis fier de toi.

Si Finn n'avait pas retrouvé la mémoire, cette conversation aurait été agréable, mais elle n'aurait pas eu le même effet.

Il essaya de ne pas réagir trop ostensiblement au discours de son père. Il se contenta de sourire et de hocher la tête, préférant faire preuve d'humilité face aux compliments dont son père venait de le gratifier.

Cela se produisait si rarement ! Il comprit en cet

instant combien ce type de paroles lui avait manqué au cours de sa vie.

— J'ai conscience que tu as traversé de nombreuses épreuves et je ne veux pas te brusquer. Mais une fois que tu seras complètement remis, je voudrais que tu prennes davantage de responsabilités au sein de l'entreprise.

Finn peina à comprendre ces mots, à les accepter. On ne lui avait jamais confié que le strict minimum à gérer depuis qu'il avait obtenu son diplôme universitaire. Il avait le sentiment que son père ne lui avait proposé le poste à Pékin que pour ne plus l'avoir dans les pattes pendant quelques mois.

— Vraiment ?

Trevor lui sourit et il eut du mal à reconnaître cette expression sur le visage de son père. Il ne s'agissait pas du rictus poli qu'il affichait en public, mais d'un authentique sourire.

— Vraiment. J'ai l'impression que toute cette expérience t'a changé pour le mieux, Finn. Tu as beaucoup mûri ces dernières semaines et j'espère que cela est annonciateur de grandes choses pour toi et pour ton implication dans l'entreprise.

— Merci.

Il ne trouva rien d'autre à répondre.

— Bon, il y a quelques grands projets qui se dessinent à l'horizon, donc tu auras le choix. Quand tu seras prêt. Maintenant, pars. Prends quelques jours de congé supplémentaires. Je ne veux pas que tu précipites ton rétablissement.

Trevor se leva et fit le tour du bureau. Il ouvrit les bras en grand et il fallut un moment à Finn pour réaliser que son père voulait le prendre dans ses bras.

— Quand j'ai appris que ton avion s'était écrasé, j'ai senti une partie de moi s'éteindre pour toujours, Finn. J'ai cru que je ne te reverrai jamais et j'ai été envahi par les regrets. Il semble que nous ayons une seconde chance tous les deux maintenant. Bienvenue à la maison, fils.

— Merci, papa.

Finn sortit du bureau et resta debout dans le couloir, stupéfait.

Finn avait grandi dans une fratrie de quatre enfants. Il n'était ni l'aîné, ni le petit dernier, ni la fille adorée. Il était l'un des jumeaux, même pas une personne à part entière. Il avait compris très tôt qu'il attirerait davantage l'attention en allant au-devant des ennuis qu'en se comportant correctement. Il avait également appris que c'était nettement plus amusant. Il avait donc endossé le rôle de l'enfant à problèmes et en avait tiré le meilleur parti.

Mais au fond de lui, il devait reconnaître qu'il ne courait qu'après une chose : la reconnaissance de ses parents. Et peut-être même leur fierté. Tout cela lui avait semblé impossible jusqu'à présent.

Le moment qu'il avait secrètement rêvé de partager avec son père venait de se produire. Et il avait fallu pour cela qu'il frôle la mort.

Touché, ému, Finn n'en était pas moins déçu. Pas de son père, non. Obtenir une promotion, davantage de responsabilités et l'approbation de son père… C'est tout ce dont il avait rêvé. Il en éprouvait une profonde gratitude.

Mais au fond, à cet instant de sa vie, ce n'était rien de ce qu'il voulait. Il pensait à Willow.

Elle aurait pu choisir la chirurgie réparatrice, non par besoin mais pour ressembler à ce que le monde attendait d'elle. Mais elle avait su être à l'écoute de son corps. Elle vivait une vie qui la rendait heureuse, même si sa sœur ou des étrangers trouvaient curieux qu'elle vive seule.

S'il ne devait retenir qu'une chose des moments qu'il avait partagés avec elle, c'est qu'il devait vivre sa vie selon ses propres désirs. Malgré sa furieuse réputation d'épicurien, il n'avait pas été vraiment heureux. Ni épanoui. Tout ce qu'il avait entrepris avait servi à se complaire dans le rôle de riche play-boy qu'il s'était choisi. Vivre le moment présent lui avait largement suffi dans sa vingtaine.

Ce temps-là était révolu. Place au bonheur à présent. Un bonheur qui allait exiger une petite révolution.

Finn avait longtemps pensé que courir les jupons et saisir chaque occasion de faire la fête était la plus belle manière de jouir de sa liberté. Beaucoup le regardaient faire avec envie. Cela lui avait suffi, en apparence, jusqu'à ce qu'il rencontre Willow. Ou plutôt, jusqu'à ce qu'il la perde.

La voir sortir de chez lui, sortir de sa vie, lui causait une douleur bien plus grande que son accident et son corps meurtri. Il se sentait amputé d'un membre, d'une partie de lui-même, déchiré, emporté avec cette femme loin de lui.

Et il comprit qu'il s'agissait de son cœur.

Il n'avait jamais été amoureux d'une femme auparavant, mais il était presque certain que c'était bien cela qu'il ressentait.

Willow occupait ses pensées. Que faisait-elle ? Comment allait-elle ? Son image apparaissait devant lui, le faisait sourire et souffrir à la fois. Il repensait à son humour, à ses confessions aussi. Combien les frasques et les écarts de conduite de sa vie passée lui semblaient pauvres et creux au regard d'une vie avec elle. Willow avait fait de lui un homme meilleur.

Tout chez elle était incroyable. Elle était unique en son genre. Fascinante, attirante. Willow était Willow. Et il l'aimait.

Il n'avait d'autre choix que de se battre pour lui montrer qu'elle pouvait choisir sans risque de l'aimer en retour.

La maison de Willow lui parut, pour la première fois en deux ans, bien vide. Doc devait venir lui déposer Shadow un peu plus tard dans la journée. Elle se tenait debout dans cette pièce qui lui semblait à présent bien trop grande, trop sombre.

Elle et Finn, qui s'appelait encore Jack, étaient partis précipitamment et avaient laissé la maison dans un désordre certain. Ce qui ne devait être qu'un aller-retour pour Seattle était devenu la plus belle des aventures, puis un au revoir.

La couette de Finn était pliée dans le fauteuil inclinable qui avait fait son bonheur. Sa tasse à café trônait encore sur la table basse. La vaisselle du petit déjeuner gisait dans l'évier, les notes pour son roman l'attendaient en désordre sur son bureau.

Finn était partout et nulle part.

Elle avait vécu seule dans la maison bien plus longtemps qu'elle n'avait été avec Finn, mais il s'était si facilement fondu dans sa vie, dans son quotidien, comme s'il avait toujours été là.

On lui demandait souvent comment elle parvenait à vivre seule. Ces journées en solitaire ne lui pesaient pas. Elle ne savait peut-être tout simplement pas ce qu'elle ratait. À présent, Finn était à l'autre bout du pays et elle se sentait seule, profondément seule et loin de tout, surtout de lui.

Willow se roula dans le fauteuil et serra la couette contre elle. Le tissu portait encore son odeur. Elle s'imagina contre lui, le visage enfoui dans son cou. Elle ferma les yeux et tenta de résister à la vague de tristesse qui menaçait de s'abattre sur elle. Dans l'avion, elle avait tenu bon. Elle qui pensait que les voyageurs de première classe ne souffraient pas…

Elle était l'unique responsable de ses souffrances. Elle avait fait plus qu'aider cet homme. Elle avait posé les yeux sur lui. Son for intérieur lui avait hurlé de ne pas s'attacher à Finn. Tous les voyants étaient au rouge, les raisons de fuir nombreuses. Tout pour ne pas souffrir, pour se protéger, ne pas se laisser atteindre.

Cet homme si beau n'aurait jamais pu être à elle. Y croire l'avait menée à sa propre perte, à cet insondable chagrin.

Elle était tombée amoureuse de Jack, avait souffert avec Finn.

Cherchant à dissiper ces pensées moroses, elle s'attela au ménage et se dirigeait vers la cuisine quand le téléphone sonna. Doc, certainement.

— Allô ?

— Willow ! Où étais-tu ? Ça fait une semaine que j'essaie de te joindre.

Willow se mordit la lèvre. C'était sa sœur, Rain, qui n'appelait pour ainsi dire jamais, pas plus qu'elle n'insistait quand elle n'obtenait pas de réponse.

— Comment va Joey ?

La question lui était venue spontanément. Pour quelle

autre raison sa sœur aurait-elle bien pu tenter de la joindre à plusieurs reprises ?

— Joey va bien. Nous allons tous bien. C'est pour toi que je m'inquiète.

— Il n'y a aucune raison de t'en faire, Rain. Je suis partie prendre l'air quelques jours. Pourquoi n'as-tu pas appelé sur mon portable ?

Rain soupira.

— Willow, je n'ai pas ton numéro de portable. Pourquoi le noter alors que tu ne sors jamais de chez toi ?

— Tu n'as pas tort.

Avant que Finn n'entre dans sa vie, elle se contentait de sortir Shadow et d'aller faire quelques courses dans le centre-ville. Si elle recevait peu d'appels, son portable fonctionnait très bien. Mais elle n'allait pas se lancer dans un débat avec sa sœur.

— Je suis partie en Caroline du Sud.

Le silence s'installa à l'autre bout de la ligne.

— Que faisais-tu en Caroline du Sud ? Une rencontre professionnelle ? Une séance de dédicace ?

— Non, ce n'était pas pour un livre. Je suis partie pour Charleston un peu à la dernière minute. Des vacances improvisées, si on peut dire. Je suis rentrée tard hier soir.

— Des vacances ? Toute seule ?

Willow serra les dents.

Elle et Rain n'étaient pas très proches. Et depuis son cancer, Rain avait tendance à jouer la mère un peu trop couveuse plutôt que la sœur complice. Elle risquait néanmoins d'insister pour en savoir un peu plus. Mais Willow n'avait aucune envie de s'étendre sur Finn. En parler risquait de raviver un peu plus le chagrin.

— J'ai été invitée par un ami.

— D'accord. Très bien.

— Bon, dis-moi comment va Joey ?

Maigre tentative de changement de sujet.

— Il a deux ans. Il est d'humeur massacrante et détruit tout sur son passage. Steve veut un deuxième enfant, mais je ne suis pas sûre que je sois prête à remettre le couvert. Alors, qui est cet ami ? Quelqu'un de l'île ?

— Plus ou moins.

— Plus ou moins ? Pourquoi fais-tu autant de mystères, Wil ? Tu me caches quelque chose ? Tu n'es pas en rechute, au moins ? Tu as fait tout ce qui est humainement possible pour empêcher que ça arrive.

— Non, pas du tout. Mes derniers examens sont rassurants, ne t'en fais pas. Je suis en parfaite santé.

J'ai juste le cœur brisé.

Elle entendit sa sœur lâcher un grand soupir de soulagement.

— Alors qu'est-ce que c'est ? Il se passe quelque chose, alors dis-le-moi ou je vais te gâcher tout ton après-midi. Pire, je vais prendre le ferry et débarquer chez toi, où tu ne pourras plus m'éviter. Tu ne pourras pas me mentir en face, Willow. Je lis en toi comme dans un livre ouvert.

— D'accord, très bien.

Elle n'avait aucune envie de voir sa sœur débouler dans sa maison et dans sa vie en cet instant.

— Tu as entendu parler de ce type amnésique qu'on a retrouvé sur une plage ? Sorti de nulle part, avec aucun indice sur lui pour l'identifier ?

Entre l'appel lancé par l'hôpital pour aider à identifier Finn et les tentatives de Sawyer pour le retrouver, l'histoire était parue dans tous les journaux. Elle se disait que c'était tout aussi bien qu'ils aient quitté Seattle avant que les journalistes les retrouvent et les abreuvent de questions.

— Je crois que Steve a mentionné quelque chose à ce sujet. Il est plus intéressé par les informations que par ce que je fais. Eh bien quoi ? Tu le connais ?

— Eh bien, oui et non. Je ne le connaissais pas avant son accident, mais en fait, il s'est échoué sur ma plage. Shadow l'a trouvé lors d'une balade. Puis nous avons eu une affreuse tempête, et je me suis retrouvée coincée, à devoir prendre soin de lui jusqu'à ce que nous puissions l'emmener à l'hôpital.

— L'idée ne me plaît pas, Wil. Accueillir un inconnu chez toi. Pourquoi n'as-tu rien dit ?

— Qu'est-ce que tu aurais pu faire ? Les ferries ne circulaient pas.

— Attends, je me souviens de cette histoire maintenant. Les journaux n'ont pas dit que le type était en fait un milliardaire disparu dans cet horrible crash d'avion juste avant la tempête ?

— C'est bien lui, oui. Quand son identité a été découverte, je l'ai raccompagné chez lui à Charleston, pour m'assurer que tout allait bien. Il n'avait pas encore retrouvé la mémoire et il avait besoin de soutien. Puis je suis revenue. Il n'y a rien de plus à savoir.

— Tu l'as raccompagné chez lui. Sur la côte est ? Ce n'est pas une petite escapade. Tu ne me dis pas tout.

— C'est vrai. Je suis désolée, Rain, mais je viens de rentrer et je ne suis pas vraiment prête à parler de tout ça. Beaucoup de choses se sont passées et il me faut un peu de temps pour les digérer.

— Tu es amoureuse de lui.

Comment pouvait-elle savoir ? Sa sœur avait un sixième

sens pour ces choses-là. Combien de fois l'avait-elle fait tourner en bourrique pendant l'enfance ?

— Oui, mais ça n'a pas d'importance. C'est terminé.

Une portière de voiture claqua dehors.

— Écoute, Rain, je dois y aller. Doc vient de se garer pour déposer Shadow.

— OK. Mais cette conversation n'est pas terminée. Nous reparlerons de tout ça, de cet homme, dès que tu seras prête.

— Si tu veux.

Willow raccrocha et se leva du fauteuil. Jetant un œil par la fenêtre, elle vit son chien tout joyeux sauter de voiture et foncer vers la porte à grand renfort de jappements et de battements de queue.

Willow sourit et se dirigea, elle aussi, vers la porte d'entrée pour l'accueillir. Son ami au poil soyeux lui avait manqué ces derniers jours. Elle le laisserait peut-être dormir avec elle dans son lit ce soir.

Toute présence était la bienvenue, elle avait cruellement besoin de chaleur.

- 12 -

Il fallut deux semaines à Finn pour remettre de l'ordre dans sa vie.

C'était plus qu'il ne le souhaitait, mais revoir sa copie et repenser sa vie allait lui prendre quelque temps s'il voulait le faire convenablement.

Il commença par réunir sa famille. Il tenait à poser certaines choses, faire quelques déclarations formelles. Il parla d'un ton ferme, sans laisser de blanc : ils devaient tous comprendre que l'heure n'était pas à la discussion, aux avis, encore moins aux blagues ou aux pitreries.

Sa mémoire était revenue. Il allait démissionner de Steele Tools et partir pour l'État de Washington, dans l'espoir de retrouver Willow, si elle voulait encore de lui.

Personne ne protesta. Il espéra avoir été compris de tous. Il voulait se donner un nouveau souffle, tracer une nouvelle voie pour lui.

Il mit en vente sa villa, qui ne tarda pas à trouver un acquéreur. Il se sépara ensuite de sa Ferrari, fit don de la plupart de ses meubles, mis en carton ses affaires et papiers les plus importants – bien peu de choses, à vrai dire – et les confia à Sawyer et Kat.

Il monta dans l'avion pour Seattle avec une seule valise en main, le cœur empli d'un espoir timide mais bel et bien présent.

La démarche était plus qu'audacieuse. Finn n'avait pas

parlé à Willow depuis qu'elle était partie de chez lui et avait pris l'avion pour rentrer chez elle.

S'il voulait la convaincre, il n'avait pas d'autre choix que d'aller de l'avant, de prendre des risques et de lui montrer de quoi il était capable pour elle.

Il passa quelques heures à Seattle afin de régler certaines affaires. La dernière d'entre elles était l'achat d'un bateau. Le commercial fut plus que surpris de voir cet homme arriver, pointer du doigt le modèle qu'il désirait et signer le chèque aussitôt.

Finn avait toujours voulu naviguer. Ses vacances d'enfance avaient le goût du sel et des sorties en mer. Le lendemain matin, posté derrière le volant de son petit bijou des mers, il partit en direction de Shaw Island. Si Willow le rejetait, il pourrait toujours dormir dans l'une des cabines.

Il était près de 10 heures quand il aborda le rivage, non loin de là où Shadow, puis Willow, l'avaient trouvé la première fois. Au moment où il approchait du ponton, il entendit un aboiement familier.

Willow était là, à la lisière de la plage, derrière les arbres. Elle promenait Shadow.

Finn amarra le bateau et sauta sur le ponton. Son cœur battait à tout rompre. Il avança sur les planches de bois patinées puis descendit quelques rochers pour rejoindre le sable mouillé.

Shadow ne tarda pas à débouler sur la plage. Il l'aperçut et fonça droit sur lui. Finn s'agenouilla et salua le chien, soulagé de son accueil chaleureux. Il espérait plus que tout voir un sourire sur le visage de Willow.

— Shadow !

Le chien tourna immédiatement les talons et courut

vers les arbres. Willow fit à peine attention à son chien. Ses yeux étaient braqués sur Finn. Son expression laissait davantage croire à une rencontre avec un fantôme ou un animal dangereux qu'avec l'homme dont elle avait partagé le lit et la vie quelques jours durant.

Il fit quelques pas dans sa direction.

— Bonjour Willow.

Le sillon entre ses sourcils se creusa davantage. Son regard passa de Finn au bateau, du bateau à Finn.

— Que fais-tu ici, Finn ?

Il fit un pas vers elle, et elle ne bougea pas.

— Je suis venu pour te parler.

— Vous, les gens fortunés, ne pouvez rien faire comme tout le monde, hein ? Vous traversez le pays en jet privé, vous arrivez en yacht sur les plages, alors que vous pourriez tout simplement décrocher le téléphone.

Finn secoua la tête.

— Ce que j'ai à dire ne pouvait pas être dit au téléphone. Ça devait être fait en personne.

Elle plissa ses yeux avec méfiance, mais elle décida d'attendre et d'écouter ce qu'il avait à dire.

— Très bien, mais fais vite, j'ai beaucoup de travail.

Elle ne s'était pas jetée passionnément dans ses bras et n'avait pas couvert son visage de baisers, mais elle ne l'avait pas giflé et n'avait pas non plus tourné les talons.

Il considéra ce premier bilan comme positif.

— Je t'aime, Willow. Il y a beaucoup d'autres choses que je pourrais te dire, mais celle-ci est la plus importante. Tu es la première et la seule femme que j'aie jamais aimée. Amnésie ou non, tu es l'unique. Je me souviens de tout, figure-toi, et rien, rien dans mes souvenirs n'est plus beau, plus fort, plus magique que toi.

Surprise, Willow sentit son armure se fendre. Mais elle se ressaisit.

— Je sais que tu penses vraiment ce que tu dis, mais je n'en suis pas aussi sûre.

— Tu ne crois pas que je t'aime ?

— Je pense que le retour à ta vie d'avant et à tous tes anciens souvenirs a été difficile pour toi. Avoir à faire face à celui que tu as été et à ce que tu as fait n'a pas dû être facile. Tu t'offres une porte de sortie, une fuite, en venant ici.

— C'est ce que tu penses de ce que je suis en train de faire, que je fuis ma vie et mes responsabilités ?

Elle haussa les épaules.

— C'est à toi de me le dire.

— Non, c'est vers ma vie que je cours, Willow. J'ai réalisé que la vie que j'avais à Charleston était peut-être bien remplie, mais vide de sens et vide de toi. J'ai manqué être rayé de la surface de la terre dans cet accident d'avion. Mon absence aurait fait souffrir mes proches, mais cela n'aurait fondamentalement rien changé à leur vie. Je n'ai pas fait grand-chose, n'ai rien apporté au monde. Je me suis servi allègrement, sans jamais rien donner en retour. Cela ne me posait aucun problème. Jusqu'à ce que tu entres dans ma vie. Tu m'as ouvert les yeux. Tu m'as fait aspirer à autre chose, Willow.

Elle le toisa avec méfiance.

— Durant ton séjour ici, tu t'es effectivement contenté d'une vie simple, de bols de soupe et de céréales, de balades sur la plage. Le quotidien sur une île comme celle-ci. Comment être sûre que tu ne vas pas te lasser de cette vie ordinaire, ici, parmi les gens ordinaires ? Ta vie de play-boy fortuné ne cessera jamais de te tendre les bras.

— Je n'ai plus rien qui me retient chez moi, Willow.

— Il y a quand même cette villa au-dessus du port, ce petit bolide rouge pour foncer dans les rues de Charleston…

— Tout ça n'existe plus. J'ai vendu ou donné presque tout ce que j'avais. Les objets d'art, le mobilier, tout. Et quand bien même : le jour où tu es partie de chez moi, je n'y ai plus vu qu'une maison sans âme remplie de choses sans réelle valeur. Les seuls souvenirs qui m'importent sont ceux que j'ai construits avec toi.

— Je vois en revanche que tu as gardé le T-shirt et le jogging que je t'ai si généreusement offerts

— Bien sûr, je les ai gardés. J'ai gardé tout ce que tu m'as acheté. Ce T-shirt a de la valeur à mes yeux.

Willow sentait sa détermination fondre comme neige au soleil. Elle avait tellement envie de croire Finn. Elle voulait l'aimer.

Finn vit ces pensées défiler sur le visage de la femme qu'il aimait. Elle partageait ses aspirations mais avait peur de lui refaire confiance.

Il l'avait blessée et il ne pouvait s'attendre à ce que le passé soit effacé aussi facilement qu'il l'avait été.

— Et tu crois que tu peux simplement te pointer avec ce T-shirt bon marché et me dire plein de choses romantiques, en espérant que j'oublie tout ce que tu as fait, c'est ça ?

— Non, je ne m'attends pas à ce que tu oublies. Je sais mieux que quiconque qu'oublier ne fait qu'occulter le passé – ça ne règle rien. J'espère seulement que, un jour, tu pourras me pardonner. Je n'ai pas l'intention de rester là devant toi à me chercher des excuses. En fin de compte, tout ce que j'ai réussi à faire, c'est de t'éloigner de moi. J'ai besoin de toi parce que je t'aime, Willow. Tu es partie avec un bout de moi. Aucune somme d'argent, aucune femme, aucun alcool ne pourrait y changer quoi que ce soit.

Willow déglutit péniblement et secoua la tête avec incrédulité.

— Tu as laissé tomber toute ta vie d'avant juste pour moi ?

— Ma vie future est ici, avec toi.

Il sortit un petit écrin en velours de la poche de son jogging.

— Elle le sera toujours. J'étais en quête de quelque chose depuis longtemps. Je pensais la trouver dans les bras des femmes ou dans le regard de mon père, mais cela ne m'a rien apporté. Il a fallu que j'oublie qui j'étais pour voir celui que je voulais devenir. Et c'est en toi que je l'ai trouvé. Tu es tout pour moi et je n'irai nulle part, Willow, nulle part sans toi.

Finn posa un genou dans le sable et ouvrit l'écrin pour présenter la bague qu'il avait choisie.

— Je t'aime telle que tu es, Willow Bates. Et j'espère que tu peux m'accepter tel que je suis. J'ai des défauts. Je suis complexe. Mais je t'aime tellement. Il fallait que je vienne te le dire en personne. J'espère que tu accepteras cette bague et moi avec. Rien ne m'est plus précieux dans la vie que de t'entendre me dire oui.

Willow s'était réveillée ce matin-là comme tous les autres.

Elle s'était préparée à une journée tranquille, entre écriture et rangement. L'hiver était là, le mobilier de jardin n'avait plus sa place dehors.

Elle avait rédigé une rapide liste de courses sur un bout de papier. Elle comptait se rendre à Seattle, sa vraie seule sortie de la semaine.

Elle ne s'attendait pas à voir Finn Steele débarquer sur son île, lui dire qu'il l'aimait et la demander en mariage. Si elle avait su, elle aurait pris la peine d'enfiler un chemisier, un petit haut plus flatteur que son T-shirt informe.

Elle baissa le regard sur la petite boîte que Finn lui présentait. Sa journée prenait une tournure très inattendue.

La bague était un ravissement pour les yeux.

— C'est un saphir ?

De toute évidence, ce n'était pas la réponse qu'il attendait. Mais que dire d'autre ? Willow était bouleversée.

Finn se releva, sortit la bague de son écrin et prit la main de Willow. Il fit glisser la bague à son annulaire, qui sembla bien petit ainsi lesté de la pierre précieuse.

— Cela porte le nom de diamant vif canari. C'est une pierre très rare. Je l'ai fait acheter aux enchères chez Sotheby à Londres, puis je l'ai fait transporter par avion et monter en bague par le joaillier de notre famille.

Willow avait les yeux rivés sur ce bijou, fascinée par sa beauté mais surtout happée par ce moment, par la signification que revêtait cette bague.

— Tu es aussi belle que cette pierre précieuse, Willow. Tu illumines ma vie et je ferai tout ce qui est en mon pouvoir pour illuminer la tienne en retour. Je te le répète, et crois en mon cœur sincère, je t'aime et je veux vivre avec toi. Je t'en supplie, dis-moi que tu ne me hais pas.

— Je ne pourrais jamais te haïr, Finn. J'ai été blessée à la hauteur de mon amour pour toi. Mais j'étais avant tout en colère contre moi-même. Pour y avoir cru, malgré nos vents contraires.

Finn accusa le coup.

— Et tu le penses encore ? Que nous n'avons aucun avenir toi et moi ?

— Je pense que le play-boy milliardaire et l'écrivaine solitaire n'étaient pas faits l'un pour l'autre, en effet. Mais toi et moi, tels que nous sommes aujourd'hui, je pense que nous pourrions avoir une chance.

— Est-ce que ça signifie que tu acceptes de m'épouser ?

Willow ne lui avait toujours pas donné sa réponse. Elle voulait dire oui. Elle voulait le crier si fort que Doc pourrait l'entendre de sa propriété. Mais avant de pouvoir le faire, elle avait une question à poser à Finn.

— Tu as dit que tu m'aimes telle que je suis, Finn. Tu le pensais vraiment ?

Il saisit ses mains dans les siennes et les serra plus fort que jamais.

— Bien sûr que oui.

— Même si nous ne pouvons jamais fonder notre propre famille ?

— La question ne se pose pas pour moi. C'est toi ma famille, Willow. Et si ça doit être juste nous deux…

Shadow choisit ce moment précis pour glisser sa truffe entre eux et geindre d'avoir été ainsi ignoré. Finn le caressa un long moment avant de s'excuser :

— Désolé, mon Shadow, mais j'avais des choses à dire à ta maîtresse. Et je reprends donc : si ça doit juste être nous *trois*.

— Cela ne t'ennuie vraiment pas que je ne puisse pas avoir d'enfants ? S'il te plaît, sois honnête, parce que je ne veux pas que ça devienne un problème entre nous plus tard.

— Si nous voulons accueillir des enfants dans notre

vie, nous pourrons nous tourner vers l'adoption. Il y a aussi ton neveu, et bientôt Beatrice. Une famille peut prendre différentes formes et l'ADN n'est pas le plus important. J'aime Morgan, qu'elle soit ma sœur biologique ou non. Et j'aime Jade, même si elle passe le plus clair de son temps loin de nous. Ce n'est pas ce qui compte le plus. Beatrice sera bientôt dans nos vies. C'est un grand bonheur pour moi, que je peux désormais partager avec toi. Cette petite fille aura deux papas et deux mamans. Que demander de plus ? J'ai de la chance de t'avoir dans ma vie. Et bientôt cette enfant, que je pourrai accompagner de tout mon amour.

Willow offrit à Finn le plus beau des cadeaux : son sourire, son bonheur, sa main.

— As-tu d'autres questions, d'autres raisons qui te feraient penser que nous ne devrions pas nous marier et être heureux pour l'éternité ?

Willow sourit et posa sa main sur la joue de Finn.

— Non, je pense que nous avons fait le tour, alors je vais mettre fin à la torture. Oui, je veux absolument t'épouser, Finn Steele.

Avec un grand cri de joie, Finn saisit Willow dans ses bras et la souleva pour l'embrasser. Elle entoura ses bras autour de son cou et s'accrocha à lui.

Pour toujours.

Finn la reposa à terre et lui décocha un petit clin d'œil :

— Tu veux voir notre nouveau bateau ?

— Avec plaisir.

Finn lui prit la main et l'amena au ponton. Shadow trottait à leurs côtés. Willow avait toujours rêvé ne plus dépendre du ferry. Son rêve avait été exaucé.

Avec ce bateau, ils pourraient même faire le tour du monde.

Finn l'aida à grimper à bord.

— Il est magnifique !

— J'en rêvais depuis longtemps.

— Tu lui as déjà donné un nom ?

— Oui, je l'ai baptisé My Sun, mon soleil, mademoiselle Sunny Willow Bates.

— Oh ! Tu as découvert mon petit secret. J'ai voulu oublier ce prénom le jour où nous avons quitté la communauté. Je lui rends hommage en signant mes livres de mes initiales complètes.

— Il est d'usage de donner à son bateau le nom de celle qu'on aime. C'est chose faite à présent. Bienvenue à bord, madame Willow Steele.

Elle répéta d'un air rêveur :

— Willow Steele, je crois que ça me plaît.

— Ça te va à ravir.

Disant cela, Finn se pencha et scella ses lèvres à celles de la femme qu'il aimait.

Épilogue

— Ho, ho, ho ! Joyeux Noël !

Finn se tenait debout dans le hall d'entrée de la demeure des Steele. Willow était à ses côtés. Ils étaient tous deux lourdement chargés de paquets enrubannés.

Sa mère l'appela depuis le salon :

— Nous sommes là, Finn.

Il se pencha à l'oreille de Willow :

— Prépare-toi, chez nous les décorations de Noël, c'est du sérieux ! Voire un peu chargé.

Au pied du grand escalier, des petits sapins aux branches illuminées créaient une forêt magique. La rambarde était une débauche de guirlandes. La maison embaumait les branches de pin et le cidre.

— Ma mère adore les fêtes de Noël.

— L'allée décorée, la fausse neige, les couronnes aux fenêtres. J'avais cru deviner.

Cette année, Finn portait un regard neuf sur les créations festives de sa mère, et les appréciait à leur juste valeur. Cette capacité à s'émerveiller et à savourer les bonnes choses, il la devait à cette deuxième chance que la vie lui avait offerte. Et à Willow. Et bien sûr aussi à sa fille. Noël prenait tout son sens avec l'arrivée d'un enfant.

Ils entrèrent dans le salon, dominé par un immense sapin. Un feu de cheminée réchauffait les corps et les cœurs joyeux. Tout autour, de grandes chaussettes de laine attendaient d'être remplies de cadeaux.

Par chance, il y avait suffisamment de place pour les nouvelles : celles de Kat, de Willow et de Beatrice, adorable ange de trois jours, minuscule et si importante déjà.

Elle était au chaud dans les bras de sa grand-mère. Patricia rayonnait, fière et heureuse de porter ainsi sa petite-fille qui venait de voir le jour. Kat se reposait dans un fauteuil non loin de là, les jambes relevées, assistée d'un Sawyer aux petits soins, prêt à répondre au moindre de ses désirs.

Le reste de la famille était rassemblé autour d'eux, un grog bien chaud à la main, observant ce petit bébé avec toute la tendresse du monde.

Beatrice ne se souciait guère de tout cela, elle dormait paisiblement au creux des tendres bras de sa grand-mère.

Finn disposa les cadeaux près des autres, au pied du sapin. Lorsqu'il se releva, il vit Lena postée devant eux, deux tasses fumantes dans les mains.

— Joyeux Noël, Lena.

Il accompagna ses mots d'une embrassade comme il le put, veillant à ne pas renverser la précieuse boisson de Noël.

— Vous êtes resplendissante, comme toujours.

Elle rougit.

— Cessez ce petit jeu, monsieur le joli cœur. Vous êtes père à présent, et bientôt marié.

Il lui décocha un clin d'œil :

— Cela ne m'empêche pas d'apprécier la beauté là où elle se trouve.

Willow et Finn prirent place dans le grand canapé.

Il allait tendre la main pour saisir l'un des délicieux

cookies de Lena, ses célèbres délices menthe-chocolat blanc, lorsque son père se leva et prit la parole :

— Maintenant que tout le monde est là, j'aimerais porter un toast.

Trevor leva son verre. Le silence se fit et le reste de l'assemblée l'imita, dans l'expectative.

— Cette famille a traversé de nombreuses épreuves ces dernières années. Il est parfois difficile de se les remémorer. Puis je me souviens de tout ce que nous en avons tiré de positif. Si Jade n'avait pas été kidnappée, Morgan ne serait jamais entrée dans notre vie. Ni son mari, Harley. Notre nouvelle demeure a subi une explosion, mais nous en sommes sortis indemnes. Morgan a décidé de se consacrer aux bébés prématurés et à leurs parents. Finn nous a permis de faire connaissance avec Kat et nous a donné une magnifique petite-fille, Beatrice. Puis nous avons failli le perdre pour toujours. Au lieu de cela, nous avons gagné : nous avons rencontré Willow, son adorable fiancée. À bien des égards, et malgré la distance qui nous sépare désormais, nous avons retrouvé notre fils. Je n'aurais jamais pu m'imaginer une telle trajectoire pour notre si belle famille. Les choses ont changé à grande vitesse, et pour le meilleur !

Depuis le coin de la pièce, Sawyer intervint :

— Il ne nous reste plus qu'à marier Tom, maintenant !

Son frère, visiblement mal à l'aise, décroisa puis recroisa les jambes :

— Eh bien j'y travaille, figure-toi. J'ai rencontré une femme charmante dernièrement, et j'ai bon espoir que ce soit la bonne. Mon instinct m'a dicté que oui à l'instant où on me l'a présentée lors d'une fête.

Morgan se tourna vers son frère :

— Comment s'appelle-t-elle ?

— Becky.

— Comme dans le roman de Mark Twain ?

— Exactement, j'ai trouvé ça de très bon augure !

Trevor éclata de rire :

— Il me manquait effectivement une Becky pour parfaire ma collection. Il me tarde donc de la rencontrer.

Le patriarche reprit son sérieux :

— En attendant, je vous souhaite, à chacun et chacune d'entre vous, le plus joyeux des Noëls et la plus heureuse des années à venir !

Les tasses s'entrechoquèrent, les voix s'élevèrent :

— Joyeux Noël !

Finn sourit et enlaça Willow. Sa fiancée.

L'avenir lui réservait encore bien des surprises, bonnes ou mauvaises. Il était prêt à les savourer ou à les affronter, maintenant qu'il avait Willow à ses côtés.

Il déposa un baiser sur son front et leva de nouveau sa tasse :

— Au premier Noël de Beatrice !

Vous avez aimé *Les promesses d'un play-boy* ?
Découvrez les autres frère et sœurs de Finn
sur Harlequin.fr !

1- *Un pas vers la liberté* : Jade
2- *Pour le bonheur de Morgan* : Morgan
3- *Attirée par son ennemi* : Sawyer
4- *Les promesses d'un play-boy* : Finn

ZURI DAY

Son inoubliable amant

Traduction française de
LAURENCE LENGLET

PASSIONS

HARLEQUIN

Titre original :
THE LAST LITTLE SECRET

- 1 -

— Monsieur Breedlove, votre rendez-vous de 14 heures est arrivé.

— Merci, Anita. Faites entrer.

— Très bien.

— Bloquez mes appels. Je ne veux pas être dérangé.

— Entendu.

Nick coupa l'Interphone et, pour la cinquième ou sixième fois ce jour-là, se demanda pourquoi il avait pris cette décision. Pour un homme aussi déterminé que lui, ce n'était pas si courant.

Samantha Price était sans conteste l'une des meilleures architectes décoratrices d'intérieur sur le marché, la seule qui puisse le sortir de l'ornière dans laquelle son entreprise était embourbée. Qu'elle ait accepté le rendez-vous était déjà un miracle en soi. La recruter était sans aucun doute une bonne décision sur le plan professionnel, mais sur le plan personnel, était-ce bien raisonnable ?

On frappa doucement à la porte, et il se prépara mentalement. Si le simple fait de revoir Samantha Price provoquait la même réaction que la dernière fois, il risquait de perdre le contrôle de l'entrevue avant même qu'elle commence. Cela faisait presque cinq ans, maintenant, mais les souvenirs de cette nuit-là étaient incrustés dans son esprit.

La porte s'ouvrit. Elle était là. En chair et en os. Et plus belle que jamais.

Il se leva, la main tendue.

— Bonjour, Sam. Ça fait longtemps.

— Salut, Nick, répondit-elle avec un sourire crispé mais poli, lui serrant brièvement la main tout en maintenant une bonne distance entre eux.

Se souvenait-elle, elle aussi ?

— Merci d'être venue si rapidement, dit-il avec un flegme digne de 007 alors que son sang bouillonnait dans ses veines comme s'il avait quinze ans et non vingt-sept.

Il s'ordonna de se ressaisir. Il n'était pas question de laisser ses hormones prendre le dessus.

— CANN International est l'un des plus grands promoteurs hôteliers au monde, lui fit-elle remarquer. De plus, j'ai cru comprendre que c'était urgent, ce qui a attisé ma curiosité.

— Merci d'être venue, répéta-t-il.

Une fois de plus, il chassa les images de leur nuit de folie et se concentra sur l'instant présent. Il fit signe à Sam de s'asseoir et regagna son fauteuil. Par chance, le bureau qui les séparait était large et couvert de documents. Il se félicita de cette barrière protectrice qui lui rappelait l'objectif avant tout professionnel de cette entrevue. Il ne restait plus que son corps qui enregistre le message, lui aussi. Et ça…

Il regarda Sam poser sa mallette par terre, puis s'asseoir, très droite. Parfaitement professionnelle. Manifestement, elle n'avait pas l'esprit encombré des souvenirs de la nuit torride qu'ils avaient passée ensemble quelques années plus tôt. Si elle était là, c'était pour parler affaires, pas pour lui. Il se sentit quelque peu… vexé.

Il se réprimanda mentalement de s'être laissé happer par la spirale des souvenirs, et pour la difficulté qu'il éprouvait à présent à reprendre le contrôle de ses sens. Seulement Sam était là, devant lui... Un flot de sensations l'avaient submergé dès qu'il lui avait serré la main. Non seulement sa peau lui avait paru plus douce encore que dans son souvenir, mais la sensualité de ses courbes sous le tailleur pourtant très sobre qu'elle portait lui avait sauté aux yeux, sans parler de son parfum qui lui avait titillé les narines. Si l'entretien se passait bien et que Sam rejoignait son équipe, ils travailleraient en étroite collaboration. Il ne pourrait se permettre le moindre faux pas.

— Je peux t'offrir quelque chose, avant de commencer ?

— Non, merci, répondit-elle. Je suis plus que curieuse d'en savoir plus sur cette affaire, que ton assistante a qualifiée d'urgente sans me donner le moindre détail.

— Elle n'a fait qu'agir selon mes instructions, précisa-t-il en se carrant dans son fauteuil. Donc c'est vrai, tu es de retour à Las Vegas mais aussi à la recherche de clients ?

Sam croisa les jambes dans un mouvement gracieux et fluide, sans se douter, supposa-t-il, combien il était sexy.

— Comment l'as-tu appris ?

— C'est une petite ville, répondit-il en souriant. Les nouvelles vont vite. Surtout quand on a pour mère Victoria Breedlove.

Sam sourit et parut enfin se détendre.

— Comment va ta mère ?

— Merveilleusement bien, mais elle est toujours aussi curieuse, bien sûr.

— Je ne la connais pas personnellement, mais d'après tout ce que j'ai lu ou entendu sur elle, elle semble avoir un grand cœur. J'en ai eu la preuve lors du déjeuner avec les responsables de l'association Women in Business. Le chèque remis par sa fondation était très généreux. Dommage qu'elle ne soit pas venue en personne.

— Mes parents étaient en voyage. Ils sont tombés amoureux de la Scandinavie. En fait, depuis que mon père a juré à ma mère qu'il avait définitivement pris sa retraite, il recherche de nouveaux lieux où la société pourrait implanter des hôtels sous couvert de vacances. Les filles ont pris le relais à la fondation pour combler le vide laissé par les absences fréquentes de ma mère.

— Les filles ?

— Lauren, Ryan et Dee, mes belles-sœurs.

— Oh ! Bien sûr.

— Leurs mariages ont fait la une de la presse mondaine. Tu en as sûrement entendu parler.

— J'avais eu vent du mariage de Christian, mais je ne savais pas que deux autres de tes frères s'étaient mariés, avant de rentrer aux États-Unis. Il ne doit plus rester beaucoup de célibataires dans la fratrie, dis-moi.

— En fait, je suis le dernier ! C'est étonnant que tu n'aies pas entendu parler du mariage de mes frères avant…

— J'avoue qu'en Afrique je vivais un peu dans une bulle.

— On raconte que tu t'es mariée avec un prince.

— C'est vrai.

Un mur de briques n'aurait pas pu être plus clair ! Quoi qu'il se soit passé là où elle vivait, elle ne voulait pas en parler. Il ne put toutefois pas résister.

— Pourtant, te voilà de retour et en quête de travail. Qu'en pense ton mari ?

— Peu importe. Nous ne sommes plus ensemble.

— Séparés ?

— Divorcés.

Le ton sur lequel elle avait prononcé ce mot fit à Nick l'effet d'une porte claquée en plein visage. Pourtant, cela ne fit qu'aiguiser sa curiosité. Qu'est-ce qui avait bien pu faire capoter ce mariage ? Avait-elle quelqu'un d'autre dans sa vie ? Ce n'était évidemment pas le moment d'en parler. Un jour, peut-être… La patience n'était pas une vertu chez lui, mais il savait s'y résigner si nécessaire.

Il toussota et adopta un ton plus professionnel pour reprendre :

— Quelles que soient les raisons de ton retour à Las Vegas, tu tombes à pic. J'ai besoin de la plus talentueuse et de la plus efficace des décoratrices sur le marché. Avant que tu disparaisses en Afrique, je pensais déjà à t'engager.

Elle posa sur lui un regard pétillant et sourit.

— J'espère que c'est toujours d'actualité. De quoi s'agit-il ?

— Je suis sur un projet qui doit respecter un timing serré, or ma décoratrice ne tient pas ses engagements.

— Combien de chambres y a-t-il ?

— Il ne s'agit pas de chambres… mais de villas, précisa-t-il, notant l'expression surprise de Sam. Ce n'est pas un projet d'hôtel mais de villas de vacances situées sur des îles privées que l'on propose à la location à l'élite mondiale.

— Waouh ! Je ne savais pas que vous vous étiez diversifiés à ce point. Vu l'évolution de l'industrie hôtelière, cela semble être une bonne idée.

— *C'est* une bonne idée, la demande dépasse toutes nos espérances.

— Ce petit sourire satisfait confirme-t-il l'évidence, à savoir que c'était ton idée ?

— Tous mes frères sont impliqués dans le projet mais, oui, c'est plus ou moins mon bébé. Ce qui signifie que l'échec n'est pas envisageable. Tu me suis ?

— Dis-m'en plus.

Sam se pencha en avant, révélant inconsciemment un quart de sein couleur chocolat, sur lequel le regard de Nick se posa instantanément. Quand il reporta son attention sur le visage de Sam, il vit qu'elle fronçait les sourcils. Bon sang ! Il dérapait déjà. En grande professionnelle, elle ne fit toutefois aucun commentaire et se contenta d'ajuster son chemisier et de se reculer sur sa chaise, attendant qu'il développe son exposé.

Il suivit son exemple, déterminé à reprendre le contrôle de l'entretien. Le travail maintenant, le plaisir plus tard, pensa-t-il en commençant à détailler son projet. Il comprit cependant que le problème serait difficile à contourner. L'attirance que lui inspirait Samantha Price était toujours aussi intense.

Sam devait se rendre à l'évidence. Elle n'aurait jamais dû accepter ce rendez-vous. Non, elle n'aurait jamais dû se retrouver dans ce bureau avec Nick. Les réactions de son corps étaient très claires à cet égard, même si son esprit était empli de doutes. Les unes après les autres, toutes les cellules de son corps s'étaient allumées comme autant de minuscules ampoules, réveillées par l'attirance qu'elle ressentait toujours pour lui depuis tout ce temps. Dans ces conditions, comment pourrait-elle ne serait-ce qu'envisager de travailler avec lui ? D'autant plus que son ex ne cessait de la harceler par SMS et e-mails.

Être aussi proche de Nick, c'était *le* danger. Le simple fait de le voir, décontracté dans son fauteuil, la mettait déjà dans tous ses états !

Le visage de Nick s'illumina lorsqu'il se lança dans un exposé qu'il avait probablement récité des centaines de fois. De toute évidence, parler de son entreprise était son terrain de jeu favori. Mais cette lueur de désir qu'elle avait entrevue dans son regard avant qu'il réalise qu'elle l'avait surpris, les yeux rivés sur son décolleté, suggérait une chose impossible. À savoir… qu'il partageait son attirance. Après tout ce temps, c'était sûrement un caprice de son imagination. Si de son côté, la nuit qu'elle avait passée avec lui restait incrustée dans sa mémoire et que l'intimité avec son mari avait été, au mieux, fugace, elle ne pouvait espérer qu'il en soit de même pour Nick, qui avait dû enchaîner les conquêtes au point d'effacer tout souvenir d'elle.

Au bout de quelques instants, elle réalisa qu'elle avait cessé d'écouter le discours de Nick sur l'expansion internationale de son entreprise pour ne plus voir que ses lèvres. Ces lèvres parfaites qui lui rappelaient avec quelle habileté il l'avait conduite au seuil de l'orgasme et avait changé sa vie pour toujours. Si son corps avait été un violon, la langue de Nick en avait été l'archet, et la mélodie qu'il avait jouée ce soir-là était restée gravée dans son âme à jamais.

Oui, quatre ans et neuf petits mois plus tôt, cette nuit avait fait basculer son univers. Comment aurait-elle pu imaginer qu'elle serait le catalyseur d'une aventure qui la mènerait de l'Amérique à l'Afrique et du conte de fées au cauchemar, le tout en moins de cinq ans ?

— … Djibouti. Tu es déjà allée là-bas ?

L'intonation montante de la question arracha Sam à ses rêveries. Elle ne savait même pas de quoi il parlait.

— Pas sûr.

Mauvaise réponse. Nick fronça les sourcils, perplexe.

— C'est vrai que Djibouti n'est pas la destination touristique la plus fréquentée, reprit-il, mais c'est un endroit magnifique. Curieux que tu ne t'en souviennes pas…

— En fait, je n'y suis jamais allée. Désolée, j'étais distraite. Mon téléphone n'arrête pas de vibrer. D'ailleurs, je vais l'éteindre.

— Tu es très demandée, à ce que je vois…

— Apparemment.

Elle vérifia rapidement ses SMS. Hélas, c'était encore et toujours celui qui rendait sa présence à ce rendez-vous réellement problématique. Et l'empêcherait sans aucun doute d'accepter ce travail, aussi grassement payé soit-il.

Elle répondit rapidement puis éteignit son téléphone.

— Désolée.

— Pas de problème.

— Tu as mentionné Djibouti. Une des îles achetées par CANN International est-elle située là-bas ? s'enquit-elle.

— Oui, dans le golfe d'Aden. Nous y avons déjà construit un petit hôtel de quatre-vingt-neuf chambres. Toutes les suites, cependant, disposent d'un living, d'une salle à manger et d'une vue spectaculaire sur la mer ou la montagne. Le casino est le joyau de l'hôtel qui abrite également un restaurant étoilé et un spa de classe mondiale.

— Je pense que vous avez fait le bon choix. Ne dit-on pas que l'Afrique est la dernière frontière économique ?

— C'est ce que nous croyons. Pour nous, Djibouti est la prochaine Dubaï. C'est pourquoi nous construisons des hôtels sur tout le continent et avons acheté et aménagé plusieurs îles pour y bâtir des villas de luxe en location.

— Donc… Tu m'as contactée parce que tu aurais besoin de quelqu'un qui soit basé en Afrique ?

— Non. Les projets à finaliser d'urgence se situent ici aux États-Unis, sur la côte Est. Nous en avons deux autres à Hawaï et un dernier aux Bahamas.

— Tout cela a l'air génial, Nick, mais je ne comprends toujours pas l'urgence ni pourquoi je suis là.

— La décoratrice que nous avions embauchée a claqué la porte la semaine dernière. Elle n'a pas pu suivre le rythme qu'imposait la vision ambitieuse de CANN, ni supporter la pression d'un patron un brin… exigeant, précisa-t-il avec un petit sourire. Sans compter un délai de plus en plus serré.

— Pourquoi le délai a-t-il été raccourci ?

— La demande. Nous avons lancé une campagne de communication ciblée. Lauren, la femme de Christian, a conçu de remarquables brochures. Nous savions qu'elles éveilleraient l'intérêt mais la réaction de la clientèle a dépassé tout ce que nous avions imaginé. Au lieu d'un lancement lent avec un taux d'inoccupation de trente à quarante-cinq pour cent, quatre-vingts pour cent des villas ont déjà été réservés. Y compris celles qui ne sont pas encore terminées.

— Impressionnant.

— Mais problématique, en raison du départ brutal de notre architecte d'intérieur.

— Si je comprends bien, il s'agit de reprendre le travail qu'elle a commencé dans ces villas ?

— Son travail n'a pas été entièrement à la hauteur de nos attentes. Nous pensons que tu pourrais utiliser ta magie pour sauver quelques villas. D'autres devront probablement être entièrement refaites. Enfin, il reste un dernier ensemble de villas où tu pourras laisser libre cours à ta créativité.

— C'est un gros projet... Combien y a-t-il de villas ?

— En comptant Hawaï et les Bahamas, vingt-trois au total.

Sam prit une profonde inspiration. C'était un énorme travail de conception, même pour elle.

— Et quelle est la date d'achèvement souhaitée ? demanda-t-elle.

— Nous avons moins de douze semaines.

— *Douze* semaines !

— Exactement. C'est pourquoi je t'ai appelée.

— Et aussi pourquoi tu ne voulais pas que ton assistante me donne le moindre détail.

— Je ne voulais pas t'effrayer avant d'avoir eu l'occasion de te présenter la totalité du projet. Nous sommes conscients de l'ampleur de l'entreprise et de l'immense pression qui en résultera. Nous sommes donc prêts à faire une offre unique à la personne qui acceptera de relever ce défi.

Nick mentionna alors une suite de chiffres et d'avantages si extravagants qu'elle en resta bouche bée. Refuser une telle offre aurait été aussi stupide qu'insensé. Pourtant, elle hésitait.

— Je peux y réfléchir ? demanda-t-elle.

— Il faut que tu saches que je n'ai jamais fait une telle offre à qui que ce soit, précisa-t-il.

— Il ne fait aucun doute que c'est une offre incroyable, seulement... il y a des questions personnelles que je dois prendre en compte, une logistique à laquelle je dois réfléchir.

— C'est une offre phénoménale. Qu'est-ce qui te freine ?

— J'ai un fils.

Avait-elle dit cela à voix haute ? L'expression de Nick suggérait qu'il avait bel et bien entendu. Comment avait-elle pu révéler la seule chose qu'elle s'était pourtant promis de ne pas lui dire ?

— Tu as un enfant et tu as divorcé du père ? Ce ne sont pas mes affaires, mais cela n'a pas dû être facile.

— Non.

— Quel âge a-t-il ?

— Quatre ans, répondit-elle, la mort dans l'âme.

— Un garçon, donc. Je l'ignorais. Compte tenu des déplacements qu'implique cette mission, cela ajoute effectivement une complexité inattendue. Nous pourrions te verser une allocation de garde d'enfants, mettre en place une organisation pour que la vie de ton fils ne soit pas perturbée.

— Cela coûterait beaucoup d'argent et il n'est pas certain que ce soit une bonne solution. La vie de Trey a déjà été bouleversée quand nous avons quitté l'Afrique pour revenir en Amérique. Je n'ai envie ni de le confier à une inconnue, ni de le traîner dans tous mes déplacements. J'avais prévu de l'inscrire en maternelle pour mettre en place une routine, lui offrir de la stabilité. Je ne sais pas, Nick…

— Étant donné ce que tu viens de me dire, j'avoue que ce que je te demande représenterait un sacré défi. Seulement je ne vois personne d'autre qui puisse prendre en charge ce projet dans le temps imparti. Personne en qui j'aie confiance. Non seulement tu as déjà été primée pour ton travail mais j'ai vu de mes propres yeux ce dont tu es capable. Écoute, il se trouve que ma mère est à la tête d'une fondation dont la mission est justement d'aider les enfants. Son carnet d'adresses est rempli de noms de professionnels de la petite enfance. Si tu le souhaites, je peux te donner son numéro ou lui demander de t'appeler. Elle peut t'aider à trouver une solution qui soit bénéfique pour toi et… Trey, c'est ça ? Ce serait vraiment dommage que tu refuses un tel poste parce que tu es mère célibataire.

Sam demanda un jour pour réfléchir, puis sortit – ou plutôt s'enfuit – du bureau de Nick.

Cette réunion s'était avérée encore pire qu'elle ne l'avait imaginé. D'un point de vue professionnel, Nick lui-même reconnaissait que c'était un sacré challenge de mener à bien une telle mission lorsque l'on était mère célibataire.

Mais qu'aurait-il pensé s'il avait su que Trey était son fils ?

- 2 -

— Je ne savais pas que Sam avait un enfant, déclara Nick en débarquant à l'improviste chez Noah, son frère jumeau, le même après-midi.

— Bonjour à toi aussi, frérot.

— Tu le savais ? poursuivit Nick, sans se soucier de la remarque de son frère.

Noah traversa le salon et se laissa tomber sur le canapé.

— Absolument pas. Et toi, comment l'as-tu appris ?

— Pendant son entretien pour le poste de décoratrice.

— Alors tu l'as appelée, hein ? Comment ça s'est passé ?

— Pas tout à fait comme prévu. Puisque nous avons besoin d'elle de toute urgence, je lui ai offert un salaire mirobolant. Et pourtant, elle a demandé un jour pour réfléchir.

Nick donna les chiffres.

Noah se redressa, étonné.

— Qu'est-ce qui la freine ? s'enquit-il.

— C'est exactement ce que je lui ai demandé. Et c'est ainsi que j'ai appris qu'elle était maman.

— Comment était-elle ?

— Encore plus belle que la dernière fois.

— Le bal costumé, c'est ça ?

— Catwoman, répondit Nick avec un lent hochement de tête, revoyant la vision délicieuse de Sam en femme-chat.

Ce soir-là, il portait un costume de Superman version gentleman : smoking bleu royal ajusté, chemise rouge et masque noir. Il papillonnait depuis environ une heure dans la vaste salle lorsque l'atmosphère s'était subitement chargée d'électricité. Samantha Price, l'architecte d'intérieur primée qu'il croisait de temps à autre dans les réceptions mondaines, venait de faire son entrée. Il avait flirté. Elle l'avait taquiné. Comme ils l'avaient toujours fait. Cette fois, cependant, il l'avait invitée à danser. Au bout de trois minutes de slow, ils s'étaient éclipsés au CANN Casino Hotel and Spa, le seul hôtel sept étoiles d'Amérique du Nord et le joyau de Las Vegas. Au cours des douze heures qui avaient suivi, ils avaient produit suffisamment d'électricité pour éclairer le Strip ! C'est ainsi que durant cette nuit inoubliable, époustouflante, Catwoman était devenue la kryptonite de Superman.

Son jumeau, avec qui il partageait tous ses secrets, était le seul à qui il avait parlé de cet incroyable épisode.

— Tu ne l'as jamais revue après ça, n'est-ce pas ? demanda Noah.

— On devait se revoir, mais elle a quitté la ville, tu te souviens ?

— Vaguement.

— Elle s'est mariée avec un prince africain et a eu un enfant. Ce que j'ignorais.

— Donc la famille royale s'installe aux États-Unis ?

— Ils sont divorcés.

— Dommage.

Nick hocha la tête. Il aurait sans doute dû être désolé, lui aussi. Mais il ne l'était absolument pas.

— Quel âge a le gamin ? s'enquit Noah.

— Quatre ans.

— Garçon ou fille ?

— Garçon. Il s'appelle Trey.

— C'est quand même curieux qu'un père laisse partir son fils aussi loin de lui comme ça, divorcé ou pas, non ?

— J'ai pensé exactement la même chose. Mais elle n'avait manifestement pas envie de parler de sa vie privée, alors j'ai laissé tomber le sujet. Elle a beaucoup changé. Elle est plus distante. Plus réservée. Ce n'est plus du tout la femme insouciante dont je me souvenais.

— Après avoir eu un enfant et traversé un divorce, ça peut se comprendre.

— Sans doute. Le job d'architecte d'intérieur implique des horaires de folie. Je ne vois pas comment elle pourrait s'en sortir, avec un enfant.

— C'est vrai que ça complique la situation. Mais quand on veut, on trouve toujours une solution.

Ils restèrent un instant silencieux.

— Quoi ? demanda Nick, devant le regard interrogateur de son frère.

— Tu es sûr que c'est uniquement pour des raisons professionnelles que tu l'as contactée ? Cela n'a rien à voir avec le fait qu'elle soit de nouveau célibataire ?

— Absolument. Je ne savais même pas qu'elle avait divorcé. Et puis je suis entièrement concentré sur le travail.

Noah éclata de rire.

— Je te crois, répondit-il. D'autant plus que les jumelles Anderson t'offrent tout ce dont tu peux rêver…

— Si tu crois que je vais te le raconter, répliqua Nick en se dirigeant vers la porte.

— Où vas-tu ?

— J'ai rendez-vous.

— Avec qui ?

— La seule personne qui puisse m'aider à résoudre un problème de garde d'enfants.

— Maman ! s'exclamèrent en chœur les jumeaux.

Nick monta dans sa McLaren rutilante et arriva à la propriété de ses parents en un rien de temps.

Helen, la gouvernante qui travaillait pour la famille depuis des décennies, vint l'accueillir dans le vestibule.

— Mon petit Nick, dit-elle en l'étreignant. Ta mère est dans son nouvel endroit préféré.

— Le solarium. Merci, Helen.

Nick se dirigea vers la vaste serre véranda située à l'arrière de la maison. Il s'approcha de sa mère, occupée à rempoter une plante exotique. Se glissant derrière elle à pas de loup, il l'embrassa sur la joue.

— Oh ! s'exclama Victoria en lui donnant une petite tape sur le bras. Tu m'as fait peur !

— Heureusement que je ne suis pas un cambrioleur ! Tu as eu l'occasion de réfléchir à ce que je t'ai demandé ou tu es restée ici toute la matinée à communier avec tes plantes ?

Sa mère ôta ses gants de jardinage et alla s'asseoir sur le divan.

— Je suis multitâche, mon fils. J'ai donc réussi à faire les deux, répondit-elle en lui tendant un verre de citronnade.

— Merci.

— Je suis tombée sur une photo de Sam sur Internet.

Par « tomber sur », sa mère voulait sans doute dire qu'elle avait écumé le Net pour trouver toutes les informations disponibles sur Sam.

— Elle est vraiment ravissante, poursuivit-elle. Ces yeux bruns en amande. C'est une merveille.

— Oui, c'est une très belle femme.

— Mariée à un prince, de surcroît. On se demande d'ailleurs ce qu'elle fait ici à chercher du travail avec un enfant à charge…

— Ces détails ne nous regardent pas, maman.

— Simple curiosité. Son fils aussi doit être beau. Il lui ressemble ?

— Comment le saurais-je ?

— Elle ne t'a pas montré de photo ?

— C'était un entretien d'embauche, maman, pas une visite de courtoisie.

— Quand même, c'est étonnant. En général, les mères ne perdent jamais une occasion de montrer une photo de leurs enfants.

— Tu as réussi à trouver des contacts pour elle ?

— J'ai demandé à Hazel de dresser une liste d'assistantes maternelles. Elle te la transmettra d'ici la fin de la journée.

— Tu es incroyable.

— J'essaie.

Nick se leva.

— Je dois y aller, j'ai du travail, dit-il en l'embrassant sur le front. Tu me sauves la vie. Merci.

— Tu me diras comment ça se passe ?

— Bien sûr. Je t'aime.

— Moi aussi, mon fils.

Nick regagna sa voiture et appela Sam immédiatement. Il aurait été plus logique d'attendre de recevoir la liste, mais il avait envie d'entendre sa voix.

— Allô ! dit Sam, essoufflée comme si elle s'était précipitée sur le téléphone.

Ce n'était pas la première fois qu'il l'entendait haleter, songea-t-il, avant d'expulser ce souvenir de son esprit.

— C'est Nick.

— Bonjour, Nick.

— Bonne nouvelle. Je suis sur le point de résoudre tous tes problèmes.

— Tu les connais tous ?

Il se mit à rire

— Tu en as tant que ça ?

— Quelques-uns, répondit-elle d'un ton grave. C'est à propos du boulot ? Tu as dit que j'avais jusqu'à demain, non ? Je n'ai toujours pas pris ma décision.

— Si c'est à cause du mode de garde, une solution se profile.

— Vraiment ?

— Tout à fait.

— Laisse-moi deviner. En plus d'être vice-président d'une très grosse société, tu es propriétaire d'une garderie ?

— Non, mais tiens... ça me donne des idées. Qu'est-ce que tu fais ?

— Là, maintenant ?

— Oui.

— Des démarches en ligne. Pour mon installation. Il y en a une quantité monstrueuse, quand on revient dans ce pays.

— J'en suis sûr. Où habites-tu ?

— Au sud de Vegas, mais c'est temporaire.

— Je vais justement dans cette direction. Et si on discutait des modes de garde que j'ai trouvés en dînant ?

— Je ne peux pas. J'ai prévu d'aller dîner avec mon fils.

— Ce n'est pas un problème. Viens avec lui. Je connais

un restaurant qui propose des menus enfants. À deux pas de notre hôtel. Trey et toi pourriez me retrouver là-bas.

Un silence s'installa alors que Nick sortait de l'autoroute et se dirigeait vers le CANN Casino Hotel and Spa, qui dominait une extrémité du Strip de Las Vegas.

— Sam, tu es là ?

— Oui, oui… Merci, mais non. Je n'ai pas le temps. Comment s'appelle la garderie ? Je vais regarder leur site.

— Ce n'est pas une garderie. L'assistante de ma mère est en train de compiler une liste d'aides maternelles. L'idée serait que Trey puisse te suivre dans tes déplacements et être pris en main lorsque tu devras travailler tard. La candidate idéale serait quelqu'un qui puisse s'occuper de Trey, y compris scolairement, quel que soit l'endroit où vous vous trouvez.

— Ça a l'air génial, Nick, mais même avec l'offre incroyable que m'a faite ton entreprise, je ne suis pas sûre de pouvoir financer un tel dispositif. Les salaires, les billets d'avion, les chambres d'hôtel, les repas. Ce serait une énorme dépense.

— J'y ai pensé, c'est pourquoi cela ferait l'objet d'une nouvelle clause dans ton contrat. Cette assistante maternelle serait employée par l'entreprise et, comme toi, bénéficierait d'une carte bancaire professionnelle pour les voyages et autres frais.

— C'est… Je suis sans voix. Comment penses-tu trouver cette perle rare ?

— Par l'intermédiaire de la liste fournie par ma mère. C'est aussi simple que ça.

— Je… je ne sais pas quoi dire.

— Dis simplement que tu passeras demain à mon bureau signer ton contrat. L'entreprise t'aidera à trouver une assistante maternelle et un logement. Nous pourrons aussi préparer ton voyage à New York la semaine prochaine.

— Attends un peu, Nick. Ça va trop vite…

— Je suis sûr que tu peux faire face.

— J'apprécie ta confiance mais il y a une quantité d'autres architectes d'intérieur sur le marché. Pourquoi fais-tu tout cela pour moi ?

— C'est simple, Sam. Parce que tu es la meilleure.

— Que puis-je répondre à un tel argument ?

— Rien.

Lorsque Sam se mit à rire, Nick se demanda pourquoi il avait l'impression d'avoir décroché la lune.

— Je ne sais pas, Nick. Ça fait beaucoup de choses à digérer.

— Tu as encore quelques heures devant toi. Tu pourrais passer au bureau demain, disons à 15 heures ?

— D'accord.

— Alors, à demain. Au fait, Sam…

— Oui ?

— Quand je te verrai demain, sache que la seule réponse que j'accepterai à mon offre est un oui.

- 3 -

Cela faisait quinze minutes que Sam faisait les cent pas dans le salon. Elle était en grande conversation avec Danielle, sa cousine, qui l'avait gentiment accueillie chez elle à son retour aux États-Unis.

— Je ne peux pas accepter ce travail, Danni. C'est impossible !

— Ce qui est impossible, c'est que tu le refuses. C'est exactement ce dont tu as besoin. Avec mode de garde inclus ! Voyons, Sam, c'est inespéré !

— Ce n'est pas une question d'argent. Le problème, c'est… Trey. Je n'ose pas imaginer ce qui se passerait si Nick découvrait le pot aux roses.

— C'est le père de Trey, Sam. Il ne devrait pas avoir à le découvrir. Tu devrais le lui dire. Et le plus vite possible.

Sam comprenait ce que sous-entendait Danielle. Si les choses tournaient mal, son ex, Oba, pourrait se servir de cette information pour lui nuire.

— De plus, poursuivit Danielle, tu savais que ce jour viendrait. Je te l'avais dit.

Sam fixa la cheminée, au bord des larmes. Elle contempla un instant les flammes et eut l'impression d'avoir mis un pied en enfer.

— Tout s'est passé si vite, murmura-t-elle. J'avais tellement peur, à l'époque. Ton amie Joi m'a appelée. Nous avons discuté. Elle a donné mon numéro à son frère. Oba m'a contactée en visio et, en un rien de temps, j'étais mariée avec lui. Cet arrangement était évidemment précipité mais, sur le coup, il semblait résoudre ses problèmes et les miens. Je pensais que quitter le pays sans rien dire à Nick était la meilleure solution pour tout le monde. Je voulais garder le secret pour la vie.

— Je sais. Je ne te juge pas. Au contraire, je me sens en partie responsable. Je n'aurais jamais dû te dire ce que m'avait confié Joi, à savoir que son frère cherchait à conclure un mariage de convenance pour s'imposer sur le trône à la place de son sinistre frère.

— Tu n'as rien à te reprocher. J'ai sauté sur l'occasion. Je savais ce que Nick pensait du mariage et des enfants, et la proposition d'Oba m'a semblé idéale. Ma grossesse m'a donné un avantage sur les autres candidates. À l'époque, ça semblait une solution gagnante pour Oba comme pour moi.

— Tu as fait au mieux à l'époque. Mais aujourd'hui, tu as toutes les cartes en main pour corriger cette erreur, déclara fermement Danielle. Il n'est pas normal que ton ex-mari sache qu'il n'est pas le père de Trey, alors que Nick ignore qu'il a un enfant.

— Tu as raison. Je ne peux pas garder le secret pour toujours. Nick a le droit de savoir, et Trey a besoin de connaître son père.

— Est-ce que Trey réclame Oba ?

— Pas du tout. Pour Oba, Trey a toujours été un moyen de servir ses intérêts. Bien sûr, il ne s'est jamais montré méchant avec lui, et il leur arrivait parfois de jouer ensemble. Mais Oba n'a jamais été très affectueux, ni très présent. En fait, il n'était jamais là, soit parce qu'il avait des obligations officielles, soit parce qu'il courait le monde, enchaînant les réceptions mondaines.

— D'après ce que tu m'as dit de l'offre de Nick, c'est toi qui vas enchaîner les réceptions mondaines, à présent, lui fit remarquer Danielle.

— C'est sûr ! Et j'adore l'idée de disposer d'un budget illimité pour aménager et décorer des villas de luxe. Seulement je ne vois pas comment je pourrais travailler avec Nick sans lui parler de… de son fils. Or si je lui dis maintenant ou après avoir accepté son offre, soit il refusera de m'embaucher, soit il mettra fin au contrat.

— Tu te poses les bonnes questions. Et il y a une seule façon d'obtenir les réponses.

— Si tu le dis…

Sam venait de se mettre au lit lorsque son téléphone vibra. C'était un énième SMS d'Oba, auquel elle ne répondit pas.

Danielle avait raison. Elle devait dire la vérité à Nick à propos de Trey. Même si cela devait lui coûter ce poste de rêve à un moment où son compte bancaire était désespérément à sec, ses économies ayant été englouties par le coût du traitement anticancéreux de sa mère et de sa fuite aux États-Unis.

Elle passa une nuit agitée. Mais grâce à Danielle, qui s'était arrangée pour envoyer Trey à la garderie avec son fils, elle se retrouva seule dans l'appartement le lendemain matin. Même Scott, le mari de Danielle, était au travail.

Une heure durant, elle s'adonna à différents exercices de yoga axés sur les postures et la respiration profonde et parvint à retrouver son calme. Mais une fois la séance terminée, les doutes l'assaillirent de nouveau.

Comment réagirait Nick en apprenant qu'elle lui avait caché la vérité tout ce temps ? Y verrait-il la preuve qu'elle était indigne de sa confiance ? Retirerait-il son offre d'emploi ? Pire, la puissante famille Breedlove la traînerait-elle en justice pour lui prendre son enfant ? Comment subviendrait-elle aux besoins de son fils sans le travail qu'ils lui offraient ?

Elle prit une douche puis fouilla devant la garde-robe de Danielle où elle avait suspendu les quelques tenues qu'elle avait réussi à emporter dans sa fuite. Dans son enfance, sa mère lui avait toujours dit qu'une femme se sentait toujours mieux lorsqu'elle soignait sa tenue. Une leçon que Sam n'avait jamais oubliée. Finalement, son choix se porta sur une robe rouge ajustée mais sobre, avec de longues manches et un col rond.

Elle se souvint soudain de la façon dont, la veille, Nick avait posé les yeux sur ses jambes lorsqu'elle s'était assise, puis sur l'échancrure de son chemisier... Et de la façon dont elle avait dû batailler pour repousser certains souvenirs torrides et ignorer certaines réactions irrépressibles dans des zones de son corps, réactions qui seraient absolument interdites s'il devait devenir son patron. Force était de constater qu'elle était toujours aussi sensible à son charme. Mais s'ils devaient travailler ensemble, une chose était certaine : il serait hors de question de coucher avec lui.

Quand elle se gara sur le parking du CANN Casino Hotel and Spa, elle n'avait toujours pas pris sa décision. Tout en se dirigeant vers le bureau de Nick, elle décida d'y aller au feeling. Elle verrait bien comment se comporterait Nick et prendrait sa décision en conséquence.

Alors qu'elle traversait le luxueux hall d'entrée, son

téléphone sonna. Elle faillit ne pas répondre. Mais c'était peut-être au sujet de Trey.

— Sam Price.

— Bonjour, c'est Nick.

— Je suis en retard ? Je suis dans le hall et…

— Non, tu n'es pas en retard. Je suis affamé. Je t'attends au Zest. J'espère que cela ne te dérange pas ! C'est un de nos restaurants. Prends l'ascenseur et appuie sur le bouton du dernier étage. Tu y arriveras directement.

— Très bien.

En l'espace de quelques instants, elle fut propulsée au dernier étage de la tour qui dominait la métropole environnante, dans un univers au moins aussi luxueux que celui qu'elle avait connu en qualité de princesse de Kabata, petit État africain sur lequel son ex-mari Oba et sa famille régnaient depuis plusieurs générations.

Elle fut accueillie par une hôtesse.

— Bonjour et bienvenue au Zest.

— Bonjour, je suis Sam Price. J'ai rendez-vous avec Nick Breedlove.

— Nous vous attendions, mademoiselle Price, dit l'hôtesse, avec un grand sourire. Je vous en prie, suivez-moi.

Au lieu de l'escorter dans la salle de restaurant, l'hôtesse la conduisit à un salon privé et frappa à la porte.

— Monsieur Breedlove, Mlle Price est arrivée, déclara l'hôtesse avant de s'effacer pour faire entrer Sam et de leur souhaiter bon appétit.

À son arrivée, Nick se leva galamment pour l'accueillir. Ce qui lui fit chaud au cœur… et la terrifia. Elle qui avait espéré mieux résister à son charme que la veille, voilà qu'elle était déjà en difficulté. Cette sensation s'accrut lorsque les yeux de Nick la caressèrent de la tête aux pieds, ravivant aussitôt les souvenirs de l'unique nuit qu'ils avaient passée ensemble. Elle comprit alors que sa priorité serait de mettre les choses au clair sur cet épisode de leur vie.

— Bonjour, Nick, dit-elle en lui serrant brièvement la main pour éviter tout risque de contact prolongé.

— Sam. Heureux de te voir. Assieds-toi, je t'en prie. J'espère que tu ne me tiens pas rigueur d'avoir déplacé le lieu de notre entrevue. Mais je suis au travail depuis 7 heures du matin. Et quand Anita m'a rappelé notre rendez-vous, j'ai réalisé que je n'avais pas mangé de la journée.

— Pas de souci.

— Tu en es sûre ?

— Absolument.

— Tu as faim ?

— Pas vraiment.

— Allons, dit Nick avec un sourire malicieux, ne me fais pas croire que tu fais attention à ta ligne. Tu es plus resplendissante que jamais.

Sam fit de son mieux pour ignorer ce compliment.

— Je n'ai pas faim, merci, assura-t-elle.

— J'espère que je ne t'ai pas offensée.

Elle détourna les yeux, refusant de se laisser piéger par ce regard d'un brun velouté, hypnotique, qui avait eu raison d'elle lorsqu'elle l'avait suivi dans une suite de luxe, quelques années plus tôt.

— Dans ce monde post-#MeToo, les hommes doivent être très prudents, surtout quand ils occupent un poste de pouvoir, reprit Nick. Mais étant donné notre amitié passée, j'espère que ce compliment ne t'a pas vexée. Je ne voulais pas te manquer de respect.

— Tu ne l'as pas fait.

Quelques secondes plus tard, un serveur entra, poussant un chariot sur lequel étaient posés des verres et un pichet de thé glacé.

— Puis-je vous conseiller le chateaubriand, monsieur ? proposa-t-il. Il est exceptionnel.

— Sam ?

— Rien pour moi, merci, répondit-elle.

— Un chateaubriand pour moi, Fredrich, dit Nick.

— Excellent choix, fit remarquer Fredrich en servant le thé glacé. Il vient d'un ranch bio non loin d'ici, précisa-t-il en adressant un clin d'œil à Nick avant de se tourner vers Sam. Si vous le souhaitez, mademoiselle, je pourrais vous choisir quelque chose de léger, ou une simple entrée ?

— Le bœuf vient du ranch de mon frère Adam, expliqua Nick. C'est l'un des meilleurs du pays. De plus, le chef de ce restaurant a travaillé en France, avec les plus grands.

Voyant que Sam hésitait, Nick poursuivit :

— Allons, Sam, laisse-toi faire…

Le serveur regardait Sam avec tant d'espoir qu'elle ne put refuser.

— Entendu, choisissez-moi quelque chose de léger, lui dit-elle avec un sourire. Merci.

Fredrich s'inclina brièvement avant de sortir.

— Tu ne le regretteras pas, lui assura Nick avant de lever son verre. Trinquons à une réunion productive.

Sam ignorait comment se solderait cette entrevue, mais elle leva son verre en cristal délicatement ciselé.

— Santé.

— Je sais que je ne t'ai laissé que vingt-quatre heures pour prendre ta décision, mais j'espère que tu as eu le temps de considérer les avantages que te procurerait cette offre.

— Je n'ai pensé qu'à ça, répondit-elle, en toute honnêteté. Mais avant d'en parler, il y a un autre sujet que nous devons aborder.

— Je t'écoute.

— Cette fameuse nuit, c'est-à-dire la dernière fois que nous nous sommes vus. Je ne sais pas pour toi, mais pour moi il est important de crever l'abcès.

— Bien sûr…

— Si je décide de travailler pour CANN International, je dois être sûre que ce qui s'est passé à l'époque n'aura aucune incidence sur notre relation. Les interactions entre toi et moi devront rester strictement professionnelles.

— C'est une évidence, dit-il.

C'était exactement la réponse qu'elle attendait. Mais pourquoi avait-il répondu si rapidement ? Comme si l'idée d'une nouvelle liaison avec elle, même brève, ne lui avait même pas traversé l'esprit ?

- 4 -

Bien que surpris par la déclaration de Sam, Nick n'en laissa rien paraître, en grand joueur de poker qu'il était. Elle venait d'exposer en termes très clairs les limites de leur relation. Et c'était imparable. D'autant qu'ils disposeraient de fort peu de temps pour mener à bien leur mission professionnelle.

— Je voulais simplement préciser le fait que notre relation devra être strictement liée au travail, dit-elle. Tu ne m'en veux pas ?

— Donc tu acceptes mon offre ?

— Heureusement que tu m'as proposé un mode de garde. C'était le premier obstacle à notre collaboration.

Le second, corrigea-t-elle mentalement. Le premier étant que Nick était le père de Trey sans le savoir.

— Donc tu acceptes la mission ? insista-t-il.

— J'avoue que si j'avais été seule, la décision aurait été plus facile. Seulement je dois penser à mon fils. Comme je l'ai dit hier, il a perdu tous ses repères.

— J'imagine. Tu es aujourd'hui mère célibataire. Et le père de Trey est si loin.

Pas si loin que ça…

— Écoute, reprit Nick, CANN International compte beaucoup pour moi, mais la famille plus encore. Jamais je ne voudrais nuire au bien-être de ton fils. C'est pourquoi l'ajout contractuel d'un mode de garde m'a paru une évidence. D'ailleurs, mes frères ont fait la même chose pour leurs assistantes.

— Ce sont eux qui ont dressé la liste que tu m'as envoyée ?

— Je leur en ai parlé, mais c'est ma mère et Hazel, son assistante, qui l'ont établie. Ma mère pense qu'une assistante maternelle capable de donner des cours particuliers serait le meilleur type d'aide dans ton cas. Isabella et Kirtu, les jeunes femmes qui travaillent pour mes frères, sont des éléments clés pour le bon fonctionnement de leur foyer. Compte tenu de ce que tu viens de me dire, je sais que la mise en place d'une routine est cruciale pour Trey.

Était-ce son imagination ou la voix de Nick s'était-elle adoucie lorsqu'il avait prononcé le nom de son fils ?

— Que se passera-t-il quand cette mission sera terminée ? demanda-t-elle.

— Bonne question. CANN International est une grande entreprise. Nous avons une quantité d'hôtels et de villas à décorer. Un contrat à durée indéterminée pourrait être envisageable.

— C'est aussi ce que je pensais de mon mariage, murmura-t-elle malgré elle.

Nick la dévisagea, soudain embarrassé.

— Je suis désolé, Sam.

— Non, ce n'est pas toi. C'est moi. Ma vie est compliquée, en ce moment. J'aimerais beaucoup travailler pour CANN mais honnêtement, Nick, je ne suis pas en situation de m'engager sur le long terme actuellement.

— Alors, nous verrons. Tu pourrais commencer comme contractuelle et si ça marche, nous pourrions t'engager définitivement. Qu'en penses-tu ?

Elle hésita un instant avant de hocher la tête.

— Ça me va très bien.

Nick se détendit enfin. Jusqu'à ce moment, il n'avait pas réalisé à quel point il avait envie d'entendre Sam lui dire qu'elle acceptait ce travail.

À cet instant, Fredrich entra en poussant son chariot. Il posa une corbeille de pain sur la table, accompagné d'une variété de beurres aromatisés et de confitures.

— Goûte, c'est absolument délicieux, dit Nick en étalant du beurre aux herbes sur un petit pain chaud.

— Je dois admettre que l'odeur est irrésistible, fit-elle remarquer en prenant un petit pain et en le humant. Oh ! Parmesan.

Nick s'arrêta pour la regarder lorsqu'elle ferma les yeux pour croquer dans son petit pain. Il venait de s'engager à avoir avec elle une relation strictement professionnelle, pourtant le plaisir qu'il lisait sur ses traits lui rappela aussitôt leurs étreintes passées…

— Ça devrait être interdit, dit-elle lorsqu'elle eut terminé.

— Je te l'avais dit, répondit Nick en riant. Bon appétit.

Ils passèrent les minutes suivantes à discuter des détails du contrat, puis Fredrich revint avec une pièce de bœuf cuite à point pour Nick et, pour Sam, une salade composée, surmontée d'un carpaccio de chateaubriand.

Après quelques bouchées, elle posa sa fourchette et déplia sa serviette.

— La cuisine était extraordinaire lorsque je vivais au palais, dit-elle. Mais je n'aurais jamais imaginé qu'une simple salade puisse être aussi délicieuse.

— Le chef ne serait pas de ton avis, dit-il en riant. Il n'y a probablement rien de simple, dans cette salade !

Sam prit une autre bouchée de salade, ferma les yeux, mâcha lentement et… gémit.

Nick sentit son sexe se dresser contre la toile de son pantalon. *Du calme, fiston…*, s'ordonna-t-il, repoussant un flot de souvenirs interdits.

Sam ouvrit les yeux.

— Tu as raison, dit-elle. La simplicité n'est qu'apparente. Ce mélange de choux de Bruxelles, de chou frisé, d'oignon doux et de bœuf, assaisonné de vinaigrette de sauce de soja et d'huile de sésame et saupoudré de fromage finement râpé est d'une subtilité incroyable.

— On dirait que tu t'y connais en cuisine.

— Pas du tout ! Mais ma cousine, oui. Elle adore les émissions culinaires et cuisine divinement bien. Et comme toutes les passionnées, elle est intarissable sur les ingrédients qu'elle utilise dans ses plats.

— La cousine avec qui tu étais à la fête ce soir-là ?

— Oui. C'est étonnant que tu t'en souviennes.

Il faut dire que ça avait été une soirée mémorable.

— Comment s'appelle-t-elle, déjà ?

— Danielle. Tout le monde l'appelle « Danni ».

Nick hocha la tête, repensant aux confidences que Sam et lui avaient échangées sur l'oreiller entre leurs multiples étreintes. « Sam et Danni. Des noms de garçons pour des filles chaudes comme la braise », lui avait-elle murmuré ce soir-là à l'oreille. Mais il garda ce souvenir pour lui.

— Comment ta société s'est-elle lancée dans la location de villas de vacances ? s'enquit Sam, le ramenant à l'instant présent.

— Un peu par hasard.

— Comment avoir des villas dans le monde entier peut-il être un hasard ?

— C'est la vérité. Du moins, la version courte.

— Et la version longue ?

Nick termina son assiette et s'appuya contre le dossier de sa chaise, son verre à la main.

— Tout a commencé lorsque mon frère aîné, Christian, a fait construire un hôtel sur une île proche des côtes de Djibouti. À peu près à la même époque, je m'étais lancé dans un projet de villas sur une île au large de New York.

— Qui est votre propriété aujourd'hui ?

— C'est ça. De fil en aiguille, en voyant l'intérêt croissant du public pour ce type de villégiatures, nous avons acheté d'autres îles aux États-Unis. Toutes ces informations se trouvent dans le livret de présentation de l'entreprise qui accompagne ton contrat. N'hésite pas à le lire avant de découvrir tout cela par toi-même la semaine prochaine.

— Des hôtels, des villas et des îles ? Cette société est encore plus diversifiée que je ne le pensais.

— C'est pourquoi nous rejoindre est la meilleure décision que tu puisses prendre.

— Laisse-moi en juger par moi-même, répondit-elle. Je pense que ton avis est peut-être un peu biaisé.

— Ha ! Touché.

La conversation se poursuivit avec plus de légèreté à mesure que Sam se détendait.

Lorsque Fredrich débarrassa les assiettes à dessert et leur servit les cafés, leur ancienne camaraderie était presque revenue. Nick se réjouissait d'avoir recontacté Sam. Non seulement elle était la meilleure personne possible pour un travail de cette ampleur, mais elle pouvait être très amusante.

— Merci de m'avoir convaincue de déjeuner, dit-elle lorsqu'ils se levèrent. Je ne pensais pas avoir faim avant de prendre la première bouchée de cette salade divine.

— Les Breedlove sont de grands gastronomes. Nous mettons autant de soin à engager nos chefs qu'à décorer nos villas.

Ils sortirent du restaurant et Nick appela l'ascenseur.

— Je vais faire rédiger le contrat, dit-il. Je te le faxerai avec les autres documents dès que possible. Je suppose que tu as un passeport, donc nous n'avons pas à nous soucier de ça.

— Un passeport ? Je croyais que nous allions travailler exclusivement aux États-Unis ?

— La dernière villa à rénover se trouve aux Bahamas. Mais hormis cela, tu n'auras pas à te déplacer à l'étranger.

Ils entrèrent dans l'ascenseur et se séparèrent cent étages plus bas, dans le hall.

— Bienvenue à bord, mademoiselle Price, dit-il en lui tendant la main.

— Le contrat n'est pas encore signé, monsieur Breedlove, répliqua-t-elle, moqueuse.

— Mais je ne vois pas pourquoi il y aurait un problème.

Elle lui serra la main et leurs regards se croisèrent. À cet instant, un léger courant électrique chargé d'érotisme les enveloppa. Sam ôta sa main la première. Le charme était rompu. Mais Nick savait qu'il n'avait pas rêvé.

Ils se dirent au revoir et partirent chacun de leur côté.

Tard dans la nuit, Nick se tournait et se retournait dans son lit, cherchant le sommeil.

Contrairement à ce qu'avait dit Sam, ce n'était pas les

souvenirs de la nuit torride qu'ils avaient passée ensemble qui posaient problème, mais l'alchimie sensuelle qui, indéniablement, existait toujours entre eux. Il se demanda combien de temps encore ils pourraient l'ignorer.

- 5 -

La météo fut étonnamment douce à Las Vegas pour un mois d'avril, mais Sam y prêta à peine attention. Une fois qu'elle eut signé son contrat, les huit jours suivants s'écoulèrent dans un tourbillon d'activités, entre recherches d'appartement et entretiens avec des assistantes maternelles.

Elle déclina l'offre de CANN de l'aider dans sa recherche d'assistante maternelle. Dire à Nick la vérité sur Trey était inévitable, seulement elle n'était pas encore prête à le faire. En attendant, elle tenait à garder son fils à distance des Breedlove. Après l'échange qu'elle avait eu la veille avec Oba, elle se félicitait également qu'un océan la sépare de son ex-mari. Comment avait-il pu avoir le culot de l'appeler ?

— Oba ?

— Tu as déjà oublié ma voix, mon ange ?

Elle n'avait pas répondu.

— Alors, comment ça se passe, en Amérique ?

Il appelait pour prendre des nouvelles ? Vraiment ? Après la façon dont leur relation s'était terminée et tout ce qui s'était passé depuis ?

— Oba, je suis très occupée. Je suis sur un gros projet. Je ne peux pas te parler maintenant.

— Une femme qui travaille ? Oh ! *Masovina*, ce n'est pas une vie pour toi.

— Je ne suis plus ton amour, ni ton épouse. Je croyais que nous nous étions mis d'accord sur une rupture nette et définitive. Pourquoi appelles-tu ?

— Tu me manques, mon ange. Mon fils me manque.

Il avait prononcé ces mots d'un ton grave et sincère. Mais cette voix qu'elle avait pourtant aimée lui nouait aujourd'hui l'estomac. De plus, Oba ne s'était jamais intéressé à Trey. Que voulait-il vraiment ?

— La semaine dernière, mon père m'a annoncé une très mauvaise nouvelle, chérie. Il nous en veut beaucoup de notre perfidie.

— Quelle perfidie ?

— Il a accueilli Trey dans la famille et l'a même reconnu comme prince de sang. De ce fait…

— Je suis navrée pour ton père, Oba. Ce n'est pas moi qui lui ai dit que Trey n'était pas ton fils, mais ton frère Isaac. Nous avons tous deux pâti de son indiscrétion. J'ai beaucoup perdu, y compris le peu d'argent que j'avais pu économiser en vivant là-bas. Aujourd'hui, je m'efforce de reconstruire ma vie et ce qu'il se passe dans ta famille ne me concerne plus.

— Il se trouve que mon père a restreint mes prérogatives royales et par extension, mon budget.

— Au moins tu en as un.

— Je n'ai pas l'habitude de vivre comme ça. Je n'ai même plus accès aux propriétés familiales !

Elle s'était retenue de lui rétorquer qu'il avait largement de quoi subvenir à ses besoins, et même plus.

— Oba, que veux-tu ?

— Bouger, Sam. Je pense m'installer aux États-Unis.

— Ta sœur Joi vit ici. Adresse-toi à elle.

— Elle n'a pas d'argent.

— Moi non plus.

— Mais tu peux en avoir, non ? avait-il répliqué sur un ton soudain moins amical. Demande à Nick de t'en donner.

— Quoi ? Tu as perdu la tête ? Je n'ai pas d'argent à te donner et il est hors de question que j'en demande à Nick ou à qui que ce soit d'autre.

— Il est au courant, pour Trey ?

— Laisse Trey en dehors de ça.

— Donc, tu m'envoies sur les roses ?

— Écoute, Oba, peu importe ce que tu penses. Tout ce que j'ai à dire, c'est que Trey n'a rien à voir avec tes problèmes. Bien sûr, ton frère a mal agi, et nous en payons toi et moi les conséquences. C'est pourquoi c'est à lui que tu devrais demander de l'aide. Et non à moi. Ou à Nick.

— Tu sais très bien que je ne peux rien demander à Isaac. Je t'ai aidée quand tu avais des problèmes. Maintenant, c'est à toi de me renvoyer l'ascenseur.

— Tu es sourd ? Je n'ai pas d'argent.

— Selon ma sœur, ça ne va pas durer. Elle m'a envoyé un lien vers un communiqué de presse. Tu travailles pour CANN International.

Elle était tombée des nues en apprenant que son embauche avait fait l'objet d'un communiqué. Au diable les relations publiques, et au diable Joi, qui aurait dû avoir la bonne idée de s'occuper de ses propres affaires !

— C'est un contrat temporaire, avait-elle répondu. En tout cas, cela ne change rien. Je ne peux rien faire pour toi.

— Écoute, Sam…

— Non, toi, écoute. Je n'ai rien contre toi, Oba, et je te souhaite une bonne continuation. Mais à cause d'Isaac, notre mariage est terminé. Continuons donc à aller de l'avant, mais chacun de notre côté. Et efforçons-nous de faire au mieux dans les circonstances actuelles. Et je t'en prie, ne m'appelle plus.

Elle avait raccroché, mais avait eu du mal à dormir.

Sam arriva à l'aéroport de Las Vegas pour son vol à destination de New York. Mais lorsque l'annonce de l'embarquement résonna dans le terminal, Nick n'était toujours pas arrivé. Elle sortit son portable pour l'appeler puis se ravisa. Il n'avait pas de compte à lui rendre. Peut-être avait-il décidé de ne pas l'accompagner. Ce n'était pas grave. Elle était professionnelle et n'avait pas besoin qu'on lui tienne la main. D'ailleurs, elle avait été surprise lorsqu'il avait annoncé qu'il l'accompagnerait.

Elle attendit que plusieurs passagers de première classe aient embarqué avant de les suivre dans l'avion. Elle accepta le jus d'orange que lui proposait l'hôtesse de l'air puis s'installa, persuadée qu'elle aurait des nouvelles de Nick à son arrivée à New York. Les portes de l'avion étaient sur le point de se fermer lorsqu'il fit son entrée avant de s'asseoir, essoufflé, à ses côtés.

— Salut, dit-il, en rangeant sa mallette et en bouclant sa ceinture de sécurité.

— Il était moins une, non ?

— Désolé. Je suis tombé sur un ami en arrivant à l'aéroport et j'ai perdu la notion du temps.

— C'est bon, tu es là, maintenant. Cela dit, je suis étonnée que tu prennes des vols commerciaux. Ta société n'a pas de jets ?

— Si, mais je me suis dit que ce serait l'occasion de nous raconter un peu notre vie. Cela fait si longtemps qu'on ne s'est vus…, murmura-t-il d'un ton un peu trop sexy au goût de Sam.

L'avion avait atteint son altitude de croisière lorsqu'il relança la conversation.

— Alors, c'était comment d'être princesse ?

Sam ne s'étonna pas de cette question qu'elle aurait elle-même pu poser si elle avait été à la place de Nick.

— Eh bien, comme Meghan Markle pourrait sans doute en témoigner, ce n'est pas toujours aussi merveilleux que ça en a l'air. Mais ce n'était pas si mal.

— Comment as-tu rencontré Oba Usman, héritier du trône du Kabata ?

— Tu as fait quelques recherches sur Internet, à ce que je vois, lui fit-elle remarquer, soudain inquiète à l'idée de ce qu'il avait trouvé.

— Il est naturel que je me renseigne sur l'entourage d'une nouvelle collaboratrice, non ?

Elle ne pouvait lui en tenir rigueur. N'avait-elle pas fait la même chose après l'avoir rencontré au bal masqué ?

— Ma cousine Danni était amie avec sa sœur, répondit-elle. C'est elle qui nous a présentés.

— Intéressant. Et étonnant qu'après ce bal masqué tu te sois envolée à l'autre bout du monde pour te marier.

— Tout s'est fait rapidement, c'est vrai. C'était comme un conte de fées. Toutes les petites filles ne rêvent-elles pas de rencontrer leur prince charmant ?

— Et Oba l'a-t-il été ?

— Au début, oui.

— Qu'est-ce qui a changé ?

Elle prit une profonde inspiration et chercha les mots les plus justes.

— Déjà, dans des conditions normales, le mariage

n'a rien de facile. Mais le mien a été très médiatisé et la famille d'Oba ne se privait pas d'interférer dans nos relations.

— Eh bien, ça n'a pas dû être simple, en effet. Et ce que tu dis me conforte dans mon idée. Je me passerai peut-être la corde au cou un jour mais le plus tard possible.

— Sage décision.

— Pourquoi t'es-tu mariée si vite ?

— Oba était pressé. Il devait être marié et avoir un fils pour succéder à son père sur le trône. Or son jeune frère risquait de lui ravir la place. Je… suis tombée enceinte, et nous nous sommes mariés tout de suite.

— C'est ce que tu voulais ?

— C'était la meilleure chose à faire pour Trey.

— Et pour toi ?

— À l'époque, je pensais que c'était la meilleure chose à faire pour nous deux.

— Réponse de mère. Comment va ton fils ? Tu as trouvé une nounou convenable ?

— Je pense que oui. Pour l'instant, Danni s'occupe gentiment des enfants. Je ferai sans doute venir Trey et sa nounou à New York la semaine prochaine.

L'hôtesse de l'air commença à servir les repas, et ils se turent. Sam fut soulagée de ce répit qui lui permettait de surmonter le stress de cette conversation. Elle archiva mentalement les différentes informations données à Nick de façon à pouvoir poursuivre logiquement son récit s'il la questionnait de nouveau.

— Et toi ? demanda-t-elle. Je sais que tu n'es pas pressé de te marier et d'avoir des enfants, mais ne ressens-tu pas une légère pression maintenant que tes frères ont fondé une famille ?

Nick étira ses longues jambes musclées en soupirant.

— Pas du tout !

Sam ne put s'empêcher de rire de la rapidité de cette réponse, mais curieusement cela lui serra le cœur, aussi.

— Pour l'instant, ce projet de villas est mon seul bébé, précisa-t-il. Ces dernières années, mes frères ont largement contribué au développement et à la diversification de l'entreprise. Christian nous a permis de nous implanter à Djibouti et ailleurs en Afrique. Adam s'est imposé comme un des meilleurs éleveurs et a déniché des sites idéalement situés pour nos hôtels. L'année dernière, Noah a ouvert un casino. Et ce, malgré son accident.

Sam le dévisagea, horrifiée.

— Mon Dieu ! Que s'est-il passé ?

— Un terrible accident de ski. Tu n'es pas au courant ?

— Non.

— Tu étais vraiment coupée du monde, dis donc…

— C'était un choix personnel. Avant cela, je passais ma vie sur les réseaux sociaux. Cette période de déconnexion m'a permis de reprendre contact avec le monde réel.

— Je comprends.

— Comment va Noah, maintenant ?

— Beaucoup mieux, merci.

— Ces dernières années ont été très productives pour la famille. Donc, maintenant c'est à toi de jouer ?

— C'est ça.

— Tes frères ont des enfants ?

— Christian a une fille, Christina, et un fils, Larenz. Les femmes d'Adam et de Noah, Ryan et Dee, sont enceintes.

— Oncle Nick va être bien occupé ! s'exclama-t-elle en riant.

— Et cela me convient parfaitement. Un oncle s'amuse avec ses neveux… et les renvoie chez leurs parents !

Ils se mirent à rire. À cet instant, l'hôtesse de l'air leur apporta les menus. La jeune femme, qui ne cessait de flirter avec Nick depuis qu'il était entré dans l'avion, s'adressa en premier à lui.

— Monsieur Breedlove, je vous recommande le saumon, déclara-t-elle en battant des cils tout en rafraîchissant son verre. C'est du bio. Vous semblez être le genre de personne qui aime rester en forme.

— Absolument, répondit-il en lui rendant le menu. Je vais prendre le saumon avec des asperges et du riz.

— Excellent choix, fit remarquer l'hôtesse, tout sourire, avant de se tourner vers Sam. Et pour vous ? demanda-t-elle sèchement, sans ajouter de glaçons dans son verre.

Sam faillit éclater de rire.

— Une salade de poulet cajun, s'il vous plaît. Et un verre de cabernet.

Tous deux regardèrent l'hôtesse s'éloigner.

— On dirait que tu as une admiratrice, *monsieur Breedlove.*

— Elle fait juste son travail.

— Ne sois pas aussi naïf, Nick. Mais bravo pour ta modestie.

— Parle-moi de ta famille. Tu as des frères et sœurs ?

— Un frère du premier mariage de ma mère. Il a sept ans de plus que moi. Il est technicien et vit à Seattle. Mon père vit à Los Angeles.

— Et ta mère ?

Sam resta un instant silencieuse.

— Elle est décédée juste avant mon départ pour l'Afrique. Cancer du sein.

— Oh. Désolé.

— Merci. Elle me manque tous les jours.

— Comment se fait-il que tu te sois retrouvée à cette soirée costumée ?

Sam savait exactement de quelle soirée il parlait, celle où ils avaient couché ensemble et où sa vie a changé à jamais.

— Danni est arrivée ici il y a des années, quand elle voulait devenir danseuse professionnelle, expliqua-t-elle. Elle a été engagée dans quelques spectacles. Et puis elle a rencontré Scott et a fondé une famille. Sa mère, ma tante, était la sœur de ma mère. Elles étaient toutes deux très proches, c'est pourquoi Danni et moi sommes plus des sœurs que des cousines. C'est elle qui m'a emmenée à cette soirée.

— Elle n'a rien dit quand tu t'es mariée si rapidement ?

Il remettait ça ! Pourquoi faisait-il une telle fixation sur son mariage alors que celui-ci était terminé ? Elle choisit de répondre plutôt que de lui poser la question. Plus elle serait ouverte sur cette période de sa vie, moins il ressentirait le besoin d'en savoir plus.

— Elle a toujours voulu mon bien, répondit-elle. Comme j'étais heureuse, elle l'était aussi.

— Et maintenant que tu es divorcée ?

— Encore une fois, elle veut mon bien, et elle se réjouit que je sois de retour aux États-Unis.

— Désolé d'avoir insisté. Ce doit être douloureux de parler d'une rupture. Mais c'est parce que je compatis.

— Je comprends. Oui, c'était douloureux mais

aujourd'hui c'est mieux ainsi. Allez ! Assez parlé de moi. Parlons de ta vie amoureuse.

— Je te l'ai déjà dit. La seule histoire d'amour que j'ai en ce moment, c'est avec mon entreprise.

— Ce n'est pas ça qui va te tenir chaud la nuit !

— Pas faux ! Sur le plan personnel, je me contente de quelques aventures, mais je n'ai pas de liaisons, je suis trop occupé.

Elle avait du mal à le croire mais n'insista pas et orienta la conversation sur la décoration des villas.

Si les circonstances avaient été différentes, elle serait certainement sortie avec Nick. Intelligent, séduisant et plein d'humour, il était vraiment très agréable. Sans compter qu'il était, de loin, le meilleur amant qu'elle ait jamais eu…

Si les circonstances avaient été différentes… Mais elles ne l'étaient pas. De plus, Trey faisait désormais partie de l'équation. Et il y avait vraiment bien peu de chances qu'ils forment un jour une famille unie. Elle devait garder cela à l'esprit et se concentrer sur son travail.

- 6 -

À leur arrivée à New York, Nick et Sam bénéficièrent d'un transfert en limousine jusqu'à la marina de Brooklyn, où les attendait un yacht à destination de l'île.

— Impressionnant, dit Sam, alors qu'ils s'installaient sur la plate-forme arrière du magnifique bateau.

— Mais tu es habituée au luxe, n'est-ce pas ? Après tout, tu as connu la vie de princesse dans l'un des pays les plus riches d'Afrique.

— En effet, reconnut-elle en fixant le paysage.

Elle n'en dit pas davantage, ce qui ne fit qu'aiguiser la curiosité de Nick. Il s'assit sur le canapé, étendant les bras sur le dossier.

— Je suis allé dans plusieurs pays d'Afrique, mais jamais au Kabata. Comment était-ce de vivre là-bas ?

— Différent de ce que connaissent la majorité des habitants, je suppose. Je résidais la plupart du temps au palais, qui est entouré d'immenses jardins et bénéficie de tous les équipements dont on peut rêver : piscines, courts de tennis, spa. Lorsque j'avais besoin de quelque chose, le personnel se chargeait de me le procurer.

— Voilà qui semble très restrictif. C'était pour des raisons de sécurité ?

Sam ne répondit pas immédiatement, et il se demanda s'il n'avait pas dépassé les bornes.

— L'entourage de mon ex-mari veillait de près à l'image

de marque des membres de la famille, expliqua-t-elle. Notre vie privée était très protégée, mais pas plus que dans d'autres maisons royales. Nous disposions quand même d'une certaine liberté.

— Je me souviens que tu aimais faire la fête, autrefois. Je sais que tu étais mariée et que tu avais un enfant, mais t'arrivait-il de faire des virées à la plage ou en boîte de nuit ?

Sam soupira. Visiblement, cette conversation l'ennuyait.

— Le palais et ses jardins étaient un espace entièrement clos et équipé, répondit-elle. Je n'avais pas vraiment besoin d'aller ailleurs.

Ne voulant pas être plus indiscret, il se tut.

Le yacht quitta le port, fendant les eaux sombres. Sam s'isola dans le salon pour téléphoner à Danni et prendre des nouvelles de Trey. Nick en profita pour appeler le bureau et lire ses e-mails. Trente minutes plus tard, l'île était en vue.

— Sam !

— Oui ?

— Nous y sommes !

— J'arrive.

Le yacht accosta et quelques instants plus tard, Nick et Sam avaient pris place à bord d'un 4×4 et roulaient à vive allure sur des routes cahoteuses.

— Ralentis ! s'écria Sam.

— Ne t'inquiète pas, répondit Nick en riant. Je gère !

Lorsque la villa apparut au détour d'un virage, Sam resta bouche bée. C'était un véritable chef-d'œuvre d'architecture moderne.

— Absolument magnifique, murmura-t-elle, admirative.

— C'est exactement la réaction que nous souhaitons susciter chez nos clients.

À leur arrivée, un employé de maison apparut comme par magie pour s'occuper de leurs bagages et prendre les instructions.

— Attention, l'intérieur n'est pas terminé, expliqua Nick. J'espère que cela ne t'effraiera pas autant que notre précédente décoratrice.

— Merci pour l'info, répondit-elle en pénétrant dans un atrium orné de plantes tropicales et d'une ravissante cascade. Il faut absolument que l'intérieur soit à la hauteur de l'extérieur. C'est un défi de taille.

— Je crois en toi, répondit Nick en s'effaçant pour la laisser entrer dans la maison.

— Oh mon Dieu ! s'exclama-t-elle en se tournant vers lui. Il n'y a aucune cloison intérieure ! Quand tu as parlé d'aménagements, je n'imaginais pas qu'il allait falloir entièrement configurer l'espace !

— C'est l'une des villas les moins abouties. Les autres le sont davantage.

— C'est beaucoup plus de travail que ce que j'avais imaginé. Il faudra recruter du monde pour terminer ces villas en douze semaines. Vous avez contacté des entreprises ?

— Non.

— Ni charpentiers, ni peintres, ni électriciens ?

— Encore une fois, certaines villas sont plus avancées mais le gros des travaux d'aménagement reste à faire.

Sam sortit une tablette de son sac et se mit aussitôt à tapoter sur l'écran tout en se promenant de pièce en pièce.

— Je ne veux pas te mentir, la somme de travail est absolument énorme, dit-elle. Où sont mes bagages ? J'ai apporté du matériel de dessin. Je préfère commencer tout de suite.

Nick la conduisit au troisième étage de la villa.

— Voici deux des suites parentales sur les cinq que compte la villa, expliqua-t-il. J'ai demandé au personnel de préparer ces deux-là pour notre séjour.

— Tu restes ?

Nick fit de son mieux pour réprimer un sourire. Sam s'inquiétait sans doute de la proximité de leurs chambres.

— N'aie crainte, c'est juste pour la nuit, répondit-il. J'ai un rendez-vous à New York demain matin.

— Oh. D'accord.

— Je serai pris toute la journée, mais que dirais-tu de faire une pause vers 19 heures pour dîner ?

— Merci mais je préfère dîner rapidement et continuer à travailler.

— Pas de problème. Tu peux appeler le chef ou n'importe quel autre employé depuis ta chambre si tu as besoin de quoi que ce soit.

— OK, merci, Nick. À plus tard, alors.

Nick se retira dans sa chambre mais ne put travailler tant Sam absorbait ses pensées. Pendant une heure, il surfa sur les réseaux sociaux puis enfila un maillot de bain. Une petite baignade dans l'Atlantique calmerait ses ardeurs.

De retour à la maison, il prit une douche brûlante. Noah l'appela au moment où il finissait de se sécher. Sachant que Sam travaillait en bas, il sortit sur le palier dans le plus simple appareil, en quête d'un peignoir rangé dans le dressing.

— Tu prends l'avion ou pas ? demanda-t-il à son jumeau, entrant dans le dressing en jetant un peignoir sur son épaule. Cool. Alors retrouvons-nous au restaurant de la tour CANN. On préparera ce rendez-vous avec nos partenaires.

Il sortit du dressing au moment précis où Sam arrivait en haut de l'escalier.

— Oh ! s'exclama-t-elle, les yeux ronds comme des soucoupes.

— Désolé, dit-il sans la quitter des yeux tandis qu'il enfilait posément son peignoir. Ta chambre est par là.

Sam pivota aussitôt sur elle-même et disparut.

— Je te rappelle, frérot, dit-il avant de raccrocher. Sam !

Pour toute réponse, il entendit Sam s'enfermer à double tour dans sa chambre.

- 7 -

— Merde ! marmonna Sam en s'enfermant dans sa chambre avant de répéter le juron une douzaine de fois.

Pourquoi avait-elle eu la mauvaise idée de remonter dans sa chambre ? Et pourquoi avait-il fallu qu'elle croise Nick entièrement nu ?

Elle revit son sexe impressionnant bien qu'au repos, ce sexe qui lui avait naguère offert tant de plaisir. Elle réalisa alors qu'il y avait bien longtemps qu'elle n'avait pas fait l'amour. Bien trop longtemps pour une femme qui se retrouvait seule sur une petite île avec un homme aussi séduisant.

Elle sursauta lorsque son téléphone vibra. C'était un SMS de Nick.

Désolé de ce qui s'est passé. Ça va ?

Malgré les sarcasmes qui se bousculaient dans son esprit, elle se contenta d'un SMS aussi bref que poli.

Tout va bien. Pas de souci.

Menteuse. Rien n'allait. À tel point qu'un instant plus tard, elle envoya à Nick un second SMS indiquant qu'elle était épuisée et le verrait donc le lendemain à la première heure. Ce n'était pas tout à fait faux. À ceci près que ce n'était pas tant le voyage qui l'avait fatiguée que la lutte incessante qu'elle menait contre elle-même pour juguler l'attirance qu'elle éprouvait pour lui.

Après avoir pris contact avec plusieurs de ses anciens fournisseurs et consulté le site web de CANN International pour étudier les photos de chambres d'hôtel, elle prit une douche et se glissa entre les draps en coton égyptien.

Elle se détendit rapidement, appréciant la douceur de la matière contre sa peau et le confort du matelas à mémoire de forme. Les oreillers sentaient la lavande, parfum connu pour ses vertus apaisantes. Bientôt, elle plongea dans un profond sommeil…

La porte de sa chambre s'ouvrit quelques instants plus tard. Ouvrant les yeux elle vit Nick entrer, entièrement nu, un peignoir posé négligemment sur son épaule. Un halo de lumière provenant du palier donnait à sa silhouette un aspect éthéré. Il s'avança d'un pas lent et s'immobilisa à côté du lit, attendant d'être invité à la rejoindre. Elle se redressa et, écartant le drap, lui révéla sa nudité.

Exposés à l'air ambiant, ses seins durcirent et elle frissonna. Mais ce n'était pas seulement l'effet du courant d'air. Se débarrassant de son peignoir d'un coup d'épaule, Nick se mit à ramper sur le lit telle une panthère traquant sa proie.

Il plongea dans son regard. Pas un mot n'avait été dit.

Sam regarda, hypnotisée, Nick repousser le drap et exposer la totalité de son corps. Il se mit alors à la caresser paresseusement, de l'extrémité du pied à l'intérieur des cuisses avant de glisser ses doigts entre ses replis soyeux, de refaire le chemin inverse et de se lécher les doigts. Sans crier gare, il se pencha en avant pour lui lécher un orteil. C'était si délicieux, si étonnant, aussi, qu'elle faillit avoir un orgasme. Mais elle résista.

Posant la tête sur les oreillers moelleux, elle se tortilla tandis que la langue de Nick s'attardait sur ses chevilles et ses jambes, affolant chacune de ses terminaisons nerveuses. Après avoir embrassé la zone sensible à la pliure du genou, il déposa une traînée de baisers brûlants à l'intérieur de ses cuisses, écartant doucement ses jambes jusqu'à ce qu'elle soit complètement ouverte.

Quelques secondes plus tard, la langue agile de Nick s'immisçait entre ses replis intimes. Elle tenta de le repousser, de peur de mourir de plaisir, mais il ne la laissa pas faire. S'arrimant solidement à ses hanches, il poursuivit son exploration, aspirant, suçotant, mordillant, allant jusqu'à plonger le nez dans sa porte secrète. À cet instant, elle jouit dans un cri immense qui résonna dans toute la pièce.

Mais Nick était loin d'en avoir terminé.

Avançant alors vers son visage, il lui caressa les lèvres de son membre fièrement dressé. De toute évidence, il souhaitait qu'elle lui rende la faveur. Elle n'y vit rien à redire, appréciant elle-même ce genre de gâterie. Saisissant alors son sexe imposant, elle en lécha tout d'abord l'extrémité avant de l'aspirer entièrement dans sa bouche. Lorsqu'elle l'entendit gémir, elle se dit qu'elle était sur la bonne voie. Elle accéléra le va-et-vient, se réglant sur les ondulations de ses hanches et gratifiant le gland d'un petit coup de langue à chaque fois qu'il émergeait de sa bouche.

Tout à coup, Nick la retourna et, la positionnant en levrette, la pénétra d'un énergique coup de reins.

La surprise se mua bientôt en plaisir, et elle s'ouvrit tout entière, ondulant des hanches pour approfondir les pénétrations. Lorsqu'il se pencha en avant pour lui agacer les tétons, elle se cambra avant d'être terrassée par deux orgasmes presque simultanés.

Sortant du lit, Nick la prit dans ses bras et l'emmena sur la terrasse. Là, à la lumière de la lune, il s'étendit sur une chaise longue et la fit asseoir sur son sexe fièrement dressé.

Excitée par le frôlement de l'air sur ses tétons durcis, elle rejeta les cheveux en arrière et se mit à le chevaucher telle une Walkyrie du sexe. Combien de temps dura cette torride chevauchée ? Elle n'en eut aucune idée, mais lorsque Nick se mit à marmonner des mots inintelligibles et s'agiter, elle comprit qu'il allait jouir.

Sam s'éveilla en sursaut au moment précis où Nick, emporté par un orgasme d'une force inouïe, poussait un rugissement de fauve.

Elle se redressa sur le lit en désordre et regarda autour d'elle, désorientée. Elle comprit alors que Nick n'était pas là. Si elle était soulagée que tout cela n'ait été qu'un rêve, elle ressentait, en même temps, une amère déception.

Le bourdonnement qui l'avait réveillée se répéta, et elle prit son téléphone.

— Salut, Nick.

— Finalement mon rendez-vous à Manhattan a été déplacé à demain matin, mais j'ai préféré t'appeler avant de quitter l'île.

— Tu pars tout de suite ?

— Oui. La météo annonce une tempête et le capitaine du yacht préfère ne prendre aucun risque. Dis-moi, on dirait que je t'ai réveillée. Bon, je te laisse finir ta nuit car tu vas avoir beaucoup à faire. Nous ferons le point la semaine prochaine, à ton retour.

— Ça marche. Aujourd'hui, j'ai prévu de faire les

plans du rez-de-chaussée. Je t'enverrai ce soir les rendus en 3D. Il faudra aussi que nous discutions des entrepreneurs, mais cela peut se faire par téléphone.

— Entendu. J'ai hâte de voir les plans. Au revoir, Sam.

Elle allait reposer son téléphone lorsqu'un SMS apparut sur l'écran. Oba. Elle n'avait vraiment pas besoin de ça… Mais peut-être ce message était-il un avertissement. Aussi plaisant qu'ait été ce rêve, elle ne devait pas se laisser emporter, car il suffisait souvent d'un grain de sable pour transformer la vie réelle en cauchemar.

- 8 -

Nick et Sam ne se virent pas pendant deux semaines mais restèrent en communication quasi permanente. Le matin, il recevait les plans en 3D des villas.

Il appréciait que, contrairement à la précédente décoratrice, Sam le tienne au courant de l'avancement des travaux sans qu'il ait à le demander. Il n'avait pas l'habitude de gérer d'aussi près les projets mais, compte tenu du calendrier serré et des millions de dollars en jeu, il préférait être informé au jour le jour des éventuels problèmes qui pouvaient affecter les chantiers.

Le soir, ils échangeaient des coups de fils, SMS ou courriels, sans pour autant parler constamment travail. Sam avait aussi avancé sur les plans des villas construites par le groupe sur les autres îles de la côte Est, où elle se rendrait par la suite.

Si, sur le plan professionnel, tout semblait aller pour le mieux, Nick ne pouvait s'empêcher de repenser à la dernière conversation qu'il avait eue avec Sam avant de quitter l'île. Et à ce trouble qu'il avait perçu dans sa voix. Avait-elle ensuite passé la moitié de la nuit à se tourner et se retourner dans son lit, comme lui ?

En ce qui le concernait, le diagnostic était clair. Certes, il était débordé de travail mais c'était surtout le fait de savoir que Sam était à quelques mètres de lui qui l'avait empêché de dormir, cette nuit-là. C'était aussi la raison pour laquelle il était parti aussi tôt. Comment aurait-il pu passer une nuit de plus à proximité de cette femme sans la toucher ?

Il cliqua sur un plan 3D de la villa de New York. Lorsqu'il alluma le vidéoprojecteur, l'image apparut sur un grand écran fixé au mur. Il s'approcha pour l'examiner.

Il entendit soudain des pas derrière lui. Il se retourna. C'était Noah.

— Jette un coup d'œil à ça, dit Nick.

Après avoir observé le plan de loin puis de près, Noah désigna une zone du côté gauche de l'écran.

— C'est la nouvelle version de l'atrium ? s'enquit-il.

Nick acquiesça.

— Si tu veux mon avis, c'est non seulement génial mais superbe, expliqua-t-il. Nos clients vont adorer ! Sam propose de décliner cette idée dans les autres villas. Qu'en penses-tu ?

— Qu'en pense l'équipe ?

— Je verrai ça lors de la réunion de vendredi. Tu n'as pas reçu le mémo ?

— Sans doute que si. Mais j'ai été occupé par Bionics toute la semaine. Essie a dû inscrire la réunion à mon agenda, répondit Noah en reportant son attention sur l'écran. Tu as des photos de l'atrium ?

— Bien sûr, répondit Nick avant de regagner son bureau et d'attraper la souris de l'ordinateur.

Son téléphone portable sonna. Il fronça les sourcils avant de décrocher. C'était un numéro masqué.

— Allô ?

Il n'y eut aucune réponse.

— Qui est à l'appareil ?

Il soupira avant de raccrocher.

— Un problème ? demanda Noah.

— Aucune idée. Ça fait plusieurs jours que je reçois ce genre d'appel.

— Sans doute quelqu'un qui a un mauvais numéro mais continue d'appeler en espérant que la personne qu'il essaie de joindre répondra au téléphone.

— Tu as probablement raison, dit-il en cliquant sur la télécommande pour lancer le diaporama. Regarde ça.

Nick montra à son frère les photos de la villa de New York ainsi que celles des autres villas où Sam avait également lancé les travaux.

La voix d'Anita retentit dans l'Interphone.

— Messieurs, votre mère sur la 2.

— Salut, maman, dit Nick en mettant l'appel sur haut-parleur.

— Salut, maman, répéta Noah, avant de s'éclipser.

— C'est Noah ? demanda Victoria.

— C'était lui. Il vient de partir.

— Seigneur, j'espère que je ne vous interromps pas en plein travail !

— Nous discutions d'un projet évalué à plusieurs centaines de millions de dollars, c'est tout, répondit Nick d'un ton moqueur.

— Très bien. Donc tu as le temps de parler de la kermesse prévue le week-end prochain.

Nick réprima un gémissement et se laissa tomber sur son fauteuil de bureau, résigné.

— Mais bien sûr, ma chère mère. Quel est le problème ?

— Nous finalisons la liste des invités. As-tu proposé à Samantha de venir avec son fils ?

— Pour information, personne ne l'appelle « Samantha », maman. Tout le monde l'appelle « Sam ».

— C'est noté. Tu lui en as parlé ?

— Honnêtement, je ne parle que travail avec elle.

— Et tu es satisfait, mon chéri ?

— Totalement. Je viens de montrer à Noah des photos des travaux réalisés à New York, ainsi que les plans en 3D des prochaines villas. Sam a fait un travail remarquable.

— Tu disais la même chose de la précédente décoratrice, si je me souviens bien.

— La différence, c'est que Sam ne se contente pas de réaliser des plans, elle sait ce que cela implique en termes de mise en œuvre, comme elle l'a démontré à New York.

— Cette Sam est une sacrée bonne femme, dis-moi.

— Une sacrée décoratrice d'intérieur, corrigea-t-il. C'est ce qui m'intéresse chez elle.

— Allons, Nick. Nos collaborateurs n'ont jamais été de simples employés. Chaque fois que quelqu'un rejoint la société, c'est la famille qui s'agrandit.

Nick ne fit aucun commentaire. Jewel, sa grand-mère, ne lui avait-elle pas appris que, lorsque l'on n'avait rien d'aimable à dire, mieux valait se taire ?

— Mon chéri, peux-tu me donner l'adresse e-mail de Sam pour que je lui envoie une invitation en bonne et due forme ?

— Elle est très occupée, maman. Je ne crois pas que…

— Très bien, je demanderai à quelqu'un d'autre. Je voulais juste que notre formidable décoratrice d'intérieur puisse décider par elle-même si elle veut venir à notre kermesse avec son fils.

— Bon, envoie-moi l'invitation. Je la lui transmettrai.

— Parfait ! Fais-le tout de suite. Je t'embrasse, mon fils.

C'était du Victoria tout craché. Cette façon de lâcher une bombe et de battre en retraite avant qu'elle explose.

Il ne voyait pas d'un très bon œil cette idée de passer une soirée festive en compagnie de Sam, mais il transmettrait l'invitation. Un refus de sa part n'aurait fait qu'aiguiser la curiosité de sa mère. Cela dit, Sam ne viendrait peut-être pas. Vu son rythme de travail depuis deux semaines, elle préférerait peut-être passer le week-end à dormir.

Et cela ne l'aurait pas dérangé de passer le week-end à dormir… avec elle.

La vision surgit dans son esprit avant même qu'il puisse la bloquer. Jusqu'ici, il avait réussi à garder ses distances, surtout depuis que Sam lui avait fait comprendre qu'elle ne voulait pas mélanger travail et plaisir.

Mais maintenant que sa mère s'en mêlait, il tenait vraiment à ce que les choses restent platoniques. Si Victoria se rapprochait de Sam et voyait en elle une épouse potentielle ou flairait le moindre début de romance, elle se mettrait à chercher une salle pour le mariage et commanderait la pièce montée !

Son téléphone vibra. C'était l'invitation en question. Sa mère n'avait pas perdu de temps !

Il téléchargea la pièce jointe. Il regarda ensuite les derniers plans et nota quelques remarques. Ainsi, il appellerait Sam pour le travail, et cette histoire d'invitation passerait au second plan. Il envoya l'invitation à Sam avant de l'appeler, se levant pour admirer la vue sur Las Vegas depuis la fenêtre de son bureau.

— Bonjour, Sam.

— Bonjour, Nick. Tu appelles au sujet des nouveaux plans ?

— Oui, entre autres. Je viens de t'envoyer une invitation. Tu l'as reçue ?

— Une invitation à quoi ? Attends, je regarde… Une kermesse ?

— Oui. Je te transmets l'invitation à la demande expresse de ma mère.

Sam marqua une pause, et il en déduisit qu'elle parcourait rapidement l'invitation.

— C'est très gentil de la part de ta mère, mais je vais devoir refuser.

— En fait, et je le regrette, tu n'as pas vraiment le choix. C'est pourquoi je t'appelle.

— Tu veux dire que je vais devoir aller à une kermesse alors que c'est mon premier week-end de congé depuis deux semaines ?

— Laisse-moi t'expliquer. Cette kermesse est organisée par la Fondation CANN, que dirige ma mère. Ce sera un très gros événement, dont les bénéfices seront reversés aux enfants malades, aux familles d'accueil, entre autres. Ma mère organise ce genre d'événements depuis des années, mais cette kermesse est une première de par son ampleur.

— Donc, c'est obligatoire ?

— Disons plutôt que ce serait dans ton intérêt d'y assister.

— Pourquoi ? Cela faisait partie de mon contrat ? Je n'ai pas remarqué cette clause…, fit-elle remarquer, moqueuse.

— Ma mère sait que tu viens de t'installer et que tu es mère célibataire. Selon elle, cet événement serait un bon moyen pour Trey et toi de tisser des liens avec des familles.

— C'est très gentil de sa part, mais honnêtement, j'avais envie de passer un week-end tranquille. Surtout vu la somme de travail qui m'attend la semaine prochaine. Travail qui risque d'être entravé par les retards de livraison sur les chantiers. Tu es, paraît-il, un excellent négociateur, alors pourquoi ne pas décliner l'invitation en mon nom ?

— Impossible. Quand ma mère se met une chose en tête, elle ne lâche jamais le morceau. Cela dit, voyons les choses positivement. Tu pourrais peut-être venir avec ta cousine et sa famille. Si j'apprécie ton professionnalisme, cette petite détente festive pourrait te faire du bien, à toi et à ton fils.

Sam marqua une pause avant de répondre :

— Tu as raison. Cela pourrait faire du bien à Trey. Je trouverai bien quelques heures ce week-end pour faire un saut à cette fête.

— Bien.

— C'est du soulagement que j'entends dans ta voix ? demanda-t-elle en riant.

— Tu as compris le topo, n'est-ce pas ? Si tu connaissais ma mère, tu serais aussi soulagée que moi.

— Vraiment ? Elle sait que nous avons eu une aventure ?

— Non.

— A-t-elle l'habitude de convier les nouveaux salariés à ses réceptions ?

— Ce n'est pas systématique. Mais sans vouloir t'effrayer, il se pourrait bien que tu passes sous son radar. Sache quand même que ma mère a fait des recherches sur toi, elle sait à quoi tu ressembles, elle te trouve magnifique, elle connaît ton travail et… c'est une marieuse invétérée. Il est plus que probable qu'elle tentera de te cuisiner poliment. Sache à cet égard qu'elle a un talent fou pour faire parler les gens sans même qu'ils s'en rendent compte. Mon conseil : montre-toi aimable et reste sur tes gardes. Rien ne t'oblige à partager quoi que ce soit avec elle. Je te présenterai aux filles, elles te donneront quelques reparties qui te permettront d'esquiver les questions de ma mère.

— Les filles, c'est-à-dire tes belles-sœurs ?

— Oui. Lauren, Ryan et Dee.

À cet instant, Nick entendit un bip suivi d'un juron chuchoté à l'autre bout du fil.

— Nick, il faut que j'y aille.

— Tout va bien ?

— Ça ira, assura Sam, avant de raccrocher.

Dans le domaine de la construction, les retards et erreurs en tout genre étaient monnaie courante. Le stress de Sam n'avait donc rien de particulièrement étonnant. Pourtant, il sentit son cœur se serrer à l'idée que quelque chose puisse venir assombrir ce magnifique regard.

Quelques instants plus tard, son téléphone sonna. Un numéro masqué. Une fois de plus.

— Breedlove.

Il y eut un bruissement à l'autre bout du fil.

— Allô ! Qui est à l'appareil ? Écoutez, la personne que vous cherchez n'est pas à ce numéro. Cessez de m'appeler.

Il raccrocha, agacé. Les appels se multipliaient au point de devenir une nuisance. Hélas, il ne pouvait pas bloquer un numéro masqué. Pas plus qu'il ne pouvait bloquer les visions érotiques de Sam qui continuaient à envahir son esprit.

- 9 -

— Allez mon chéri, on y va. C'est bon, Gloria, je m'en occupe, merci.

Sam extirpa doucement le petit garçon endormi du siège-auto avant d'emboîter le pas à la nounou jusqu'à l'appartement. Le chauffeur sortit les bagages du coffre et les déposa à l'entrée.

— Je les porte à l'intérieur, madame ?

— Non, ça ira, merci, répondit-elle en fouillant dans son sac pour lui donner un pourboire.

— Merci beaucoup, madame. Bonne nuit.

Pendant que Gloria s'occupait des bagages, Sam emmena Trey dans sa chambre. Elle venait de lui mettre son pyjama Black Panther préféré lorsque son téléphone sonna.

Elle déposa son fils sur son lit et décrocha.

— Salut Danni, je peux te rappeler ? Je viens de rentrer, je mets Trey au lit.

— OK. Rappelle-moi dès que possible.

Sam fronça les sourcils. Danni avait l'air contrariée.

Après avoir bordé Trey, elle donna congé à Gloria pour le week-end et, bien que rêvant d'une bonne douche bien chaude et de son lit douillet, elle rappela sa cousine.

— J'ai rendez-vous avec mon oreiller, Danni, alors fais vite. Que se passe-t-il ?

Danni poussa un profond soupir.

— J'ai vu plusieurs amies dernièrement, dit-elle. L'une d'elles avait entendu parler… de toi.

— De moi ? Je viens à peine de m'installer. Comment est-ce possible ?

— En fait, elle avait plutôt entendu parler de Trey.

— Que dit-on sur mon fils ? demanda Sam, glaciale.

— Le bruit court qu'Oba n'est pas son père biologique, et certaines commères spéculent sur l'identité du vrai père.

— Pourquoi ne s'occupent-elles pas de leurs affaires ?

— Le fait que tu travailles avec l'un des célibataires les plus convoités de la ville leur donne du grain à moudre. Surtout Joi, qui ne s'est pas privée d'alimenter la rumeur.

— Merde.

— Je sais. J'ai failli t'appeler le soir même, mais je sais à quel point tu es occupée, alors j'ai attendu que tu rentres.

— Tu sais quoi ? Je ne suis pas vraiment surprise. Oba m'appelle régulièrement.

— Depuis combien de temps ?

— Depuis mon retour. Mais ça s'est intensifié dernièrement, quand son père l'a mis à la porte du palais. Il m'a dit qu'il avait besoin d'argent pour maintenir son niveau de vie.

— Et il a pensé qu'une mère célibataire qui vient à peine de trouver un travail était la seule à pouvoir le faire ?

— Quand je lui ai dit que je n'avais pas d'argent, il a suggéré que j'en demande à Nick. Il y avait une menace à peine voilée dans ses propos, mais j'ai cru qu'il bluffait. Maintenant, avec ce que tu me dis et ce que raconte sa sœur, cela devient beaucoup plus clair.

— Cette fille a toujours été bizarre. Bien sûr, elle a un côté sympa. On a passé pas mal de temps ensemble avant d'avoir nos enfants. Mais elle avait tendance à dire du mal des autres et à prendre les gens de haut. Mais comme ce n'était jamais dirigé contre moi, je n'y ai pas prêté attention. J'ai eu tort. Demander de l'argent à Nick est peut-être son idée.

— Probablement. C'est elle qui a dû dire à Oba que l'on travaillait ensemble.

— Et qui sait qu'Oba n'est pas le père de Trey.

— Et comme par hasard, Isaac a récupéré un cheveu de Trey et a fait réaliser un test ADN, avant de prévenir toute la famille.

— Joi est forcément derrière tout ça.

Sam se laissa tomber sur son lit.

— Je vais devoir dire la vérité à Nick, au pire moment possible, murmura-t-elle.

— Alors que vous commencez à peine à travailler ensemble.

— Ce n'est pas tout, ajouta Sam avant de parler à Danni de la grande kermesse qui avait lieu ce week-end. Je peux inviter quelqu'un. Tu veux bien m'accompagner ?

— Bien sûr. Jaylen et Trey seront ravis. Surtout ne t'inquiète pas trop pour Nick. Tu as peut-être l'impression que c'est la fin du monde, mais tout se passera bien, j'en suis sûre.

— J'espère que tu dis vrai.

Le lendemain matin, Sam fit la grasse matinée et prit un petit déjeuner léger avec Trey. Ils se préparèrent ensuite à sortir.

— On va où, maman ? demanda Trey une fois dans la voiture.

— D'abord chercher Danni et Jaylen, et ensuite dans une petite ville appelée Breedlove.

— Il y a quoi là-bas ?

— Ça, c'est une surprise, chéri.

Moins de quarante-cinq minutes plus tard, Sam, Danni et les deux garçons franchissaient les majestueuses portes en fer forgé du domaine Breedlove. S'engageant dans une allée bordée d'arbres, Sam roula encore huit cents mètres avant d'atteindre le manoir familial. Un grand panneau accueillant les invités à la GRANDE KERMESSE DE CANN apparut, et Sam se gara sur le parking.

Ils se dirigeaient vers l'entrée lorsque la fête apparut au détour de l'allée. Sam n'avait jamais rien vu de tel. C'était beaucoup plus qu'une kermesse. Une immense fête foraine s'était en effet installée dans le parc du domaine. Les deux cousins poussèrent des cris de joie.

— Une fête foraine !

— Avec des manèges !

Après avoir reçu un plan du site, Sam envoya un SMS à Nick.

Pour info, je viens d'arriver. Waouh ! C'est incroyable !

Sam et Danni ne savaient plus où donner de la tête tant les deux garçons étaient excités. Elles les firent monter sur le premier manège venu pour reprendre leur souffle.

Lorsque le tour de manège fut terminé, Nick avait répondu au SMS.

Où es-tu ?

Près de l'entrée. Les garçons ont essayé le premier manège qu'ils ont vu.

Une tombola est prévue dans une heure à l'espace casino. Rejoins-moi là-bas.

Sam, Danielle et les deux cousins en profitèrent pour découvrir les différentes attractions. Ils s'émerveillèrent devant la grande roue, les carrousels, les stands de jeux et la ménagerie. Il y avait aussi des autos-tamponneuses et une salle de jeux vidéo, ainsi que des attractions plus rapides pour les adolescents.

Une heure plus tard, Sam n'était toujours pas prête à affronter Nick. D'autant qu'elle allait sans doute rencontrer sa mère et le reste de la famille.

— Et si j'emmenais les garçons à la ménagerie ? proposa Danielle.

— Ce serait génial, répondit Sam, soulagée. Garde ton téléphone à portée de main. Je t'envoie un SMS dès que j'ai fini.

Lorsque sa cousine et les garçons se furent éloignés, elle se dirigea vers l'espace casino. Elle explora les lieux quelques instants et repéra Nick presque immédiatement. Il capta aussitôt son regard et lui fit signe d'approcher.

— Salut, Nick.

— Voilà ma faiseuse de miracles ! lança Nick en l'étreignant avec enthousiasme sous les yeux du petit groupe qui l'entourait. Bravo pour ce travail remarquable, nos futurs clients new-yorkais vont adorer.

Bien que gênée par cette marque d'affection, Sam apprécia le compliment.

— Ne te réjouis pas trop vite, répondit-elle. Nous sommes loin d'avoir terminé.

— Je ne suis pas inquiet, répondit Nick. Je sais maintenant que j'ai trouvé la seule personne au monde capable de relever ce défi.

Sur ce, une élégante sexagénaire s'avança, la main tendue.

— Bonjour, Samantha. Je suis Victoria, la mère de Nick.

— C'est un plaisir de vous rencontrer, Victoria. Je vous en prie, appelez-moi « Sam ». Merci beaucoup pour l'invitation et bravo pour cette fête extraordinaire. Mon fils est ravi.

— D'ailleurs, où est-il ? demanda Victoria.

— À la ménagerie, avec son cousin.

— Ah, l'attraction préférée des enfants. Je suis heureuse qu'il passe un bon moment.

Une jeune femme s'approcha.

— Excusez-moi, Victoria, c'est l'heure de la tombola.

— Bien sûr. Nous poursuivrons cette conversation plus tard, Sam, d'accord ?

— Bien sûr.

Pendant la tombola, Sam fit la connaissance de Noah, Adam et Christian, dont les épouses assistaient Victoria sur scène. Elle trouva les frères de Nick très chaleureux, et son appréhension disparut un peu. Comment les choses pourraient-elles mal se passer dans une kermesse où tout le monde affichait un sourire émerveillé ?

Après la tombola, Nick insista pour l'accompagner jusqu'à la ménagerie retrouver Danielle.

Elle l'observa du coin de l'œil. Il semblait parfaitement insouciant. Comment aurait-il pu se douter que Trey était son fils ? Nick avait le teint plutôt clair. Trey avait hérité de la peau plus sombre de sa mère. Certes, il était grand pour son âge, comme son père l'avait peut-être été autrefois, mais il n'avait que quatre ans.

— Danni, tu te souviens de Nick ? fit-elle lorsqu'ils eurent retrouvé Danielle.

— Bien sûr. Ravie de te revoir.

— De même, répondit Nick en lui serrant la main.

— Trey, Jaylen, voici Nick. C'est avec lui que je construis des villas, expliqua Sam aux deux cousins.

Nick s'agenouilla, serrant la main aux deux garçons.

— Bonjour, Trey. Bonjour, Jaylen. Alors, vous passez un bon moment ?

— Oui ! répondirent-ils en chœur.

— Oncle Nick ! s'écria soudain une petite fille en salopette rose et chapeau de paille en accourant vers lui.

— Hé, salut, Petit Ange !

— Je ne suis pas Petit Ange, je m'appelle Christina !

— Alors pourquoi ressembles-tu à un ange ?

— Je ne ressemble pas à un ange, répliqua la petite blonde en secouant énergiquement la tête. Je n'ai pas d'ailes !

— Déjà en train de vous disputer ? demanda Christian en les rejoignant.

— C'est ce qui fait le sel de la vie, n'est-ce pas ? répliqua Nick en reposant Christina par terre. Au fait, où est ta femme ?

— Elle arrive, répondit Christian en désignant une jeune femme qui se dirigeait vers eux avec une poussette.

Sam observa en silence les chaleureuses interactions des adultes et des enfants, comprenant que son secret privait Trey de ce bonheur.

— Nick, dit-elle. Je peux te parler ?

— Bien sûr.

— Oncle Nick ! s'écria soudain Christina. Tu peux m'emmener faire du cheval ?

— Il y a des chevaux ? demanda Trey, les yeux écarquillés.

— Il n'y en avait pas, à la ménagerie, intervint Danielle.

— Non, ils ne sont pas ici, mais au ranch d'Adam.

— Moi, je veux faire du cheval ! s'exclama Trey.

— Trey, murmura Sam en l'entraînant hors du groupe pour tenter de le calmer. Viens, mon chéri. Les chevaux ne sont pas ici. Tu veux monter sur les chevaux de bois ?

— Non, moi, je veux monter sur un vrai cheval ! hurla Trey en se mettant à taper du pied.

Nick s'agenouilla devant lui.

— Allons, allons. Trey, regarde-moi. Seuls les grands garçons peuvent monter à cheval. Si tu pleures comme ça, en criant et en tapant du pied, tu vas leur faire peur. Trey, tu m'entends ?

Les mots de Nick firent mouche. Les pleurs de Trey cessèrent aussi vite qu'ils avaient commencé.

— Oui, répondit le petit garçon en reniflant.

Sam observait, émue, la scène incroyable qui se déroulait devant elle. La toute première discussion entre un père et son fils, même si aucun des deux n'en avait conscience.

— Maman, je peux aller faire du cheval ? Je pleure plus maintenant.

Sam regarda Nick qui venait de réaliser son erreur.

— Tu l'as dit, lui fit-elle remarquer.

— Je ne peux pas le nier…

Nick prit alors Trey dans ses bras.

— Écoute-moi, Trey. Les chevaux ne sont pas ici, mais si tu es bien sage aujourd'hui, ta maman te conduira au ranch où ils se trouvent demain matin. Seulement si ta maman me dit que tu n'as pas été sage, tu ne pourras pas. Alors, c'est d'accord ?

Trey hocha la tête à contrecœur.

— Tu es d'accord ? demanda Nick, se tournant vers Sam.

— Eh bien, puisque tu viens de faire une promesse à un enfant de quatre ans, je suppose que… oui.

— Désolé, murmura Nick. En voulant le calmer, je t'oblige à faire une autre sortie ce week-end alors que tu voulais te reposer.

— Écoute, je ne vais pas en faire un drame.

— Tant mieux.

Le groupe se sépara peu après.

Sam et Danielle passèrent finalement toute la journée à la kermesse. Pour la première fois depuis le début de son contrat, Sam se permit de se détendre, oubliant le travail pour s'amuser, tout simplement. Lorsqu'elles quittèrent la kermesse, Danielle et elle se félicitèrent d'avoir apporté les poussettes. Épuisés, les deux cousins dormaient à poing fermé.

— Qu'est-ce que ça t'a fait de voir…, demanda Danielle en désignant Trey endormi sur la banquette arrière, avec son père ?

— C'est difficile à décrire, répondit Sam en se remémorant le moment où Nick avait pris Trey dans ses bras. Je n'aurais jamais imaginé ressentir autant d'amour.

— Pour le fils… ou pour le père ?

— Je ne peux pas m'empêcher d'aimer Nick. C'est le père de mon enfant. Et c'est mon patron, du moins pour quelque temps. Mais ça s'arrête là.

Danielle n'insista pas et changea de sujet. Sam s'en réjouit. En vérité, elle avait envie que Trey apprenne à mieux connaître Nick et se félicitait du rendez-vous du lendemain. Avec un peu de chance, Nick se rapprocherait de Trey, et ce serait plus facile pour lui d'accepter que c'était son fils.

Cette nuit-là, elle se coucha, soulagée. Tout semblait s'arranger, et elle allait peut-être pouvoir reconstruire sa vie sur de bonnes bases. Cet espoir dura environ un quart d'heure, jusqu'au moment où un SMS s'afficha sur l'écran de son téléphone. Comme elle le craignait, c'était Oba.

> Parlons peu, parlons bien. Tu as jusqu'à la fin du mois pour virer 500 000 dollars sur mon compte bancaire. Sinon, je dirai tout à Nick.

- 10 -

Le dimanche matin, le brunch battait son plein chez les Breedlove, quand une employée de maison introduisit Sam et Trey accompagnés d'une jeune femme.

Nick se leva pour les accueillir.

— Les voilà ! Bonjour tout le monde, dit-il avant de s'agenouiller devant Trey. Alors, mon bonhomme, comment ça va ?

— Bien.

— Prêt à monter à cheval ?

— Oui !

Nick se tourna vers Sam.

— Bonjour.

— Bonjour, dit-elle en désignant la jeune femme qui l'accompagnait. Je te présente Gloria, la nounou de Trey. Elle aussi a eu envie de faire du cheval, alors je l'ai invitée. J'espère que cela ne te dérange pas.

— Pas du tout. Si elle le souhaite, elle peut rejoindre Kirtu, la jeune fille au pair de Chris. Elle joue avec les enfants dans leur chambre. Danni n'est pas de la partie ?

— Non, elle n'est jamais montée à cheval, et contrairement à moi, elle n'a aucune envie d'essayer.

Nick expliqua à Gloria où était la chambre des enfants, puis entraîna Sam vers le buffet.

— Comme ça, tu n'as jamais fait de cheval ? demanda-t-il.

— Non, mais je suis déjà montée sur un dromadaire.

— Ah oui ?

— Durant un voyage en Égypte.

— Alors tu devrais très bien t'en sortir.

Après avoir rempli leurs assiettes, ils s'installèrent à table.

— Voici Sam Price, notre architecte d'intérieur, annonça-t-il à la compagnie. Grâce à son talent, elle va faire de nos villas de véritables petits paradis.

La douzaine de personnes réunies autour de la table saluèrent Sam, après quoi la conversation s'engagea sur la réussite de la kermesse, qui avait permis de récolter des millions de dollars destinés aux enfants malades.

Profitant d'une pause dans la conversation, Victoria prit la parole :

— Samantha, je crois que vous revenez d'Afrique, où vous avez passé quelques années. Ce beau continent vous manque-t-il ou êtes-vous heureuse d'être rentrée ?

— Vous avez raison, Victoria, l'Afrique est un endroit merveilleux. J'ai vu dans certains pays des paysages extraordinaires. Mais je suis très heureuse d'être de retour aux États-Unis.

— Eh bien, je peux vous dire que Nick s'en réjouit, lui aussi. Il ne cesse de porter aux nues votre travail.

— Merci, Nick, dit Sam en se tournant vers lui avant de reprendre la conversation avec Victoria. CANN est une excellente entreprise. J'ai une chance folle d'avoir pu y décrocher un contrat dès mon retour à Las Vegas.

— Vous semblez très bien vous entendre, tous les deux. Vous vous connaissiez déjà ou bien…

— Ces crêpes sont vraiment délicieuses, non ? lança Noah dans une tentative manifeste de faire diversion.

Nick s'empressa de saisir la perche tendue.

— Excellentes ! renchérit-il en prenant une bouchée.

— Je n'avais jamais goûté de crêpes à la patate douce, ajouta Adam. Vraiment, Gabe s'est surpassé !

La diversion fonctionna à merveille, permettant à Nick et Sam de terminer leur assiette et de s'éclipser sans avoir à répondre aux questions embarrassantes de Victoria.

Après être allé chercher Trey et Gloria, le petit groupe se dirigea vers les écuries.

Nick leur présenta le palefrenier, Rusty. Prenant une pomme dans un seau, ce dernier la tendit à Nick.

— Pour le petit, précisa-t-il. Il pourra la donner à Queen.

— Bonne idée, répondit Nick. Ce petit bonhomme et moi allons monter ensemble. Sam pourra monter Queen. C'est sa première fois.

— Entendu, répondit Rusty.

Nick se tourna vers Gloria.

— Donc, si j'ai bien compris, vous avez déjà monté ?

— Oui, il y a longtemps, dans la ferme de mon grand-père.

— C'est comme le vélo, ça revient tout de suite, assura Rusty. Il suffit de bien se tenir sur la selle.

Quand ils arrivèrent devant le box de Queen, Nick tendit la pomme à Trey.

— Si tu lui donnes ça, elle deviendra ta copine, expliqua-t-il. Tu laisses ta main bien à plat, d'accord ?

Trey hocha la tête et fut impressionné lorsque Nick guida sa main vers la bouche de la jument et que celle-ci prit doucement le fruit au creux de sa paume. Nick souleva ensuite le petit garçon pour caresser sa crinière.

Nick adressa un clin d'œil à Sam.

— On dirait qu'il a fait ça toute sa vie, dit-il. Comme Noah et moi à son âge.

Tous quatre se mirent en selle ; Nick et Trey sur Poker, Gloria sur une appaloosa nommée Lucy, et Sam sur Queen. Si Gloria se hissa sur son cheval avec aisance, Sam en fut réduite à demander de l'aide. Nick s'exécuta avec joie. Toute occasion était bonne à prendre pour toucher ce magnifique postérieur. Mais lorsque Queen se mit à caracoler, Sam se crispa aussitôt.

— Détends-toi, lui conseilla Nick. Les animaux sentent la peur. Tiens fermement les rênes. Elle a besoin de savoir que tu maîtrises la situation.

— Eh bien, ce n'est pas gagné…

Nick prit les rênes et fit faire quelques tours à la jument devant l'écurie, le temps que Sam se sente plus à l'aise.

— Tu es prête ?

— Je pense que oui.

Sur ce, ils partirent tranquillement à travers la campagne. Bien que natif du lieu, Nick était toujours ému par sa beauté. Au bout de dix minutes, sentant que Sam maîtrisait Queen, il talonna son cheval et partit au galop. Trey poussa un cri de joie, et Nick resserra son étreinte.

— Encore au galop, Nick ! s'écria Trey.

— OK, mon pote, répondit Nick en talonnant sa monture une fois de plus.

— Nick ! Sam a un problème !

Nick se retourna vers Gloria, qui l'avait alerté, et vit alors Queen passer au galop. Sam avait dû la talonner sans s'en rendre compte. Aussitôt, il s'élança.

— Du calme, Sam ! Ne tire pas si fort sur les rênes !

Il se plaça rapidement à ses côtés et saisit les rênes.

Queen ralentit presque aussitôt. Il parla à la jument jusqu'à ce qu'elle s'arrête.

— Ça va ? demanda-t-il à Sam, voyant qu'elle était au bord des larmes.

Il n'eut pas besoin de réponse. Manifestement, elle avait eu une peur bleue.

— Gloria, demanda-t-il lorsque la jeune femme les rejoignit, pouvez-vous prendre Trey ?

— Je crois que oui.

— Bien. Parce que Sam va monter avec moi, expliqua-t-il en consultant sa montre. La kermesse ouvre dans une heure. Mais en attendant, nous allons passer nous rafraîchir au ranch.

Nick aida Sam à se mettre en selle puis monta derrière elle. Aussitôt il comprit qu'il était dans de sales draps lorsqu'il sentit contre lui son corps chaud, pulpeux et tremblant…

C'était la première fois qu'il voyait Sam en situation de vulnérabilité, et un besoin féroce de la protéger s'empara de lui. Se sentir ainsi utile et même nécessaire ouvrait un espace pour Sam dans son cœur. Instinctivement, il passa un bras protecteur autour d'elle.

Le cheval se dirigea vers le ranch au petit trot, et Nick en fut réduit à reculer sur la selle pour masquer son érection naissante. Mais Sam se nicha de plus belle contre lui, comme si seul ce contact pouvait la rassurer. Il se laissa alors enivrer par les nuances fleuries de son parfum, le frôlement de ses cheveux sur son cou et son torse et la caresse de son corps contre le sien.

Lorsqu'ils atteignirent le ranch, il était fou de désir. Après avoir aidé Sam à descendre, il mit pied à terre de l'autre côté, le temps de reprendre le contrôle de ses hormones. Il invita Sam à retourner dans la maison tandis qu'il ramenait son cheval aux écuries. Un petit instant seul lui ferait le plus grand bien.

Quand il entra dans le salon, Sam était devant la fenêtre, toujours secouée. Gloria, près d'elle avec Trey, la dévisageait d'un œil inquiet.

— Je peux faire quelque chose pour toi ? demanda-t-il en la rejoignant.

— Ça va aller, répondit Sam, avec un petit sourire rassurant à l'intention de son fils. Gloria, vous aviez prévu d'emmener Trey à la kermesse, non ?

— Oui, avec Kirtu. Mais je vais lui dire que nous irons plus tard.

— Non, allez-y, répondit Sam, et envoyez-moi votre position par SMS. Je vous rejoindrai tout à l'heure.

— Vous êtes sûre que vous ne voulez pas qu'on reste ?

— Absolument, répondit Sam avant de se tourner vers Trey. Alors mon cœur, prêt pour une nouvelle séance de manèges ?

Trey prit la main de Gloria et hocha vigoureusement la tête.

— Bien. À tout à l'heure. Gloria, indiquez-moi votre position si vous changez d'endroit. D'accord ?

— Ça marche.

Dès que Trey fut parti, Sam s'appuya contre le mur, visiblement sous le choc.

— J'ai vraiment eu la peur de ma vie…

Nick fut immédiatement à ses côtés.

— Je suis désolé, dit-il. Je n'ai jamais vu Queen réagir comme ça. Tu as dû, sans le vouloir, lui ordonner de passer au galop. Que dirais-tu d'une bonne tasse de camomille ? Ou quelque chose de plus fort, si tu veux ?

Sam esquissa un sourire.

— Une camomille, ce sera parfait. Merci encore, Nick, murmura-t-elle en glissant les bras autour de son cou et en se pressant contre lui. Je ne sais pas ce que j'aurais fait sans toi. Je suis si heureuse que tu aies été là.

Nick était heureux d'être là, lui aussi, et que Sam soit dans ses bras. C'était si bon… Trop bon. Doucement, il lui prit les bras et tenta de la repousser.

Lorsqu'elle posa ses lèvres pulpeuses sur les siennes, son sang ne fit qu'un tour et le peu de self-control qui lui restait s'évapora définitivement. Lui saisissant les fesses, il la souleva, la colla contre le mur et, sans cesser de l'embrasser, se positionna entre ses cuisses.

— Nick, murmura-t-elle, frémissante de désir.

Il la regarda, hypnotisé, ôter son haut puis son soutien-gorge, exactement comme il l'avait imaginé dans ses fantasmes les plus débridés. Ce retournement de situation s'était produit si vite qu'il avait l'impression d'avoir été projeté dans un rêve et d'assister à la scène de l'extérieur.

— Nick…

Cette douce supplique agit sur lui comme un déclic, et il se mit en action, aspirant un téton tout en lui déboutonnant son jean. Ils s'embrassèrent et se caressèrent frénétiquement avant de comprendre que ce n'était pas suffisant. Il leur fallait plus, beaucoup plus. Il leur fallait tout.

Posant les pieds au sol, Sam lui ôta son pantalon, qui rejoignit bientôt le sien par terre. Une fois de plus, il la souleva et l'étendit sur l'ottomane du salon. Sa chambre était beaucoup trop loin et il n'avait plus qu'un seul désir : consommer sans plus attendre ces retrouvailles sur lesquelles il fantasmait depuis plus de quatre ans.

S'agenouillant au pied de l'ottomane, il ouvrit doucement les cuisses de Sam et, écartant son string, plongea dans sa chaleur. Elle se mit à gémir et à se tortiller, mais il ne fit pas de quartier.

Durant de longues minutes, il la lécha et se régala de son nectar. Les cuisses de Sam reposaient sur ses épaules, et il les sentait frémir et tressauter à chaque fois qu'il la léchait en profondeur ou s'attardait sur le clitoris. Il se sentait durcir à chacun de ses gémissements. Sortant alors un préservatif de la poche de son pantalon, il l'enfila vivement puis se positionna là où se trouvait sa langue quelques instants plus tôt.

— Nick, Nick…

À ces mots, il la pénétra d'un puissant coup de reins et, lui saisissant les fesses à pleines mains, s'enfonça en elle le plus profondément possible. Bientôt leurs corps se mirent à onduler de concert, comme deux vieux amis heureux de retrouver leurs habitudes.

Lorsqu'ils se retrouvèrent dans la chambre, Sam réalisa des prouesses buccales qui le mirent en transe et lui firent oublier toutes les autres femmes qui, dans les affres de la passion, avaient un jour prononcé son nom. Lorsqu'il sentit que Sam était sur le point d'exploser à nouveau, il la pénétra et accéléra la cadence pour la rejoindre. Ils jouirent ensemble dans un cri. Dans l'esprit de Nick, il n'y avait plus qu'une seule femme et sur ses lèvres, un seul prénom.

— Sam…

- 11 -

L'orgasme de Sam s'était à peine dissipé que le regret l'étreignit. Elle ne regrettait pas d'avoir couché avec Nick. Il était clair, dès qu'elle l'avait revu, que cela devait arriver.

Non, ce qui l'attristait, c'était le sentiment que leur étreinte, même rapide, avait ravivé en elle. Que tout ce désir, toute cette incroyable alchimie ne mènerait jamais à rien.

Même en cet instant, alors que Nick se pressait contre elle sous la douche, elle avait la certitude qu'il ne pourrait ou ne voudrait jamais répondre à l'espoir qui emplissait son cœur : devenir sa femme.

— Dépêchons-nous, murmura-t-elle en s'écartant pour attraper une éponge en loofah.

Après de rapides ablutions, elle sortit de la douche.

Lorsque Nick la rejoignit dans la chambre, elle était déjà rhabillée et, le téléphone à la main, tapait un SMS à l'attention de Gloria pour connaître sa position à la kermesse.

Elle se rendit à la cuisine et se prépara un thé au lait qu'elle se força à boire lentement, espérant que cela lui calmerait les nerfs.

— C'était vraiment merveilleux, chérie, murmura Nick en la rejoignant.

— Il faut qu'on en parle, dit-elle, esquivant son étreinte.

Il se contenta de sourire.

— J'espère que tu ne t'attends pas à des excuses de ma part, parce que je ne suis absolument pas désolé d'avoir couché avec toi, décréta-t-il. En fait, j'ai envie de recommencer. Très vite. Et souvent.

Sam s'efforça de rester concentrée sur ce qu'elle avait à dire et de ne pas se laisser distraire par Nick, beau à tomber avec le T-shirt blanc et le jean noir qu'il venait d'enfiler.

Ce qui n'était pas simple ! À chaque fois qu'il faisait un geste, elle se souvenait de la façon dont ses doigts avaient caressé son corps comme s'il faisait vibrer les cordes d'une guitare… La façon dont ses lèvres douces avaient imprimé leur marque sur sa peau… La façon dont sa langue avait, l'espace d'un instant, effacé ses angoisses, qu'elles soient liées aux menaces d'Oba, au secret de la filiation de Trey ou au travail.

Au bout de quelques instants elle s'éloigna, craignant qu'il ne lise en elle comme dans un livre ouvert.

— Moi non plus, je ne regrette rien, déclara-t-elle avant de faire volte-face pour l'affronter. Ce qui me gêne, c'est que tu es mon patron. Et que j'ai un gros travail à faire. S'il y avait quoi que ce soit entre nous, cela pourrait être un obstacle.

Il sourit, manifestement d'accord avec son objection.

— C'est vrai que cela pourrait être un obstacle, répondit-il en portant une bouteille d'eau à ses lèvres.

— C'est tout ?

Il haussa les épaules.

— Que pourrait-il y avoir d'autre ? répliqua-t-il. Je ne suis pas d'accord avec ta position, mais ton message est clair.

— Je ne veux pas que cela crée une gêne entre nous.

— Nous sommes des adultes. Il n'y aura pas de problème. Cela dit, l'alchimie qui existe entre nous ne sera pas aussi facile à juguler que tu le crois. Parce que, bon sang, Sam…, poursuivit-il d'une voix douce et sexy en diable. Ce qui se passe quand on est ensemble, la façon dont nos corps s'ajustent comme les pièces d'un puzzle, la façon dont tu m'enveloppes comme un gant parfaitement ajusté…

— Nick, arrête ! Je suis sérieuse ! lança-t-elle, dans une tentative désespérée de maîtriser l'excitation qu'elle sentait déjà renaître en elle.

— Moi aussi. Écoute, puis-je suggérer quelque chose ?

— Oui…

— Pourquoi n'aborderions-nous pas la situation calmement ? Rien ne nous oblige à fixer des règles ou à résister à l'attirance qui existe à l'évidence entre nous. Je n'ai personne en ce moment, et toi ?

— Moi non plus, mais…

— Il n'y a pas de « mais ». Je comprends que tu veuilles te concentrer sur ton travail. Je respecte ça et je me comporterai en parfait gentleman. Je ne te forcerai à rien. Je dis juste que si… cela se représente et que tu es partante, comme tu l'étais tout à l'heure, alors laissons les choses se produire et voyons ce qui se passe.

À cet instant le téléphone de Sam vibra.

— Très bien, répondit-elle avant de jeter un œil sur l'écran. C'est Gloria. Kirtu et elle sont avec les enfants à la Fun Zone.

Elle était d'accord pour suivre la suggestion de Nick, même si elle savait que tout allait changer entre eux, désormais.

Lorsqu'ils arrivèrent au champ de foire bondé, elle

eut l'impression que tout le monde voyait sur son visage qu'elle venait de faire l'amour. Si c'était le cas, personne n'en laissa rien paraître.

— Oncle Nick ! s'exclama Christina en accourant vers lui.

— Viens ici, Petit Ange, dit-il en la prenant dans ses bras.

Se sentant exclu, Trey se mit à pleurnicher.

— Moi aussi dans les bras !

Sam s'apprêtait à le réprimander lorsque Nick prit les deux enfants dans ses bras. Le petit groupe rit beaucoup devant les tentatives évidentes des deux enfants pour attirer l'attention de l'adulte.

— Nick ou Noah ?

Sam se retourna, découvrant une femme séduisante qui dévisageait Nick avec insistance. Sa joie s'évapora en un instant et une boule d'angoisse lui coupa presque la respiration. La dernière personne qu'elle avait envie de voir venait de se matérialiser à leurs côtés. Joi. Que faisait-elle là ?

— Désolé, dit Nick. On se connaît ?

— Pas vraiment, répondit Joi, tout sourire. En fait, nous nous sommes croisés à cette somptueuse fête costumée, il y a quelques années.

Sur ces mots, elle adressa à Sam un bref regard.

Sam retint son souffle.

— Je m'appelle Joi.

— Nick, répondit-il en posant les deux enfants à terre.

Joi lui serra la main et dévisagea Trey.

— C'est votre fils, Nick ?

— Non. C'est celui de cette charmante dame. Sam Price.

Joi se retourna, feignant la surprise.

— Sam, ça alors ! J'étais tellement concentrée sur Nick et ces adorables bambins que je ne t'avais pas vue !

Bien que consciente du petit jeu malsain de son ex-belle sœur, Sam s'efforça de garder son calme.

— Comme ça, tu n'avais pas reconnu Trey ? répliqua-t-elle. J'avoue que je trouve cela difficile à croire…

Joi s'approcha de Sam pour l'étreindre.

— Je te préviens, pas d'entourloupes, murmura-t-elle entre ses dents. Ou tu vas le regretter…

Lorsque Joi la lâcha, Sam faillit la féliciter pour sa performance d'actrice digne d'un Oscar. Ce qui était la dernière des choses à faire, toutefois. En tout cas, ses menaces montraient bien qu'elle était impliquée d'une façon ou d'une autre dans le chantage de son frère. Sam décida de lui montrer qu'elle pouvait, elle aussi, être une bonne actrice si nécessaire.

— J'ai entendu dire que tu venais d'être embauchée par CANN International, reprit Joi.

— Et moi que tu répandais des rumeurs à mon sujet, ce qui est bien sûr intolérable, répliqua Sam, avec un grand sourire mais un regard inflexible.

Pour toute réponse, Joi se contenta de cligner des yeux. Mais Sam avait manifestement fait mouche.

— Apparemment, vous vous connaissez très bien, toutes les deux, intervint Nick.

— Nous sommes comme des sœurs ! s'exclama Joi avec un sourire si mielleux que Sam en frémit.

— Mais plus maintenant, répliqua-t-elle à l'intention de Nick. Joi est la sœur de mon *ex*-mari. C'est grâce à elle que nous nous sommes rencontrés.

— Ah, je vois, dit Nick en regardant Joi plus attentivement. Alors dites-moi, Joi, comment se fait-il que vous n'ayez pas reconnu votre neveu ?

Bonne question, pensa Sam.

En bonne actrice qu'elle était, Joi rebondit sans attendre.

— Cela fait deux ans que je ne l'ai pas vu. Il n'était qu'un bébé quand je suis rentrée aux États-Unis. Il a tellement grandi !

Joi marqua une pause avant de se tourner vers Sam.

— D'ailleurs, je me demande d'où il tient sa taille ! C'est vrai, mon frère est de taille moyenne, comme la plupart des hommes de la famille.

— Cela vient sûrement de mon côté, expliqua Sam, très calme. Mon frère et mon père sont grands. Mais il est naturel que tu n'en saches rien puisque tu n'as jamais rencontré ma famille. De plus, nous nous fréquentions à peine, au palais, ce qui explique pourquoi je ne t'en ai jamais parlé.

— Puisque nous vivons toutes deux ici, à présent, peut-être pourrions-nous changer cela ? suggéra Joi. Oba et toi êtes peut-être divorcés, mais je suis toujours la tante de Trey, non ?

Sam ne répondit pas. Cela dit, il était grand temps de mettre fin à cette conversation.

— Bien ! Nous sommes attendus au théâtre de marionnettes, dit-elle. On y va ?

— On y va, répondit Nick. Profitez bien de la kermesse, Joi, ajouta-t-il avant de s'éloigner sans attendre sa réponse.

— Au revoir, Joi ! lança Sam à son tour, s'efforçant de sourire pour masquer son dégoût.

Lorsqu'ils arrivèrent à la tente où se déroulait le spectacle, les deux nounous entrèrent avec les enfants.

Nick se tourna alors vers Sam.

— Ça va ?

— Pourquoi ça n'irait pas ? répliqua Sam, incapable de cacher son agacement après cette scène qui était venue gâcher une journée qui, jusque-là, avait été plutôt réussie.

— C'était plutôt tendu, avec ton ex-belle-sœur, non ?

Évidemment, il avait remarqué sa passe d'armes avec Joi.

— Joi a le chic pour créer des problèmes, répondit-elle. Je n'aime pas les gens comme ça.

— Pourtant, c'est elle qui t'a présentée à ton ex…

— Laisse tomber.

Nick se mit à rire et ajouta :

— De plus, je ne me souvenais absolument pas d'elle ! Cela dit, je rencontre beaucoup de gens et il est possible qu'elle et moi ayons fréquenté les mêmes cercles.

— Alors, ça te dit les marionnettes ? demanda-t-elle pour couper court à la conversation.

— Non. Je crois que j'ai atteint mon quota d'activités pour enfants. J'allais d'ailleurs te proposer de profiter des attractions pour adultes.

— Merci, Nick, mais je n'y tiens pas. Je pars pour la Caroline du Sud demain à la première heure et j'ai encore pas mal de choses à faire. Après le spectacle, je vais ramener Trey à la maison.

— Approche…, murmura-t-il avant de l'attirer dans ses bras. J'ai passé un moment extraordinaire, aujourd'hui. Merci.

— Merci. À bientôt.

Sur ce, elle se précipita dans la tente, bouleversée après cette journée trop riche en émotions.

De retour chez elle, ce soir-là, elle envoya un SMS à Oba.

J'ai croisé ta sœur aujourd'hui, ce que tu sais sans

doute déjà. Je n'apprécie pas tes menaces au sujet de Trey. Je n'apprécie pas non plus celles de ta sœur. Lâche l'affaire, Oba. Laisse-moi reconstruire ma vie.

La réponse ne se fit pas attendre : un émoji souriant. Sérieusement ?

Elle ne tenta même pas d'analyser le sens de cette réponse et décida de se concentrer sur le travail qui l'attendait la semaine suivante.

Elle espérait toutefois que son message suffirait à empêcher Oba de révéler à la Terre entière que Nick était le père de Trey. Mais rien n'était moins sûr. Ce qui voulait dire qu'il ne restait plus qu'une chose à faire : dire elle-même la vérité à Nick. Avant qu'il soit trop tard…

- 12 -

Nick avait prévu de rejoindre Sam en Caroline du Sud au plus vite. Mais d'autres affaires requéraient son attention, et ce n'est que le jeudi après-midi qu'il traversa le pays à bord du jet privé de Christian. Officiellement, il venait inspecter le chantier. En fait, il avait envie de voir Sam. Quelques instants avant d'atterrir à Charleston, il lui envoya un SMS.

J'atterris à Charleston dans quelques minutes. Que dirais-tu de dîner avec moi ? J'ai réservé une table dans un des restaurants les plus sélects de la ville. Tu peux bien quitter l'île pour un soir, non ?

Une minute passa. Puis cinq. Puis dix. Nick commençait à se sentir nerveux. Ce genre de choses ne lui arrivait jamais.

La réponse arriva enfin.

Impossible, désolée. J'ai une équipe d'ouvriers à gérer. Je dois être à la villa à 8 heures. On se verra demain.

Nick était déçu, mais bien sûr, pour être un travailleur acharné lui aussi, il comprenait. Il réalisa à quel point il avait été présomptueux de croire que Sam allait tout laisser tomber et prendre le bateau pour un dîner aux chandelles avec lui. Surtout avec le genre de délais qu'il lui imposait.

Sachant, d'après les photos que Sam lui avait envoyées, que les meubles n'avaient pas encore été livrés, il savait aussi qu'il ne pouvait loger sur l'île. Il appela Anita pour lui demander de lui réserver une chambre d'hôtel mais aussi de contacter un traiteur pour qu'il vienne à la villa à la première heure le lendemain matin. Il avait envie d'offrir à Sam un petit déjeuner de rêve. Ses journées étaient peut-être chargées, mais elle devait se nourrir correctement.

À 8 heures le lendemain matin, il était sur l'île et sonnait à la porte de la villa.

— Qu'est-ce que tu fais là ? demanda Sam en lui ouvrant.

Ce n'était pas vraiment l'accueil qu'il attendait, mais cette fois encore, il comprit. Sam avait l'air hagard, comme si elle n'avait pas dormi de la nuit. Il se contenta de l'étreindre brièvement.

— Je sais que c'est ton projet, Nick, mais j'ai une quantité de choses à faire aujourd'hui. J'aurais préféré que tu m'appelles, avant de débarquer de si bon matin.

— Apparemment, j'ai bien fait de venir, vu ton état. Tu as dormi, cette nuit ?

— Très peu mais merci de t'en inquiéter. Je m'en sors, ne t'en fais pas, et je sais exactement qui appeler si j'ai besoin de renforts.

— Je ne t'aurais pas engagée si je pensais que tu n'étais pas capable de faire le job. Mais j'avais envie de te voir, OK ? En tant que Nick, pas en tant que patron.

Elle parut s'adoucir à ces mots. Lorsqu'il l'étreignit de nouveau, elle se pressa contre lui.

— Le traiteur est arrivé ? s'enquit-il.

— Il est dans la cuisine.

— Tu as faim ?

— Un peu.

Nick inspecta du regard les pièces vides.

— Installons-nous sur le patio, suggéra Sam. Il y a un muret où nous pourrons nous asseoir.

Quelqu'un derrière eux s'éclaircit la gorge.

— Excusez-moi. Bonjour, monsieur.

Nick se retourna, découvrant un jeune traiteur vêtu d'un tablier blanc.

— Bonjour. Nick, se présenta-t-il.

— Grégory, répondit le traiteur. Heureux de faire votre connaissance. J'ai déjà installé un buffet pour les boissons dans l'une des pièces. Pour le reste, c'est en cours de préparation. J'ai dressé la table sur la terrasse. Votre assistante m'a demandé de vous surprendre.

— Typique d'Anita, répondit Nick en souriant. Merci, Grégory. Nous allons nous servir en boissons, en attendant.

Ils entrèrent dans la pièce où Grégory avait installé une table chargée de cafés, thés et jus de fruits. Sam se versa une grande tasse de café. Nick prit du thé. Après s'être servis en jus de fruits, ils se dirigèrent vers l'arrière de la villa. Nick s'immobilisa, agréablement surpris. L'arrière de la maison n'avait plus rien d'un chantier. Les débris avaient été débarrassés et la terrasse soigneusement balayée. Une nappe blanche recouvrait la table où trônait un bouquet de fleurs sauvages.

— J'espère que tu as faim, dit-il en souriant à Sam.

— Un traiteur... Vraiment, Nick, tu exagères. J'apprécie le geste mais sérieusement... j'aurais pu me contenter de sandwichs.

— J'ai fait venir Grégory pour lui faire passer un test.

Si je suis satisfait, je lui proposerai l'un des trois postes de chef à pourvoir dans nos villas.

— Des villas d'architecte avec chacune leur chef ? Je me demande bien quel peut être le tarif. Ce doit être exorbitant.

— Un peu moins de dix mille euros la nuit pour une petite villa. C'est le tarif de base. Plus c'est cher, plus la maison est grande, et plus il y a d'options.

— Dire que certaines personnes sont prêtes à dépenser en une nuit ce que d'autres dépensent en un an pour se loger…

— Les gens riches dépensent beaucoup d'argent. Autant que ce soit chez nous.

Sam leva son verre de jus d'orange.

— Pas faux.

En attendant Grégory, ils parlèrent de choses et d'autres.

— À ce propos, où est notre jeune cavalier ? s'enquit Nick.

— De retour à Las Vegas avec Gloria. Il était invité à l'anniversaire de son cousin.

— Cette Gloria m'a l'air formidable.

— Elle me sauve la vie. Et elle est adorable avec Trey.

Une fois les plats servis, Nick revint aux affaires.

— Je suis ravi de l'évolution du chantier, dit-il. Quels genres de problèmes rencontres-tu ?

Autour d'un succulent petit déjeuner composé de gaufres moelleuses aux noix de pécan garnies de croustilles de poulet épicé, d'œufs brouillés aux truffes et de cakes au crabe, Sam évoqua les problèmes d'aménagement du jardin. Il s'agissait d'y construire un grand bassin japonais surmonté d'une passerelle suspendue.

Ils passèrent ensuite une partie de la matinée à

discuter avec l'entrepreneur chargé des travaux et, grâce aux suggestions de Nick, trouvèrent des solutions aux problèmes techniques qui se posaient.

Nick passa la nuit sur place. Sam et lui étrennèrent la vaste douche à l'italienne avant de se blottir l'un contre l'autre dans un large futon qui disparaîtrait la semaine suivante avec l'arrivée des meubles définitifs.

Lorsque Nick regagna Breedlove, il était épuisé mais heureux, et capable de se concentrer à nouveau sur ses dossiers.

Le lendemain, après sa journée de travail, il appela Noah.

— Salut, frérot, ça te dirait une petite partie de basket ?

— Tiens, tu es de retour ?

— Oui. Et toi, où es-tu ?

— À la maison. Je télétravaille.

— Dee va bien ?

— Mieux. Les contractions se sont calmées, et il n'y a pas eu de saignements.

— Hé ! Garde les détails pour toi, tu veux bien ?

— C'est comme ça, quand on veut un enfant, tu sais.

— Eh bien, je laisse ça à mes frères ! Moi je préfère être le tonton gâteau de la bande.

Noah ne répondit pas.

— C'était une blague, précisa Nick. Bon. Je peux passer te voir ?

— Bien sûr.

Nick nota le ton grave de son frère. Manifestement, Noah n'était pas d'humeur à plaisanter. Était-ce à cause de sa remarque au sujet des enfants ?

Après s'être changé, il sauta dans sa voiture et se

dirigea vers le ranch que son frère avait fait construire à flanc de montagne.

Ce fut Dee qui lui ouvrit la porte.

— Salut, Nick. Ton frère est derrière, dit-elle, les mains couvertes de farine.

— Qu'est-ce que tu fais de bon ?

— Des tartes. Et il y en aura une pour toi.

Nick l'étreignit tendrement, avant de rejoindre le terrain où Noah s'exerçait déjà au lancer franc. Nick, qui connaissait son frère comme lui-même, remarqua aussitôt que quelque chose n'allait pas.

— Quoi de neuf, mon frère ?

— À toi ! répondit Noah en lui lançant le ballon. Alors, tu as eu beau temps en Caroline du Sud ?

— Superbe.

Récupérant le ballon, Noah s'élança en direction du panier que défendait Nick. Nick tenta de le bloquer, mais après une feinte à gauche, Noah reprit sa course et marqua le panier.

— Sam va bien ?

— *Très* bien, répondit Nick avec un petit sourire.

Noah arrêta de dribbler.

— C'est quoi, ce sourire ? demanda-t-il.

— Il y a eu quelques difficultés sur le chantier, mais la villa sera terminée dans les temps.

— Réponds à ma question. C'est quoi, ce sourire ?

— Oh ! rien.

— Tu couches avec elle ?

— Eh bien, tu vas droit au but, dis donc…

— Tu couches avec elle ? insista Noah. J'ai une raison bien précise de te poser la question.

— Quelle raison ?

Noah se remit à dribbler mais ne fit aucun mouvement vers le panier.

— Je n'ai même pas envie de te répondre, marmonna-t-il. Ce ne sont que des ragots, et tu sais à quel point je déteste ça.

Nick lui arracha le ballon des mains et le cala contre sa hanche.

— Quels ragots ? demanda-t-il sèchement.

— C'est à propos de Sam.

Le rythme cardiaque de Nick s'accéléra. S'était-elle remise avec son ex ? Y avait-il un autre homme ?

— De quoi s'agit-il ?

— Trey est aussi concerné, ajouta Noah.

— Crache le morceau.

— Très bien, répondit Noah. On raconte que son ex, le prince africain, ne serait pas le père biologique de Trey.

Nick poussa un soupir de soulagement. Ce n'était pas si grave, après tout, puisque Sam avait divorcé. Peut-être même était-ce la raison du divorce.

— Je ne vois pas en quoi cela me concerne, répliqua-t-il, tirant de là où il se trouvait et marquant un panier à trois points.

Il s'élança pour récupérer le ballon mais Noah fut plus rapide.

— Il paraît que le vrai père vit ici, à Las Vegas, dit-il.

— Et alors ? Je déteste les ragots autant que toi, tu sais. Mais au fait, comment l'as-tu appris ?

— Par Lauren. Un de ses clients a croisé quelqu'un qui prétend que Trey n'est pas le fils du prince Oba.

— Cette personne ne s'appellerait pas Joi, par hasard ?

— Qui est Joi ? demanda Noah.

— La sœur du prince en question. L'ex-belle-sœur

de Sam, donc. Je l'ai croisée le week-end dernier à la kermesse. Une vraie langue de vipère. À ta place, je n'accorderais pas trop de crédit à ce genre de ragots.

— J'aimerais bien. Mais il se trouve que ce ragot-là est un peu… différent.

— Ah bon, pourquoi ?

— À cause de l'identité de celui qui serait le vrai père de Trey.

— Qui est-ce ?

— Toi.

- 13 -

Sam se réveilla avec un mauvais pressentiment qui n'avait rien à voir avec les nombreux travaux qui restaient à faire dans la villa.

Elle se leva, fit du café et essaya de chasser cette impression. Elle appela Gloria, échangea quelques SMS avec Danielle et son père. Tout le monde allait bien, mais le malaise persistait. Était-ce à cause de l'incident survenu avec Joi et du SMS qu'elle avait ensuite envoyé à Oba ?

Elle était dans une impasse. Comme si toutes les décisions qu'elle avait prises depuis cette nuit paradisiaque entre les bras de Nick, des années plus tôt, avaient mené à ce désastre.

Cacher à Nick qu'elle était enceinte. Déménager en Afrique. Se marier avec Oba. Revenir à Las Vegas. Accepter le contrat proposé par CANN. Ne pas dire à Nick qu'il était le père de Trey même après avoir commencé à travailler avec lui. Avoir sous-estimé la cupidité d'Oba. Cacher à Nick le chantage dont elle était l'objet. Coucher et recoucher avec le père biologique de son enfant. Croire que lui dire la vérité serait facile, qu'il comprendrait.

Comment pourrait-il comprendre alors qu'elle avait elle-même de plus en plus de mal à justifier ses actes ? Au bout du compte, elle devait se rendre à l'évidence : la seule responsable de cette situation… c'était elle.

Elle finit par se calmer suffisamment pour commencer sa journée de travail. Admettre son rôle dans ce fiasco était étrangement libérateur. Grâce à cette prise de conscience, elle avait l'impression de reprendre les commandes de sa vie.

Après la confrontation avec Joi, à la kermesse, elle s'était sentie vulnérable, comme si quelqu'un d'autre avait le pouvoir de la manipuler. Mais c'était une illusion. Elle avait fait des erreurs, évidemment, mais ce n'était pas la fin du monde. Mieux encore, le résultat de cette nuit avec Nick n'avait pas été si mauvais. Puisqu'elle avait donné naissance à l'être qu'elle chérissait le plus sur cette Terre. Son fils.

Au cours des heures qui suivirent, elle se concentra sur l'ameublement de la maison, vérifiant que les livraisons auraient lieu dans les temps, confirmant les rendez-vous avec les entrepreneurs et briefant l'équipe de paysagistes.

En fin d'après-midi, elle prit une longue douche et, au lieu de réchauffer l'un des plats laissés par le traiteur, décida d'aller dîner à Charleston.

Trente minutes plus tard, elle était à l'arrière du yacht, contemplant les flots gris-bleu de l'Atlantique. Les gens rêvaient souvent de mener une vie de riches, insouciante et oisive. Elle, elle avait vécu cette vie, et jusqu'à présent, elle n'avait pas réalisé à quel point son travail lui avait manqué. Aujourd'hui, elle remerciait le ciel pour les plannings serrés auxquels elle était soumise et les innombrables problèmes qu'elle avait à résoudre ! Ce qui lui permettait de ne pas penser à…

Et le mauvais pressentiment revint.

Par chance, elle connaissait la personne idéale pour l'aider à se détendre. Elle sortit son téléphone

— Hé, Danni !

— Ma chère cousine ! Je pensais justement à toi. Comment ça se passe ?

— Bien, dans l'ensemble.

— J'espère que tu appelles pour m'annoncer que tu as dit à Nick qu'il était le père de Trey.

— J'y pense de plus en plus… Alors, comment était cette fête d'anniversaire ?

— Bruyante ! Scott a offert une batterie à Jaylen. Une véritable cacophonie !

Sam éclata de rire.

— Je parie que Trey a adoré. Il me manque tellement.

— Hum… Ce ne serait pas plutôt son père ?

— Question suivante, s'il te plaît.

Danielle se mit à rire.

— Très bien. Où es-tu ?

— Sur une petite île au large de la Caroline du Sud. C'est là que CANN a fait construire les villas de rêve sur lesquelles je travaille. Tu verrais, c'est un vrai petit paradis.

Danielle marqua une légère pause avant de reprendre :

— Comment fais-tu ?

— Comment je fais quoi ?

— Trouver ce genre de boulot… Épouser un prince…

— Tu y es pour quelque chose, je te signale.

— Et maintenant, décorer des maisons de luxe sur une île paradisiaque. À croire que je fais tout de travers, moi !

— Tu oublies que tu as un mari extraordinaire, un fils merveilleux et un neveu formidable.

— Pas faux !

— En parlant de ton neveu, il ne te pose pas trop de problèmes ? Tu n'es pas trop fatiguée ?

— Pas du tout. Grâce à Gloria. Lorsqu'elle a proposé de m'aider pour la fête d'anniversaire, je me suis demandé comment je pouvais à la fois travailler et m'occuper de ma famille sans une personne comme elle.

— Franchement, je ne sais pas non plus. Non seulement tu fais tout toute seule, mais en plus tu t'occupes de Trey. Tu dois être Superwoman !

— Par chance, les gens de la garderie sont comme une famille et ma patronne est une perle. En tant que mère célibataire, elle est bien consciente de la difficulté de concilier famille et travail.

Sam contempla l'océan scintillant. Sa cousine avait raison. Elle avait une chance folle. Malgré son divorce, les problèmes qu'elle avait laissés derrière elle en Afrique et le secret qu'elle portait, la vie était belle. Elle était à bord d'un yacht sur l'Atlantique, elle avait décroché un contrat dont aurait rêvé tout architecte d'intérieur, un contrat qui relancerait son CV au point qu'elle pourrait choisir ses clients et fixer ses prix. Son fils était en bonne santé et son père était heureux qu'elle soit de retour en Amérique. Non, elle n'avait pas le droit de se plaindre. Alors pourquoi ce mauvais pressentiment persistait-il ?

— Sam ?

— Hum ?

— Tu es bien silencieuse, tout d'un coup. Qu'est-ce qui t'arrive ?

— Je ne sais pas. Je me suis réveillée avec un sentiment bizarre qui ne m'a pas quittée de la journée.

— Tu as rêvé d'Oba ?

— Non. Mais il y a eu un incident ce week-end, répondit Sam, avant de lui relater l'altercation avec Joi.

— Et tu me le dis seulement maintenant ? s'exclama

Danielle. Ça ne me dit rien de bon, que Joi ait réussi à venir à la kermesse des Breedlove.

— Je n'avais pas envie d'y penser, et encore moins d'en parler.

— Sam, tu dois dire la vérité à Nick, au sujet de Trey. Aujourd'hui. Imagine qu'il l'apprenne par quelqu'un d'autre…

— Tu as raison. J'ai failli le faire ce week-end mais Joi a débarqué à ce moment-là. Et… il s'est passé autre chose.

— Quoi ?

— Nick et moi avons couché ensemble.

— Non !

Sam lui raconta leur balade, sa panique à cheval, le partage de la selle avec Nick, et la conclusion inévitable d'une telle proximité.

— C'était juste cette fois-là ? s'enquit Danielle.

— Non.

— Donc vous travaillez et vous sortez ensemble ?

— Pas officiellement, non.

— C'est une amitié amoureuse, alors ?

— Je dirais plutôt « un avantage en nature ».

Danielle ne répondit pas, et Sam comprit que sa tentative de détendre l'atmosphère était tombée à l'eau.

— Donc, si j'ai bien compris, Nick s'amuse avec un enfant sans savoir que c'est le sien et, en plus, il couche avec toi. Sam… Tu dois dire la vérité à cet homme.

Un signal sonore se fit entendre, indiquant un double appel. Sam sentit un nœud se former dans son estomac en voyant le nom affiché sur l'écran.

— Eh bien, quand on parle du loup…, murmura-t-elle.

— C'est Nick ?

— Oui. Je dois décrocher. Je te rappelle.

— Dis-lui ! lui cria Danielle avant de raccrocher.

Sam prit une profonde inspiration avant de prendre l'appel de Nick.

— Sam ?

Était-ce de la paranoïa ou le ton de Nick était glacial ? Elle se raisonna. Non, son secret ne pouvait pas avoir fuité.

— La seule et unique ! répondit-elle avec une gaieté forcée. Si tu appelles pour les croquis, ça devra attendre mon retour sur l'île. Je suis en route pour Charleston. J'aurais aimé que tu sois là pour dîner avec moi.

— Moi aussi. Enfin d'une certaine manière… Parce que je ne suis pas sûr que j'aurais eu beaucoup d'appétit.

— Que t'arrive-t-il ?

— J'ai vu Noah, ce matin. Il m'a rapporté une rumeur incroyable qui circule dans certains cercles, selon laquelle ton ex ne serait pas le père de Trey.

Sam se sentit soudain nauséeuse. Et ce n'était pas le mal de mer.

— De qui tient-il cela ? demanda-t-elle.

— De Lauren, qui le tient d'un de ses clients.

Sam soupira.

— C'est vrai, Trey n'est pas le fils d'Oba.

— Qui est le père, alors ?

Sam ferma les yeux, serrant son téléphone de toutes ses forces.

— Tu t'intéresses aux enfants, maintenant ? répliqua-t-elle sur un ton faussement taquin. Pourquoi cet intérêt soudain pour le père de Trey ?

Nick marqua une pause si longue que Sam crut qu'il avait raccroché.

— Nick ?

— Est-ce que je suis le père de Trey ?

Elle ferma les yeux et adressa une courte prière au ciel.

— Oui, répondit-elle.

Silence.

— Nick ? Allô ?

Elle regarda son téléphone. Nick avait raccroché.

Danielle avait raison. Son secret lui était revenu en boomerang. Pour lui transpercer le cœur.

- 14 -

Stupeur, colère, perplexité, confusion. Jamais Nick n'aurait imaginé que l'on puisse ressentir autant d'émotions différentes à la fois. Lui, le père de Trey ? Impossible !

Il passa en revue toutes les raisons pour lesquelles c'était effectivement impossible. Pourtant un doute subsistait. Et ce minuscule pourcentage d'incertitude suffit à l'empêcher de dormir.

Le lendemain matin, le soleil était à peine levé qu'il franchissait les grilles de la propriété de ses parents. Ce fut Helen, la gouvernante, qui l'accueillit. Puis il gagna la suite de ses parents et frappa à la porte.

— Maman. Papa. C'est Nick.

— Nick ?

Il entendit la voix endormie de sa mère, suivie de bruits de pas, et ressentit un sentiment de culpabilité à les avoir réveillés. Mais il y avait des moments où un homme adulte avait encore besoin des conseils de ses parents.

— Un instant, chéri.

Sa mère ouvrit la porte, vêtue d'un élégant peignoir couleur lavande et de mules d'intérieur à talons.

— Bonjour, mon grand. Que se passe-t-il ?

Nick la serra dans ses bras et entra dans la chambre pour s'arrêter près du lit, où Nicholas, son père, était assis.

— Salut, mon fils.

— Nick, qu'est-ce qui ne va pas ? demanda sa mère en s'asseyant sur le lit. Tu m'inquiètes.

— Tu connais Sam, la décoratrice qui travaille avec moi ?

— Bien sûr. On n'oublie pas une femme comme elle.

— C'est encore plus vrai que tu ne l'imagines. Figure-toi qu'après l'avoir confrontée à une rumeur, elle m'a avoué que Trey était mon fils.

Il vit ses parents échanger un regard.

— Et toi, qu'as-tu à en dire ? demanda sa mère.

Il se mit à faire les cent pas.

— Je dis que c'est impossible !

Son père leva un sourcil.

— Vraiment ?

Nick s'immobilisa pour le regarder.

— Oui !

— Vous n'avez jamais été intimes, tous les deux ?

— Si, il y a longtemps, mais…

— Combien de temps, exactement ? demanda sa mère.

Nick fronça les sourcils, le temps d'effectuer un rapide calcul. Non, c'était impossible !

— Ce n'est pas mon enfant, décréta-t-il.

— Vous vous êtes protégés ? demanda sa mère.

— Il n'y a aucun doute là-dessus, affirma son père, croisant les bras avec assurance. C'est ce que j'ai appris à mes garçons dès l'adolescence. À se protéger, à chaque fois.

— Tu l'as fait ? insista sa mère.

Nick se passa nerveusement la main dans les cheveux.

— Il y a peut-être eu une fois…

— Alors, il n'y a qu'une seule chose à faire : un test de paternité. Et après, on verra.

— On verra quoi ? répliqua Nick. Je n'ai pas le temps d'être père ! Mon seul bébé est mon projet de villas, comme je l'ai dit à Sam.

— Donc vous en avez déjà discuté, tous les deux ?

— Non. Nous avons parlé d'enfants une seule fois et, à l'époque, je lui ai dit, comme à toutes les autres avant elle, qu'avoir un enfant ne faisait pas partie de mes projets avant au moins dix ans.

Son père sortit du lit.

— Avant ou après les rapports non protégés, fiston ?

— Quel âge a son fils ? demanda sa mère.

— Quatre ans.

— Pourtant, elle te dit seulement maintenant qu'il pourrait être ton enfant ? Pourquoi ?

— Je ne sais pas !

— Eh bien, il faut que tu le saches. Si cet enfant est le tien, tu as déjà raté ses quatre premières années, les plus importantes en termes d'éducation. S'il partage notre ADN, il doit faire partie de la famille. Je te conseille donc d'avoir une sérieuse explication avec Samantha.

La conversation se poursuivit autour d'un petit déjeuner pendant plus d'une heure, et Nick quitta la maison bien plus calme qu'à son arrivée. Il était toujours en colère contre Sam, terriblement déçu aussi, mais comme le lui avaient conseillé ses parents, il essaierait de ne pas la juger trop durement. Ce serait difficile, mais il allait essayer.

Comme il n'était pas en état d'aller travailler, il appela Anita pour réorganiser son planning de la journée et décida de rentrer chez lui.

Mais une fois dans son bureau, il se mit à faire les cent

pas. Ses pensées le ramenaient sans cesse au fait qu'il était peut-être le père de Trey. Il revoyait son visage et y cherchait des ressemblances avec le sien. Il se remémora le jour de leur première rencontre, lorsqu'il avait dit à Sam que Trey avait le goût du risque, comme lui à son âge. Il se repassa le film de leur promenade à cheval dans tous les détails puis de l'altercation entre Sam et Joi. Le comportement de Sam était maintenant beaucoup plus clair, tout comme la question de Joi : « C'est votre fils, Nick ? »

Joi le savait. Sam le savait ; et elle l'avait laissé dans l'ignorance.

Et il y avait ces appels anonymes. Avaient-ils un rapport avec ce secret que Sam lui avait caché ?

Il s'immobilisa, furieux. Déterminé à se concentrer sur son travail, il alluma son ordinateur portable et, serrant les dents pour neutraliser la myriade d'émotions qui se bousculaient dans son esprit, ouvrit sa messagerie. Son regard tomba instantanément sur le message de Sam. Sans doute au sujet du chantier.

Mais ce n'était pas le cas.

Nick,

Je suis désolée. Je voulais te le dire. J'aurais dû te le dire. J'avais peur de ta réaction. Je ne savais pas comment te le dire. Laisse-moi une chance de t'expliquer pourquoi, à l'époque, j'ai cru que ma décision était la meilleure pour tout le monde. Je ne dis pas que c'était bien. Avec le recul, je me rends compte que c'était une décision terrible, injuste pour toi, Trey et moi. S'il te plaît, pardonne-moi. Pour tout.

Sam.

Nick ne répondit pas immédiatement. Il était encore trop en colère, et la colère était mauvaise conseillère. En fin de matinée, il lui adressa une réponse succincte.

La seule chose dont nous ayons à parler, hormis du travail, est d'un test de paternité. Je m'en occupe et te transmettrai les détails. N.

Cette semaine-là, Sam et lui échangèrent à peine quelques e-mails et SMS. Le Dr Lucas, ami de longue date de la famille Breedlove, organisa les tests. Ce fut lui, et non Nick, qui contacta Sam à son retour de Caroline du Sud. Il se rendit chez elle pour réaliser les différents prélèvements sur elle et Trey. Après avoir réalisé les prélèvements sur Nick, il remit personnellement les échantillons au laboratoire et demanda à celui-ci de réaliser les analyses le plus vite possible.

Vingt-quatre heures plus tard, il ne subsistait aucun doute. Nick était bien le père de Trey.

- 15 -

Sam n'avait jamais été aussi stressée. Même promise à un homme qu'elle connaissait à peine bien qu'enceinte d'un autre, jamais ses nerfs n'avaient été mis à si rude épreuve. Nick avait accepté de passer chez elle pour discuter. Trey était avec Danielle. L'heure des explications avait sonné. C'était ce qu'elle voulait. Et elle était terrifiée.

Perplexe devant son dressing, elle essaya plusieurs tenues. Finalement, optant pour la simplicité, elle enfila un jean et un débardeur. Elle se fit ensuite un chignon rapide et renonça à se maquiller.

Elle attendait sur le canapé depuis un moment lorsqu'on sonna à la porte. Elle bondit sur ses pieds puis s'immobilisa. Nick serait-il furieux ? Meurtri ? Sous le choc ? Résigné ? La seule façon de le savoir était d'ouvrir cette porte.

— Bonjour, Nick.

— Sam.

Elle resta interdite en lisant sur son visage un mélange de colère et de tristesse, de déception et de peur. Lui, habituellement si souriant et si sûr de lui, avait l'air d'être au fond du gouffre.

— Entre, je t'en prie.

Elle le conduisit dans la salle à manger où ils s'assirent devant la table en silence.

— Je peux te servir quelque chose ? proposa-t-elle sans même oser croiser son regard.

— Que les choses soient claires. Ce n'est pas une visite de courtoisie. Je suis là parce que tu m'as demandé de te laisser une chance d'expliquer pourquoi, pendant presque cinq ans, tu m'as caché que j'avais un fils.

Il n'avait pas élevé la voix, mais Sam sentait les efforts qu'il faisait pour se contrôler. Des larmes de honte lui montèrent aux yeux, et elle s'enfonça les ongles dans les paumes pour les retenir. Car non, elle n'était pas la victime. Elle avait créé un problème et devait maintenant le résoudre.

— En m'habillant pour sortir ce soir-là, je n'aurais jamais imaginé à quel point ce bal allait changer ma vie, expliqua-t-elle. Comme toi, j'étais célibataire et insouciante. Je pense que c'est en partie ce qui nous a attirés l'un vers l'autre. Nous avions la même énergie, la même façon de vivre. Quand j'ai découvert que j'étais enceinte, j'ai été prise de panique. Je venais de me séparer d'un homme que j'avais connu à Los Angeles et j'étais venue à Las Vegas pour tenter de l'oublier. Cette nuit avec toi m'y a beaucoup aidée. Lorsque le test de grossesse s'est avéré positif, j'ai su que c'était toi. Je te connaissais à peine, on ne s'était vus que cinq ou six fois en tout. Alors je ne t'ai rien dit. Ensuite, je suis allée chez le médecin, qui a confirmé le diagnostic.

— À ce moment-là non plus, tu ne m'as rien dit, Sam.

— Je ne pouvais pas.

— Pourquoi ?

— Tu m'avais dit que tu ne voulais pas d'enfants ! Et quand j'ai fait une recherche sur Internet à ton sujet, je suis tombée sur un article où tu expliquais à quel point tu étais dévoué à l'entreprise, à quel point tu te félicitais d'être célibataire, et que tu n'aurais de toute façon pas le temps de t'occuper d'une famille. À peu près au même moment, Danni a discuté avec Joi et découvert le dilemme d'Oba.

— Quel dilemme ?

— Le grand-père d'Oba faisait pression sur ses petits-fils pour qu'ils se marient et aient des héritiers.

— C'est-à-dire ?

— Oba et son frère, Isaac, sont nés à moins d'un an d'intervalle. Leur grand-père a toujours entretenu une compétition féroce entre eux. Un jour, il a fait monter les enchères en décrétant que le premier à se marier et à avoir un héritier monterait sur le trône.

— Comment t'es-tu retrouvée impliquée là-dedans ?

— Un jour, Joi a dit à Danni à quel point elle souffrait des disputes incessantes entre ses frères, ajoutant qu'elle avait la conviction qu'Oba ferait un meilleur roi qu'Isaac. Or Danni savait combien je craignais de me retrouver mère célibataire. Alors elle a confié à Joi que j'étais enceinte. Joi a parlé de moi à Oba. Et Danni m'a parlé d'Oba et…

Elle poussa un soupir avant de conclure :

— … Quelques mois plus tard, j'étais devenue une princesse africaine.

— C'est complètement insensé.

— Quand je raconte cette histoire à voix haute, c'est vrai que ça paraît fou, mais à l'époque, j'avais l'impression que c'était la solution à tous mes problèmes. Tu ne voulais pas entendre parler d'enfants, et j'avais rencontré un homme qui se serait damné pour en avoir un. J'y ai vu pour mon fils une opportunité de grandir dans un environnement privilégié où il ne manquerait jamais de rien.

— Sauf peut-être de la vérité.

— Je sais. Je suis inexcusable. Mais on ne peut pas changer le passé, et aujourd'hui la seule chose que je puisse faire, c'est de tenter de limiter les conséquences de mes actes. Pendant presque cinq ans, j'ai coupé Trey de sa véritable filiation. Je regretterai cette décision pour le reste de ma vie.

— Je crois que j'ai reçu des appels de ton ex.

Sam le regarda sans comprendre.

— J'ai reçu plusieurs appels bizarres mais bien sûr je ne peux pas être sûr que c'était lui, expliqua-t-il. C'était un numéro masqué. Le correspondant n'a jamais rien dit. Mais cela n'était jamais arrivé avant, et compte tenu de ce que tu viens de me dire…

Sam soupira et, d'un geste las, se prit la tête entre les mains.

— C'était probablement Oba, murmura-t-elle, effarée. Il me fait chanter.

— Quoi ? s'exclama Nick, furieux. Pourquoi ?

— C'est une longue histoire, mais ne t'inquiète pas, je sais comment le stopper. Maintenant que tu es au courant, il n'a plus rien à utiliser contre moi.

— Malgré ces explications, je ne comprends toujours pas… comment tu as pu me cacher que tu étais enceinte, à l'époque. Comment tu as pu me regarder jouer avec Trey, faire du cheval avec lui sans me dire que j'étais en train de m'occuper de mon propre fils. C'est complètement tordu, Sam ! Je t'en veux tellement que je ne vois pas comment je pourrais m'en remettre un jour.

Il se leva brusquement de table et s'éloigna, comme si le simple fait d'être près d'elle lui était insupportable.

— Tu as absolument raison, répondit-elle en s'efforçant de rester calme. Ça a été la plus grosse erreur de ma vie. Et je n'attends pas que tu comprennes une chose que je n'arrive même pas à justifier moi-même. J'espère seulement qu'une forme de relation pourra se nouer entre toi et Trey et qu'un jour… tu me pardonneras.

— Bien sûr qu'il y aura une relation. Pour qui me prends-tu ? Oh ! c'est vrai… Pour un irresponsable, incapable d'assumer son enfant. En fait, je me fiche complètement de ce que tu penses de moi. Maintenant, côté travail, tu imagines bien que s'il y avait un moyen de rompre ton contrat, je le ferais. Mais c'est impossible. C'est donc moi qui prendrai mes distances avec le projet. À partir de maintenant, Noah nous servira d'intermédiaire. Toi et moi n'aurons que des échanges par mails ou SMS. D'ici trois semaines, les villas seront terminées. Ce sera difficile, mais je pense pouvoir tenir jusque-là.

— Et Trey ? Pour l'instant, tu ne veux plus me voir, et je comprends. Seulement je suis sa mère. Comment communiqueras-tu avec lui sans moi ? Nous devrions nous mettre d'accord sur une façon de lui assurer la transition la plus douce possible. Jusqu'au jour où nous pourrons lui annoncer que tu es son père.

Nick continua de fixer la fenêtre, sans rien dire.

— Que proposes-tu ? demanda-t-il enfin.

— Il pourrait peut-être passer du temps au domaine ? Il adore déjà y aller. Et il t'apprécie beaucoup, aussi.

Nick grimaça et ne répondit pas.

— Christina et Trey s'entendent bien, reprit-elle. Peut-être que l'on pourrait s'appuyer là-dessus pour l'intégrer dans ta famille. Je ne sais pas ce que tes parents et tes frères pensent de tout cela, mais… Je suis tellement désolée, Nick, ajouta-t-elle en faisant un pas vers lui.

— Reste où tu es. C'est d'accord pour que Trey vienne au domaine, mais avec sa nounou.

— Entendu, murmura-t-elle, la mort dans l'âme.

— Quant à mes parents, ils sont sous le choc, c'est compréhensible. Ils ont besoin de temps pour digérer ce qui s'est passé, tout comme moi.

Ce soir-là, Sam expliqua à Gloria que Nick était le père de Trey ainsi que le rôle qu'elle était appelée à jouer, à la demande de Nick.

Le lendemain matin, Sam réveilla Trey et l'aida à s'habiller. Elle était triste de ne plus être la bienvenue chez les Breedlove, mais ne l'avait-elle pas cherché ? Cependant, elle se réjouissait que Nick soit prêt à nouer une relation avec Trey. Pour cette seule raison, elle trouva la force de sourire à son fils.

— On va où ? demanda Trey de sa petite voix qui, ce matin-là, émut Sam plus encore que d'habitude.

— Tu vas aller avec Gloria dans un endroit où vous allez beaucoup vous amuser.

— Où ?

— Tu te souviens de Nick, le monsieur avec qui je travaille, celui qui t'a appris à monter à cheval ?

— Oui. Je vais là-bas ? s'exclama Trey, avec des yeux brillants d'enthousiasme qui rappelaient ceux de Nick. J'aime bien les chevaux, tu sais, maman ?

— Je sais, mon chéri.

— Je veux un cheval.

— Ce serait bien, hein ?

— Oui, je monterais dessus tous les jours.

— Mais les chevaux, c'est beaucoup de travail, Trey. Il faut les brosser, les nourrir, les faire courir…

— Je le ferai !

— Et qui gardera le cheval quand tu seras à l'école ?

Lorsque Trey fronça les sourcils pour réfléchir à la question, Sam le dévisagea, décontenancée. Comment avait-elle pu ne pas remarquer à quel point il ressemblait à Nick ?

— Et toi, tu viens avec nous, maman ?

— Non mon chéri. Je suis fatiguée à cause du travail. Alors, pendant que Gloria et toi ferez du cheval, je vais me reposer. D'accord ?

— D'accord.

Sam aurait aimé sentir ne serait-ce qu'un peu d'hésitation dans sa réponse. Mais Trey avait toujours eu un tempérament aventureux et indépendant. Tout comme son père…

On frappa doucement à la porte.

— Bonjour ! lança Gloria avec une allégresse forcée.

Sam comprenait à quel point la situation pouvait paraître épineuse aux yeux d'une professionnelle de l'enfance.

— Bonjour, Gloria. Vous êtes sûre que ça va aller ?

— Je pense toujours que c'est vous qui devriez y aller.

— Peut-être la prochaine fois. Pour l'instant, c'est mieux comme ça. Trey est prêt.

— Je lui prépare un petit déjeuner ?

— Connaissant Nick et sa famille, je pense qu'il y aura tout ce qu'il faut sur place. Je vais lui donner un biscuit en attendant.

Sam continua à bavarder comme si de rien n'était

jusqu'à leur départ, après quoi elle s'enferma dans sa chambre, s'autorisant enfin à pleurer.

Elle songea à son avenir professionnel, à présent lourdement compromis. Seule consolation, Trey allait pouvoir passer du temps avec son père. Elle s'efforça de trouver du réconfort dans cette pensée.

Au cours des semaines qui suivirent, une routine se mit en place. Le week-end, Gloria accompagnait Trey chez les Breedlove. La semaine, ils suivaient Sam dans ses déplacements professionnels. Par chance, elle respectait la plupart du temps les délais, et la dernière villa fut terminée avant l'arrivée des occupants. Mais tout cela ne l'empêchait pas d'être rongée par l'idée qu'elle était tenue à l'écart de ce qui se passait entre Nick et Trey. De ces moments de joie qu'ils partageaient en apprenant à se connaître. Et puis, qu'allait-il advenir de sa relation avec Nick ? Sans doute les choses ne seraient-elles plus jamais les mêmes entre eux…

Peu à peu, toutefois, les relations se détendirent. SMS et e-mails se muaient parfois en appels téléphoniques, bien sûr strictement axés sur le travail ou sur Trey.

Elle était dans le Maine, se préparant à prendre un vol pour Las Vegas quand son téléphone sonna. C'était Nick.

— Bonjour.

— Bonjour, Sam. Tu rentres ce soir, non ?

— Oui, je suis en route pour l'aéroport.

— Tu atterris à quelle heure ?

— 19 h 45.

— Il faut qu'on parle. On pourrait dîner ensemble ?

Nick allait-il enfin accepter l'idée qu'ils soient amis pour le bien de leur fils ? Le cœur de Sam bondit de joie.

— Bien sûr, répondit-elle. Je viens avec Trey ?

— Non. C'est une discussion entre adultes.

— Très bien, envoie-moi la localisation du restaurant par SMS et je te retrouverai là-bas.

De retour chez elle, elle troqua son jean contre une ample combinaison-pantalon et prit la direction de Breedlove. Lorsque son téléphone sonna, elle décrocha aussitôt, pensant que c'était Danielle.

Sam Price, bonjour, chantonna-t-elle, le cœur léger.

— C'est toi, mon ange ?

Elle fit une embardée en reconnaissant la voix à l'autre bout du fil. Depuis quelque temps, Oba ne communiquait avec elle que par SMS. Voilà maintenant qu'il lui téléphonait de nouveau ! Son sang ne fit qu'un tour. Elle était dans une situation très difficile, et il en rajoutait ? Cependant, elle prit le temps de se raisonner et comprit qu'il ne pouvait plus rien lui faire, à présent. Cette pensée suffit à calmer sa colère, et elle esquissa un sourire.

— Oba, on s'est déjà tout dit. C'est terminé.

— Oh ! vraiment ? Tu préférerais peut-être que j'informe Nick qu'il est le père de Trey ?

— Oba Usman, fais ce que tu veux, je m'en fiche. Nick sait déjà que Trey est son fils. Je te préviens, si tu m'appelles encore une fois pour me faire chanter, tu auras des nouvelles de mon avocat. Tu crois que je bluffe ? Eh bien, essaye, et tu verras ! Maintenant, sors de ma vie et bon vent à toi.

- 16 -

Lorsqu'il entra dans le parking du restaurant de hamburgers dont son frère était propriétaire, Nick fut submergé par un profond malaise. Ayant grandi au sein d'une famille solide et aimante, il supportait mal l'incertitude. Il avait toujours été maître de sa vie. Pourtant, en l'espace de quelques semaines, tout avait changé. Il était père. Il avait un fils de quatre ans. La vie ne tournait plus autour de lui et, bien que déjà attaché à celui que son frère Christian appelait son « mini-moi », il se sentait perdu, incapable de savoir s'il était heureux de cette situation, se demandant ce qui l'unissait encore à Sam hormis leur fils.

Il entra dans le restaurant, conscient des regards langoureux que lui lançaient les clientes. Il s'installa à côté d'une fenêtre et sortit son téléphone pour vérifier ses e-mails et SMS. Sam arriva environ quinze minutes plus tard.

— Désolée, je suis en retard. Il y a eu un accident et…

Il posa la main sur son bras dans un geste apaisant.

— Détends-toi. Ce n'est pas un entretien d'embauche.

Sam le gratifia d'un sourire qui illumina ses grands yeux bruns et s'assit.

— Merci de me le rappeler… C'est le restaurant de ton frère ? demanda-t-elle, en regardant autour d'elle.

— Et sa plus grande fierté, outre son ranch et son bétail.

— C'est vraiment sympa et sans prétention. Surprenant pour quelqu'un comme lui.

— Adam voulait créer un endroit chaleureux, décontracté, en un mot idéal pour dévorer des hamburgers et des frites. D'ailleurs, ne t'avise pas de me dire que tu n'as pas faim. Je suis prêt à parier que tu n'as jamais mangé de tels burgers.

— Tu es bien sûr de toi, dis donc !

— Je suis fan.

Ils bavardèrent de tout et de rien jusqu'à ce que le serveur leur apporte leurs boissons et prenne leurs commandes.

— Du champagne aurait été plus approprié, mais il n'y en a pas, ici. Cela dit, un toast s'impose, décréta Nick en levant sa chope de bière.

Un peu perplexe, Sam leva son verre de thé glacé.

— À quoi buvons-nous ? s'enquit-elle.

— À toi. Félicitations pour ce remarquable travail.

— Oh ! Ça ?

— Je sais que tout le monde t'a déjà félicitée. Noah, et mes autres frères. Et même mon père. Et j'ai compris que, quels qu'aient été nos différends personnels, cela aurait été ridicule de ma part de ne pas le faire.

— Ça me touche beaucoup, Nick. C'était le travail le plus difficile que j'aie jamais entrepris, mais le plus gratifiant.

— À la seule femme qui pouvait relever ce défi ! dit-il en faisant tinter son verre contre le sien. L'entreprise organise un dîner pour célébrer la fin du projet. J'aimerais que l'on y aille ensemble.

— Tu t'afficherais avec moi ? demanda-t-elle, surprise.

— Oui, car tu mérites d'être reconnue comme la géniale architecte que tu es.

— Tu es sûr de toi ? La dernière fois que nous nous sommes vus, tu me détestais. Ce changement est… bienvenu, mais surprenant.

— La dernière fois, tout ce que je voulais, c'était que tu disparaisses de ma vie, c'est vrai. Me cacher que j'avais un fils était cruel. J'ai cru que je ne te pardonnerais jamais…

— Je comprends… Je ne me le pardonnerai jamais non plus.

— Et puis j'ai parlé avec ma grand-mère paternelle, Jewel. Elle m'a dit que ma rancune ferait surtout du mal à Trey. Que les enfants s'imprègnent plus que quiconque des non-dits. Mon fils a déjà assez souffert. Je ne veux pas le faire souffrir à mon tour. Ah, encore une chose, ajouta-t-il, avant que Sam puisse parler. Puisque j'ai réussi l'impossible et que je t'ai pardonné, tu peux aussi te pardonner à toi-même.

Sam baissa la tête et enfouit son visage dans ses mains. Il se leva et vint s'asseoir à côté d'elle.

— Allons, pas de ça, murmura-t-il en prenant une serviette pour essuyer ses larmes. On est là pour faire la fête, non ?

Sam se ressaisit et se tourna vers lui, déterminée.

— Dans ce cas, il ne reste plus qu'une chose à faire.

— Quoi donc ? demanda-t-il, surpris. Je t'écoute.

— Dire à Trey que tu es son père. Il ne le sait pas encore.

Le dîner eut lieu deux semaines plus tard. Sam était ravissante dans sa robe de créateur. Sa beauté et sa joie lui valurent l'appréciation de tous. Des photos de ses réalisations furent diffusées dans les médias. Elle devint la vedette des pages « Affaires et Société » de plusieurs magazines. Cette publicité était la bienvenue, mais pour elle, seule comptait à présent sa réconciliation avec le père de son fils.

Quand Trey demanda si sa mère se joindrait à eux pour le dîner de Thanksgiving à la propriété des Breedlove, Nick lui répondit qu'il en serait ravi. Sam trouva là l'occasion idéale pour dire la vérité à leur fils.

Le soir de Thanksgiving, chez les Breedlove, Nick et Sam s'éclipsèrent peu après le dîner pour mettre Trey au lit. Ils l'accompagnèrent dans la chambre que Nick avait fait aménager pour lui et l'aidèrent à enfiler son pyjama. Lorsque Trey se glissa dans son lit en forme de voiture de course, Nick s'assit à côté de lui, et Sam dans le fauteuil voisin.

Trey les dévisagea, étonné.

— Vous allez me lire une histoire tous les deux ?

— Ce ne sera pas un livre, ce soir, répondit Sam. Mais j'ai une belle histoire à te raconter.

Elle prit une profonde inspiration, très émue.

— Je sais que tu penses que le prince Oba est ton père, mon chéri. Mais ce n'est pas ton vrai père.

Trey les regarda tour à tour, perplexe.

— Ce n'est pas mon père ?

— Non, mon chéri. Quand je l'ai épousé, tu étais déjà dans mon ventre.

Trey réfléchit un instant avant de demander :

— Est-ce que j'ai un père ?

— Absolument, intervint Nick, avec fierté. Moi ! Mais je ne le savais pas avant que ta maman et toi rentriez en Amérique. C'est moi, ton vrai père, Trey.

Nick retint son souffle tandis que Trey s'efforçait visiblement de comprendre.

— C'est toi mon papa ? Pour de vrai ? murmura-t-il.

Nick acquiesça.

— Comme Christian est le père de Christina et Scott est le père de Jaylen ? demanda le petit garçon.

— Oui, répondit Sam. Exactement comme ça.

— Ça te va ? demanda Nick, retenant son souffle.

— C'est génial ! s'écria Trey en se jetant comme un missile dans les bras de Nick.

Sam ne rentra pas chez elle ce soir-là, goûtant avec un bonheur sans mélange le bonheur qu'avait fait naître entre eux le triomphe de la vérité.

Le lendemain matin, elle prépara le petit déjeuner. Puis Nick et Trey allèrent faire du cheval avec Adam et Noah. Le reste de la journée se poursuivit en famille devant un film.

Alors que Sam s'apprêtait à regagner Las Vegas avec Trey, Nick lui fit une proposition incroyable.

— Que dirais-tu de vivre ici, d'emménager avec moi ? Trey adore être ici. Et il y a beaucoup de place.

- 17 -

— Hé, cousine ! lança Sam en étreignant Danielle avec une fougue inaccoutumée.

— Que t'arrive-t-il ? demanda Danielle, en refermant la porte.

— Je suis heureuse de te voir, voilà tout ! répondit Sam en se dirigeant vers le salon.

— Un peu trop, peut-être, non ? Où est Trey ?

— Avec Nick.

— Vraiment ? Alors que ce n'est pas le week-end ?

— Tous les cousins jouaient dans la piscine. Il m'a supplié de rester. Étant donné tout ce que j'ai à faire pour relancer mon entreprise, je ne pouvais pas refuser.

— Apparemment, tu as passé un *très* bon week-end, lui fit remarquer Danielle en s'asseyant sur le canapé.

— Encore mieux que je ne l'aurais imaginé…

— Eh bien, viens t'asseoir et raconte !

— Il s'est passé tant de choses… Par où je commence ?

— Par le début ?

— Bien vu ! répondit Sam en riant. Tu te souviens de la maison des Breedlove ?

— Là où ils ont organisé la plus grande kermesse de tous les temps ? Comment aurais-je pu oublier ?

— Eh bien, Thanksgiving, chez eux, est encore plus spectaculaire.

— Waouh !

— J'espère que Jaylen et toi aurez l'occasion d'y aller. Il y avait des attractions, des concerts, des plats incroyables. La soirée s'est même terminée par un feu d'artifice ! Mais j'avoue que le meilleur moment, pour moi, a été la rencontre avec Jewel, la grand-mère de Nick…

— Apparemment, la grand-mère est à l'image du reste de la famille. Remarquable.

— C'est vrai, et pourtant tu sais que je ne m'entends pas avec tout le monde. En particulier, je ne supporte pas l'hypocrisie. Eh bien je dois dire que les Breedlove sont différents de la plupart des gens de la haute société. Et je sais de quoi je parle, ayant fréquenté une famille royale…

— C'est vrai que tu es une sorte de spécialiste !

— Ce qui est étonnant chez eux, c'est leur façon d'être à la fois très à l'aise dans les mondanités et proches des gens. C'est ce côté authentique que j'apprécie chez eux. Et puis les belles-sœurs de Nick sont adorables. J'avais l'impression de faire partie de la famille.

— Eh bien, il ne te reste plus qu'à officialiser les choses.

— Il y a vraiment peu de chances que ça arrive. Nick commence seulement à s'habituer à l'idée d'être père. Cela ne veut pas dire qu'il envisage de se marier.

— Tu as raison, il vaut mieux ne pas penser à ça.

— Pour l'instant, nous nous entendons bien, et ça me convient très bien comme ça.

— Donc, vous ne couchez pas ensemble ?

— Eh bien…

— Allons, Sam, dis-moi tout.

— J'ai passé la nuit là-bas.

— J'en étais sûre ! s'écria Danielle. Alors, c'était comment ?

Sam haussa les épaules.

— Tendre et presque amical…

— Tu vois, tu approches à grands pas de la case mariage !

Sam jeta un coussin à la tête de sa cousine.

— On n'en est vraiment pas là, répliqua-t-elle. Coucher avec Nick de temps en temps me convient très bien.

— Vraiment ? Alors pourquoi as-tu l'air si euphorique ?

Sam éclata de rire.

— Je te déteste ! s'exclama-t-elle.

— Merci, chérie.

Finalement, ce qui devait être une brève visite se transforma en une interminable séance de bavardage. En fin d'après-midi, Sam appela Nick, et Jaylen rejoignit Trey chez les Breedlove. L'occasion pour les deux cousines d'aller faire du shopping sur le Strip, une belle occasion pour Sam de clore ce week-end de quatre jours, probablement son dernier répit avant Noël.

Sur le chemin du retour, elle songea à la proposition de Nick d'emménager chez lui. Elle n'avait encore rien décidé. L'offre était tentante, bien sûr. Mais le but de Nick était vraisemblablement de voir plus souvent son fils, et non de se rapprocher d'elle.

Et surtout, que souhaitait-elle, elle ? Elle aurait été la première à se définir comme une femme moderne et libre. Et avec un mariage raté à son actif, avait-elle vraiment envie de retenter l'expérience ? Pourtant, elle aimait la sécurité qu'apportait le mariage et admettait qu'il n'avait rien de tel dans la vie qu'une bonne entente au sein d'un couple. Scott et Danielle en étaient la preuve vivante.

Cependant, ce n'était pas d'actualité. Et elle ne pouvait s'empêcher de se répéter une maxime que disait souvent sa grand-mère : « Pourquoi un homme voudrait-il se passer la corde au cou s'il te tient déjà en laisse ? » Nick n'avait effectivement aucune raison de penser au mariage puisqu'il couchait déjà avec elle…

Lorsqu'elle sortit de sa voiture, elle avait pesé le pour et le contre et pris sa décision : Trey et elle resteraient dans leur appartement.

Le lundi suivant, elle se leva de bonne heure. Elle avait dressé une liste de choses à faire et se sentait pleine d'énergie. Elle se doucha et s'habilla comme pour aller au bureau, consciente qu'elle serait sans doute plus efficace en tailleur qu'en jogging et T-shirt. Elle venait de s'installer à sa table de travail avec une tasse de thé à la menthe lorsque son téléphone sonna.

— Bonjour Sam.

— Salut Nick, répondit-elle, s'efforçant de rester calme. Qu'est-ce qui t'arrive ?

Sans doute voulait-il connaître sa réponse sur sa proposition d'emménager avec lui ? Comment allait-il prendre son refus ? Allait-il insister ?

— Je pensais à toi, répondit-il. Alors je t'ai appelée.

— Tu ne travailles pas aujourd'hui ?

— Mon premier rendez-vous est dans une heure.

Comme elle ne disait rien, il demanda :

— Tu travailles ? Je t'ai interrompue ?

— Oui, je travaille. Il ne reste que trois semaines avant Noël. J'ai beaucoup à faire d'ici le nouvel an.

— Je comprends. On se rappelle dans la journée.

— D'accord. À plus tard, répondit-elle avant de raccrocher et de revenir à sa liste des choses à faire.

Elle essaya de se concentrer, mais son esprit revenait sans cesse à Nick. Quittant son bureau, elle alla se planter devant la fenêtre et se repassa le film des cinq dernières années de sa vie. Le bal costumé. Sa grossesse. Oba. L'Afrique. CANN. Trey. Tous ces choix avaient façonné une partie de sa vie et sa vision de l'avenir. Mais que voulait-elle, au juste ?

Finalement, elle appela Danielle.

— Salut, Sam !

— Salut. Dis, tu crois que ta garderie pourrait prendre Trey cet après-midi ? Gloria n'est pas là et je n'arrive pas à me concentrer sur mon travail.

— Pas de problème, je les appelle.

— Jaylen est là-bas ?

— Oui. C'est Scott qui doit le récupérer ce soir. Il pourra prendre Trey aussi, si tu n'as pas fini de travailler d'ici là. Tu passeras plus tard à la maison le chercher.

— Parfait. Tiens-moi au courant.

Quelques minutes plus tard, Danielle lui envoya un SMS indiquant que la garderie était d'accord.

Après avoir déposé Trey, elle se rendit à la bibliothèque, où elle s'installa dans la salle de lecture avec sa tablette.

Le changement de décor améliora les choses mais ne parvint pas tout à fait à pacifier le flot de ses pensées. Elle réussit à faire quelques-unes des tâches inscrites sur sa liste et à passer les appels les plus urgents. Mais trois heures plus tard, Nick occupait toujours l'essentiel de son espace mental. Sentant ses épaules nouées de stress, elle se rappela alors que Ryan, la femme d'Adam, était copropriétaire d'un spa et lui avait suggéré de venir y faire un tour.

Peut-être que se faire chouchouter était précisément ce dont elle avait besoin pour apaiser son corps et son esprit. Après avoir pris rendez-vous en ligne, elle appela Danielle pour que Scott passe prendre Trey à la garderie.

Si de l'extérieur, le spa, situé dans un centre commercial, ne payait pas de mine, il suffisait d'en pousser la porte pour être emporté dans un tout autre univers. Murs bleus apaisants, plantes vertes luxuriantes, fontaine intérieure au mélodieux clapotis, musique douce d'inspiration orientale, parfum d'intérieur à la lavande. Tout semblait réuni pour mettre les clients et clientes dans les meilleures dispositions possibles. Au bout de quelques instants, Ryan la rejoignit.

— Sam, quel plaisir ! s'exclama-t-elle en l'étreignant. J'étais si heureuse de voir ton nom apparaître sur notre planning que je me suis libérée pour toi.

— Merci, Ryan. C'est vraiment magnifique, ici !

— Oui, l'extérieur est assez trompeur. Mais mon associée et moi avons mis tout notre cœur dans la décoration.

— Eh bien, c'est remarquable ! déclara Sam en suivant Ryan dans une salle de massage tout aussi bien décorée.

— Merci, Sam. Ça me va droit au cœur. Nick ne cesse de dire que tu es la meilleure décoratrice de Las Vegas.

Lorsque Sam fut allongée sur la table de massage, les questions fusèrent.

— Tu es vraiment tendue, Sam. Tu travailles beaucoup ?

— Je me suis donnée à fond sur les villas, mais maintenant que mon contrat est terminé, je m'efforce de relancer ma propre entreprise.

— Je comprends. Mais comment se fait-il que Nick n'ait pas prolongé ton contrat ?

— On en a discuté, bien sûr, mais j'ai préféré lever le pied pour me concentrer sur Trey et mon entreprise.

— C'est vrai que tu viens juste de divorcer…

— Oui, ce n'est pas évident.

— Nick semble tenir beaucoup à toi, en tout cas.

— Excuse-moi, Ryan, je sais que Nick est comme ton frère, mais je préfère ne pas en parler pour l'instant.

Ryan changea de sujet avant de se taire pour se concentrer sur le massage.

Lorsqu'elle eut terminé, Sam était sur un petit nuage.

— Merci pour ton invitation. Je me sens beaucoup mieux. J'ai hâte de revenir, dit-elle tandis que Ryan la raccompagnait à la sortie.

— Ce sera avec grand plaisir. Et n'oublie pas que tu es toujours la bienvenue, au ranch.

— Ça marche. Merci encore. À bientôt, alors.

— Au fait, Sam… Je sais que ce ne sont pas mes affaires… mais puis-je me permettre un petit conseil ? Les Breedlove sont des passionnés tant dans leur travail que dans leur vie personnelle. Lorsqu'une femme capte leur attention, ils se révèlent de merveilleux compagnons. Mais si elle capture leur cœur, alors elle doit saisir sa chance. Car elle ne trouvera pas de meilleurs hommes.

Sam fut obsédée par les paroles de Ryan tout au long de la nuit. Au réveil, elle avait enfin trouvé sa vérité. Une vérité qu'elle avait préféré jusque-là ne pas voir.

Elle était à deux doigts de tomber amoureuse de Nick.

Hélas, elle attendait beaucoup plus que ce qu'il était prêt à lui donner. Elle avait envie d'amour et d'engagement, et comme dans un conte de fées, d'être heureuse pour toujours. Ce genre de bonheur était parfois difficile à trouver, mais elle y croyait. Et elle croyait aujourd'hui qu'elle méritait d'avoir la vie à laquelle elle aspirait vraiment. Même si le véritable amour devait se faire attendre.

Ce jour-là, ce fut elle qui appela Nick.

— Je pensais à toi, dit-il de sa voix grave et sexy.

— Moi aussi. Nick, j'ai pris une décision.

— Oh oh. Ça a l'air sérieux.

— Je pense que nous devrions mettre fin à nos relations intimes et nous concentrer sur notre rôle de parents.

— OK, répondit-il en détachant lentement les deux syllabes. Puis-je te demander pourquoi ?

— En fait, je suis en pleine remise en question. Rien n'est encore très clair, mais il m'est apparu que je n'avais plus envie simplement de *sortir* avec quelqu'un. Bien sûr, je ne tiens pas spécialement à me lancer tête baissée dans un nouveau mariage, mais j'ai besoin de beaucoup plus que de passer du temps avec un homme.

— Quoi, par exemple ?

— Me sentir connectée à lui plus que physiquement. Sentir que je ne suis pas seule au monde, qu'il sera toujours là pour moi. Et, surtout, qu'il me place au centre de sa vie.

— Ce que tu décris ressemble beaucoup à ce mariage que tu as fui.

— Ce n'était qu'un mariage de convenance.

— Pourquoi, vous ne couchiez pas ensemble ?

— On couchait ensemble. On ne faisait jamais l'amour.

— Et c'est ce que tu veux. De l'amour, pas du sexe.

— Oui. C'est ce que je veux.

Plus elle parlait, moins elle avait peur. Elle réalisa alors qu'elle avait enfin trouvé sa vérité. Elle voulait un vrai père pour Trey et un véritable amour pour elle. Avoir les deux était possible. Elle en était sûre, maintenant. Et si elle ne pouvait obtenir cet amour du père de son enfant, alors elle le trouverait ailleurs.

- 18 -

Nick jeta un dossier sur son bureau et appuya sur le bouton de l'Interphone avec plus de force que nécessaire.

— Oui, monsieur Breedlove ?

Il ne répondit pas et sortit en trombe de son bureau.

— Qu'est-ce que c'est que ça ? s'écria-t-il, jetant le dossier sur le bureau d'Anita, faisant voler feuilles et stylos. Les révisions que j'ai demandées ne sont même pas intégrées dans ce document !

— Mais si, monsieur Breedlove, répondit Anita, s'évertuant à remettre son bureau en ordre. J'ai intégré vos modifications. Je vous ai peut-être envoyé la version antérieure…

— Trouvez-moi le rapport définitif ! Et envoyez-le-moi ! Tout de suite !

Sur ce, il rentra dans son bureau. Se plantant devant la fenêtre, il fourra les mains dans les poches de son pantalon, furieux. Ce n'était pas le rapport qui le mettait dans cet état, mais la fin de leur relation intime que Sam lui avait annoncée.

La voix d'Anita se fit entendre dans l'Interphone :

— Monsieur Breedlove, je viens de vous renvoyer la version corrigée. Encore désolée pour cette…

— Ce n'est rien, Anita, répondit-il avant de se rasseoir à son bureau. Ce serait plutôt à moi de m'excuser.

— Merci, monsieur Breedlove. Je sais que vous avez pas mal de choses à gérer en ce moment.

— Ce n'est pas une raison. Encore désolé. Dites-moi, Anita, puisque vous travaillez chez CANN depuis longtemps et que nous nous connaissons bien, j'aimerais vous poser une question.

— Bien sûr. Je vous écoute.

— En fait, j'aimerais avoir votre opinion en tant que femme, et non en tant qu'assistante.

— À quel sujet ?

— Est-il vrai qu'une femme, aussi indépendante soit-elle, recherche toujours secrètement un compagnon, voire un mari ?

— Vous voulez dire… en général ?

— Oui.

— Alors en général, oui, je crois que c'est vrai. Beaucoup de choses ont changé, avec la montée du féminisme, et certaines femmes sont capables de rester célibataires et d'être heureuses. Pour ma part, je crois qu'au fond d'elles-mêmes, la plupart des femmes, et des gens en général, veulent aimer et être aimés, avoir un partenaire de vie. Vous êtes encore jeune, mais un jour, je crois que vous aussi, vous vous lasserez des liaisons sans lendemain, et vous aurez besoin de quelque chose de plus substantiel, de plus solide dans votre vie. Mais jusque-là, rien ne vous empêche de vous amuser !

— Merci, Anita.

— Avec plaisir.

Nick se remit au travail.

Il parcourut le rapport corrigé, après quoi il se rendit à une réunion. Mais le travail le plus ardu fut de tenter de comprendre pourquoi Sam avait pris cette décision, et il résista plusieurs fois à l'envie de l'appeler pour lui demander de s'expliquer.

Le jeudi soir, alors qu'il quittait le bureau de bonne heure pour se rendre à une réception organisée par sa mère, son téléphone sonna. Sam. Il espéra qu'elle avait retrouvé la raison quant à sa décision de ne plus coucher avec lui. Il avait eu de nombreuses liaisons dans sa vie, mais cette fois il s'agissait de la mère de son enfant, et il devait bien admettre… que c'était différent. Leur relation se situait à un autre niveau. Elle était beaucoup plus profonde. À la fois amicale et passionnée.

— Nick, c'est Sam.

— Qu'est-ce qui t'amène ?

— C'est au sujet de Trey.

— Il va bien, j'espère ?

— Très bien, oui.

— Alors qu'y a-t-il ?

— Serait-il possible qu'il passe le week-end chez toi ? Gloria est en congé, et comme j'ai décidé de me réinstaller à Los Angeles, je voudrais y aller demain pour rechercher un logement et rencontrer quelques prospects.

Décidément, c'était une mauvaise semaine, songea-t-il.

— Qu'est-ce qui te gêne à Las Vegas ? s'enquit-il, un peu plus sèchement qu'il l'aurait souhaité.

Sam hésita un instant avant de répondre :

— Rien. Seulement le marché de la décoration d'intérieur est beaucoup plus dynamique à Los Angeles. Il serait logique que je sois implantée là-bas.

— Si tu le dis. Donc Trey va venir vivre avec moi.

— Certainement pas !

— Comment ça ? Il n'est pas question que mon fils grandisse dans une ville polluée et violente. Trey doit vivre à Breedlove, où il pourra respirer le bon air et vivre au sein de sa famille.

— Trey est mon fils, Nick. Il n'est pas question que je vive loin de lui.

— Moi non plus !

— Il doit bien y avoir un moyen de trouver un arrangement, qui me permette à la fois de développer mon entreprise et de partager la garde de Trey avec toi. Tu as un jet, et l'argent n'est pas un problème. Tu pourrais venir les week-ends, passer du temps avec lui, comme aujourd'hui.

— Ça ne marcherait pas.

— Pourquoi ?

Parce que cela nous couperait l'un de l'autre.

Nick tressaillit à cette pensée déconcertante. Voulait-il vraiment d'un « nous », avec Sam ? Ces derniers mois avaient été incroyables. Mais que se passerait-il dans six mois ? Un an ? Cinq ans ? Depuis l'âge de seize ans, il n'avait eu que l'embarras du choix avec les femmes. La variété avait toujours été le piment de sa vie amoureuse. Tous ses frères étaient mariés et semblaient heureux. Mais lui, il appréciait sa vie de célibataire.

— Parce que je ne veux pas être père une semaine sur deux ou trois. Il n'est pas question que je te laisse emmener Trey là-bas.

— Tu ne peux pas m'en empêcher ! Tu es peut-être son père biologique mais ça s'arrête là. Ton nom ne figure même pas sur son certificat de naissance. Tu n'as aucun droit.

— Mais ça peut changer.

— Qu'est-ce qui te prend, enfin ? Ça n'a jamais eu l'air de te gêner, avant.

— Avant, tu n'avais jamais envisagé de quitter la ville !

— Tu es riche à millions, Nick ! Tu pourras le voir exactement quand tu voudras !

— Et si je t'ouvrais un compte pour couvrir tes frais de déplacement ? Tu pourrais venir à Las Vegas voir notre fils quand tu veux…

— Si tu me fais un procès pour obtenir la garde exclusive, crois-moi, tu vas perdre. Il n'y a aucune chance qu'un juge accorde la garde à un homme qui connaît son fils depuis moins de six mois.

— La faute à qui ?

— Cela n'a pas d'importance. La cour statuera dans l'intérêt de l'enfant.

— Je ne suis pas sans argument. Avec moi, Trey vivrait dans un domaine de plus de mille hectares, au sein d'une famille qui se trouve être l'un des piliers de la vie économique et sociale de la ville. Ne présume pas de ce que décidera la cour, Sam. Tu ne sais pas de quoi je suis capable.

Il entendit un soupir et imagina Sam faisant les cent pas, se passant nerveusement la main dans ses magnifiques cheveux, comme elle le faisait souvent.

— Écoute, Nick. Je n'ai aucune envie d'en arriver là. Jusqu'à présent, tu as été un père formidable, et je ne veux pas priver Trey de la chance de faire partie de ta vie. Mais j'ai aussi besoin d'implanter mon entreprise dans une ville plus dynamique. Je ne vois pas pourquoi nous ne trouverions pas un accord.

— Il y a une quantité illimitée de travail pour toi chez CANN. Reviens travailler chez nous.

— Je pense que, vu les circonstances, il vaut mieux séparer nos vies, sauf en ce qui concerne Trey.

— Cela me va très bien. Tant que tu es à Las Vegas et que je peux voir Trey aussi souvent que je le veux.

— Tu n'es pas raisonnable, Nick. On dirait que tu veux me faire payer ma décision de ne plus coucher avec toi.

— Est-ce que j'ai l'air d'un homme qui doit supplier pour avoir une femme ? répliqua-t-il, regrettant aussitôt ses paroles. Il ne s'agit pas de nous, Sam. La seule chose qui compte, c'est Trey. Breedlove est le meilleur endroit pour un petit garçon comme lui. Je comprends que tu veuilles déménager, mais Trey doit rester ici.

Sam raccrocha sans même lui dire au revoir. Elle était sans doute furieuse. Il ne lui en voulait pas. À sa place, il aurait été furieux, lui aussi. Mais il était surtout déterminé à mettre sa menace à exécution. À tel point qu'il prit son téléphone pour appeler son frère Christian.

— Salut, Chris. Petite question.

— Vas-y.

— Le divorce de Barry n'impliquait-il pas une bataille pour la garde des enfants ?

— Oui. Et ça a été un vrai carnage. Sa femme a utilisé leurs gamins comme des pions. Elle leur a fait croire que leur père ne les aimait pas. Elle a même insinué qu'il y avait eu des abus sexuels. C'était moche. Mais Barry a gagné.

— Il a obtenu la garde ?

— La garde exclusive, doublée d'une interdiction pour son ex-femme de quitter l'État sans sa permission.

— Qui était l'avocat ?

— Je ne sais pas. Je peux me renseigner. Pourquoi ?

— Sam envisage de déménager à Los Angeles. Mais il est hors de question que Trey la suive.

Nick raccrocha, plus déterminé que jamais.

Il ne pouvait changer ce qui s'était passé dans la vie de Trey avant qu'il découvre qu'il était son père, mais une chose était certaine : il jouerait un rôle majeur dans son avenir. Quoi qu'il en coûte.

- 19 -

Une heure plus tard, Sam était toujours sous le coup de sa conversation avec Nick, regrettant même de ne pas emmener Trey avec elle à Los Angeles le jour même.

Assis à côté d'elle dans la voiture, le petit garçon était intarissable, ravi à l'idée de voir son père et de faire du cheval. Elle avait donc décidé de mettre de l'eau dans son vin. À en croire sa réponse au SMS qu'elle avait envoyé, annonçant qu'elle passait déposer Trey, Nick aussi était toujours à cran.

S'arrêtant devant le portail du domaine, elle salua le gardien, qui la laissa aussitôt passer. Son regard se porta sur le parc environnant, et elle fut une fois de plus subjuguée par la beauté des lieux. Ce qui lui remémora son échange avec Nick, qui tenait absolument à garder Trey à Breedlove… Pourquoi refusait-il de laisser Trey emménager avec elle à Los Angeles ? Ne pouvait-il pas comprendre qu'un enfant devait avant tout vivre avec sa mère ? Seulement pour Nick, Breedlove était l'endroit idéal pour un jeune garçon de l'âge de Trey.

Une fois de plus, elle admira le paysage environnant. Avait-elle le droit de priver Trey de ce lieu idyllique ? Peut-être pas, mais elle ne pouvait imaginer non plus le priver de sa présence à elle.

La solution la plus simple aurait été d'accepter l'offre de Nick et de rester à Las Vegas. Mais aurait-elle la force d'entretenir une relation amicale avec un homme dont elle attendait bien autre chose que de l'amitié ? Avec lequel elle espérait un engagement durable ?

Elle se gara devant la grande maison, et les souvenirs la submergèrent. Le week-end de Thanksgiving. La chambre de Nick… Leur sortie en pleine nuit pour faire l'amour sous les étoiles…

Elle ouvrit la portière d'un coup sec. Ce n'était pas le moment de sombrer dans la nostalgie. Elle avait un avion à prendre.

Une fois sorti de la voiture, Trey s'élança vers la porte. Sam avait espéré que Nick l'attendrait à l'extérieur. Ce qui lui aurait permis de laisser Trey sans avoir à faire la conversation. Mais il n'était pas là. Rattrapant Trey, elle lui prit la main et sonna à la porte.

Nick lui ouvrit, torse nu et les cheveux encore humides de la douche. Elle déglutit, le regard rivé sur ces abdominaux qu'elle avait eu tant de plaisir à caresser. Il était absolument craquant, et elle s'imagina aussitôt une quantité de choses inavouables qu'elle aurait pu faire, là, maintenant, avec lui…

Nick s'accroupit devant Trey.

— Salut, mon pote. Alors, tu es prêt à t'amuser ?

— On va encore faire du cheval ?

— Si tu veux.

— Avec Christina et Jaylen ?

— Bien sûr.

— Ouiii ! s'écria Trey avant de s'élancer dans la maison.

— Trey ! appela Sam. Tu pars sans me faire un câlin ?

Trey s'immobilisa et revint sur ses pas à contrecœur.

— J'ai oublié, maman, dit-il en l'étreignant brièvement. Papa, je peux jouer aux jeux vidéo ?

— Si tu veux, mon grand.

— Au revoir, maman !

Ils regardèrent Trey disparaître dans le couloir. Nick se tourna vers elle.

— Bonjour, Sam.

— Bonjour.

Il y eut un silence pesant.

— Tu entres ? proposa Nick.

— Non. Je dois aller à l'aéroport.

— Tu vas toujours à Los Angeles ? demanda-t-il en s'appuyant contre le montant de la porte, évoquant à Sam la couverture d'un magazine de mode.

— Toujours, répondit-elle en lui tendant la valise de Trey.

Lorsque Nick attrapa la poignée, leurs mains se touchèrent. À cet instant, Sam sentit une décharge électrique remonter le long de son bras. Faisant de son mieux pour ne pas tressaillir, elle recula d'un pas.

— Je serai de retour dimanche soir, dit-elle. Je t'enverrai un SMS en sortant de l'aéroport.

Nick se contenta de hocher la tête avant de refermer la porte.

Un sentiment de malaise s'empara de Sam, mais à cet instant elle reçut un appel professionnel. Lorsqu'elle arriva à l'aéroport, l'échange tendu avec Nick était oublié. Elle monta dans l'avion et se plongea dans ses plans en 3D.

Quarante-cinq minutes plus tard, l'avion entamait sa descente vers la Cité des Anges, où sa famille s'était installée lorsqu'elle avait cinq ans. Au départ, elle avait trouvé l'immense métropole un peu effrayante, mais excitante, aussi. Aujourd'hui, son père, Marcus, qui avait toujours préféré la campagne, vivait dans la vallée de San Fernando. Elle avait toujours adoré cet endroit. Pourtant lorsque l'avion atterrit, elle se sentit étrangement déconnectée.

Après avoir loué une voiture, elle sélectionna un numéro sur son téléphone.

— Bonjour, Papa !

— Bonjour, ma chérie ! Comment ça va ?

— Bien. Mais ça irait encore mieux si tu acceptais de dîner avec moi là, tout de suite.

— Tu es à Los Angeles ?

— Absolument.

— Pour t'installer ?

— Peut-être. J'ai deux nouveaux clients et un rendez-vous avec un agent immobilier.

— Trey est avec toi ?

— Non. Il est avec son père.

— Le prince est ici, aux États-Unis ?

Le sentiment de malaise que Sam avait éprouvé dans l'avion la submergea une fois de plus. Il y avait tant de choses que son père ne savait pas…

— C'est une honte que cet enfant connaisse à peine son grand-père, reprit Marcus.

— Ça va changer. Il viendra avec moi la prochaine fois, promis. Alors, on se retrouve où ?

— Il y a un restaurant italien qui s'est ouvert pas loin d'ici. J'avais l'intention de l'essayer.

— Envoie-moi l'adresse. Je te retrouve là-bas.

Quelques instants plus tard, elle entra dans le parking d'un restaurant voisin d'un petit centre commercial. Son père l'attendait déjà à l'intérieur.

— Papa ! Quelle joie de te voir !

Il se leva pour l'accueillir et elle l'étreignit avec une émotion qui la surprit elle-même.

— Tu vas bien, ma petite fille ?

— La vie est un peu dingue, en ce moment, mais dans l'ensemble, ça va.

Ils parcoururent le menu en échangeant des nouvelles de la famille et de connaissances communes. Lorsqu'ils eurent passé leur commande et reçu leurs boissons, Marcus la dévisagea avec insistance.

— Pourquoi me regardes-tu comme ça ? demanda-t-elle. Tu as oublié à quoi je ressemble ?

— Presque. J'avoue que tu es difficile à suivre. Je ne sais toujours pas ce qui s'est passé entre toi et le prince.

— Ça n'a pas marché, papa.

— Pourquoi ? Il était violent ?

— Non.

— C'était un bon père ?

— Il consacrait presque tout son temps à ses obligations royales. Sans doute aimait-il Trey mais il n'était pas très disponible pour lui.

— Je n'ai jamais compris pourquoi tu l'avais épousé. Si tu veux mon avis, tout s'est passé trop vite. Mais au moins, ta mère a pu assister à ton mariage.

Sam hocha la tête. C'était effectivement le seul aspect positif de cette union.

— Donc, si je comprends bien, tu es revenue d'Afrique, tu t'es installée à Las Vegas et maintenant tu reviens ici ? Sam, qu'est-ce qui se passe ?

C'était une question délicate. Sam avait toujours raconté à ses parents une version édulcorée de son histoire avec Oba. Et son père pensait toujours qu'il était le père de Trey. Il était temps de lui parler de Nick.

— Tu te souviens que je me suis installée à Las Vegas, pour travailler sur un projet spécifique ?

— Oui, avec ce gros groupe hôtelier.

— Oui, CANN International, qui appartient à la famille Breedlove. J'ai travaillé sur ce projet avec l'un des fils, Nick, avec qui j'avais eu une liaison il y a quelques années.

— Oh ! Seigneur. Ne me dis pas que tu t'es disputée avec lui et que tu as perdu ce travail…

— Pas du tout. Mon contrat est terminé. Mais je continue à voir Nick.

— Tu viens à peine de divorcer. Je n'ai pas de conseil à te donner, ma chérie, mais à ta place, j'essaierai de souffler un peu.

— Nick est le père biologique de Trey.

— Eh bien… Quelque chose me dit que je vais avoir besoin de quelque chose de plus fort qu'un soda. Mademoiselle ! appela Marcus en faisant signe à la serveuse.

Sam donna à son père une version condensée de ce qui s'était passé.

— Pourquoi ne cherches-tu pas du travail à Las Vegas, près de chez son père ? Tu veux vraiment que ton fils fasse la navette entre les deux villes ?

— Il y a plus de travail ici. Nick pourra venir très souvent. Los Angeles n'est qu'à quarante-cinq minutes de vol. De plus, cela nous rapprocherait de toi. Tu disais toi-même que Trey avait besoin de connaître son grand-père.

— Il a aussi besoin de connaître son père. Puisqu'il vient à peine de le rencontrer.

Sam aurait cru que son père serait ravi de son retour

à Los Angeles, mais le dîner fit surgir une quantité de questions non résolues.

Pourtant, lorsqu'elle reprit l'avion le dimanche soir, elle était plus que jamais déterminée à s'installer à Los Angeles et à reprendre sa vie en main.

En arrivant à Las Vegas, elle reçut un SMS de Nick lui demandant de venir chercher Trey à la sortie de l'école maternelle le lendemain après-midi. Elle défit rapidement sa valise et commanda un plat chez son traiteur chinois préféré pour une livraison une heure plus tard. Elle s'apprêtait à prendre un bain lorsqu'on sonna à la porte. Elle fronça les sourcils. Ça ne pouvait pas être déjà le livreur.

Enfilant un peignoir, elle se dirigea vers la porte et regarda par le judas. L'homme ressemblait à un livreur. Elle lui ouvrit.

— Oui ?

— Samantha Price ?

— C'est moi. Mais je viens de passer ma commande il y a cinq minutes…

L'homme plongea la main dans un sac et lui tendit une grande enveloppe en papier kraft.

— Qu'est-ce que c'est ? demanda-t-elle en prenant le pli.

— Des documents nécessitant une livraison de la main à la main, répondit l'homme en s'éloignant rapidement.

— Attendez, qui êtes-vous ? De quoi s'agit-il ?

— Bonne soirée, mademoiselle Price ! lança-t-il par-dessus son épaule.

Sam attendit que l'homme eût disparu pour rentrer chez elle. Après avoir examiné l'enveloppe, elle l'ouvrit soigneusement. À l'intérieur se trouvait un document de plusieurs pages. Elle n'eut pas besoin de le lire en entier pour comprendre. Son univers tout entier venait de basculer.

Nick l'assignait au tribunal et demandait la garde exclusive de Trey.

- 20 -

Le lundi matin, Nick arriva au bureau, tenaillé par un fort sentiment de culpabilité. Il ne pouvait qu'imaginer la réaction de Sam lorsqu'elle avait ouvert l'enveloppe et vu qu'il demandait la garde exclusive de Trey.

Toutefois, il ne regrettait rien. Il avait le droit de faire partie de la vie de Trey. Pourtant, il avait commencé par refuser de recourir à cette extrémité, comme sa mère l'avait suggéré. Ce n'était pas nécessaire. Les dispositions que Sam et lui avaient prises leur convenaient à tous les deux. Mieux valait recourir à la justice le moins possible. Mais la discussion de vendredi avait tout changé. Il n'était pas question que Trey aille vivre en Californie. Passer d'un domicile à un autre dans la même ville était déjà assez difficile. Il ne soumettrait pas Trey à des allers-retours entre États.

Il était en train de se faire un café lorsque la voix d'Anita résonna dans l'Interphone.

— Monsieur Breedlove, quelqu'un pour vous.

— Faites entrer.

Il ne songea même pas à demander l'identité de ce « quelqu'un ». Une seule personne était capable de débarquer dans son bureau à l'improviste. Sam.

Elle entra en trombe et posa sur lui un regard brillant de fureur.

— Tu as un sacré culot ! s'exclama-t-elle.

— Je n'avais pas le choix.

— Si ! Nous aurions pu trouver un arrangement !

— Nous avons essayé de le faire vendredi. Tu veux déménager en Californie. Je veux que Trey reste ici. Nous sommes dans une impasse et nous n'en sortirons pas sans l'intervention d'un tiers.

— Tu n'auras pas mon fils, Nick Breedlove ! Je remuerai Ciel et Terre pour le garder auprès de moi.

— Tu peux l'emmener au bout du monde, je vous retrouverai.

— Je me battrai et je gagnerai ! Tu ne connaissais même pas Trey, il y a six mois. Aucun juge de ce pays n'accordera la garde exclusive d'un enfant à un quasi-inconnu !

— Si ! Lorsqu'il découvrira la façon dont j'ai été délibérément tenu à l'écart de sa vie. À ce propos, je ne suis pas un inconnu pour Trey. Je suis son père !

— Je n'aurais jamais dû te le dire.

— Tu aurais dû me le dire dès le premier jour.

— Je me suis déjà expliquée. Tu sais très bien pourquoi je ne l'ai pas fait.

— Peut-être, mais cela ne change rien au fait que tu as eu tort de nous mentir, à Trey et à moi, en faisant passer un autre homme pour le père d'un enfant que tu affirmes aimer.

Sam le dévisagea, consternée. Il aurait dû comprendre qu'il avait dépassé les bornes, mais les chevaux étaient lâchés.

— Si tu aimes ton fils, Sam, prouve-le. Arrête de m'empêcher de faire partie de sa vie. Arrête de ne penser qu'à toi et agis pour son bien à lui.

— Comment oses-tu ?

— La meilleure chose à faire pour Trey est de le laisser vivre à Breedlove. Si tu veux avoir un droit de visite, je te suggère de revoir ton projet de déménagement.

— Je te déteste.

— Tu t'en remettras, déclara-t-il en se détournant pour prendre sa tasse de café.

Il sentit les yeux de Sam fixés sur lui et ne put s'empêcher de penser qu'étant donné son état d'esprit, il était peut-être imprudent de lui tourner le dos.

— C'est toi qui rends les choses difficiles, reprit-il en revenant à son bureau. Pas moi. J'ai proposé une solution. Que tu refuses.

— Emménager chez toi pour que l'on puisse jouer au papa et à la maman ? Pour que tu puisses mener une vie d'adulte alors que tu te comportes comme un enfant qui refuse de ranger ses jouets ? À quoi ressemblerait notre vie commune, Nick ? Tu continuerais à enchaîner les conquêtes, comme tu le fais aujourd'hui ? Et imaginons que je rencontre quelqu'un, ce que j'espère sincèrement, comment cohabiterions-nous ? Ah oui, c'est vrai. Ta maison est spacieuse… Alors pourquoi ne pas l'agrandir ? Avoir chacun notre aile et vivre notre vie avec qui bon nous semble ?

— Ha ! Il ferait beau voir que tu amènes un autre homme chez moi !

— Je ne ferais que te rendre la monnaie de ta pièce !

Nick prit quelques instants pour se calmer avant de reprendre :

— Cette discussion ne mène nulle part, Sam. Tu dois décider ce qui est le plus important pour toi. Ta carrière ou ton fils. C'est aussi simple que ça.

Sam le foudroya du regard, les poings serrés. Alors,

prenant une longue inspiration, elle se dirigea calmement vers lui et lui asséna une gifle retentissante. Puis, la tête haute, elle quitta la pièce.

Nick la regarda sortir en se frottant lentement la joue.

Il ne lui en voulait pas. Si quelqu'un avait essayé de lui prendre son enfant, il lui aurait réglé son compte. Il pouvait donc s'estimer heureux de n'avoir reçu qu'une gifle.

Il répondit à quelques courriers urgents, fourra quelques dossiers dans sa mallette et passa voir Anita.

— Je m'absente pour la journée, dit-il. S'il y a une urgence, appelez-moi.

— Entendu. Tout va bien ? Cette dame avait l'air vraiment furieuse…

— C'est la mère de Trey.

— Oh.

— Nous avons un petit différend. Rien de grave. Gardez la boutique.

Il monta dans sa voiture, abaissa la capote et se dirigea vers l'autoroute. Une seule personne pouvait l'aider dans un tel moment. Sa mère.

Quand il s'engagea dans l'allée, il aperçut son père qui rentrait de promenade en compagnie d'Ace, son Komondor à poils longs dont les locks faisaient penser à ceux de Bob Marley.

— Hé, fiston.

— Salut, papa.

— Qu'est-ce qui t'amène en pleine journée ?

— Je dois voir maman. Elle est là ?

— Hélas, non. Elle est partie avec Lauren faire du shopping ce matin.

— Quand revient-elle ?

— Après-demain. Elles sont sur les Champs-Élysées.

Comment sa mère avait-elle pu s'envoler pour Paris à ce moment crucial de sa vie ? Exaspéré, il soupira.

— Je peux t'aider, Nick ?

— J'aurais aimé avoir le point de vue d'une femme, mais je suppose que tu feras l'affaire.

— Sympa ! Allons, entre. Qu'est-ce qui t'amène ?

— Sam.

— Je m'en doutais un peu.

— Et Trey. Sam envisage de déménager à Los Angeles et de l'emmener.

— Et toi, qu'en penses-tu ?

— Je ne suis pas d'accord. La place de Trey est à Breedlove. J'ai essayé de le dire à Sam mais elle ne veut rien entendre. Alors j'ai engagé un avocat. Elle a reçu l'assignation hier soir. Je demande la garde exclusive.

— Très bien. Quelle est ta question ?

— Sam a débarqué dans mon bureau ce matin, complètement furax.

— Ça peut se comprendre.

— Oui, mais elle a fini par me gifler.

— C'est tout ? Si j'avais fait ça à ta mère, elle m'aurait probablement arraché les yeux.

— Maman ne se serait jamais laissé faire non plus. C'est pourquoi je me sens coupable vis-à-vis de Sam. L'avocat et moi avons évoqué la garde partagée, ce qui impliquerait trop de déplacements pour Trey. Je n'ai aucune envie de lui imposer ça, mais je ne me vois pas non plus renoncer à vivre avec lui. Voilà pourquoi j'ai demandé la garde exclusive.

— Tu as bien fait. J'aurais fait la même chose.

— Vraiment ?

— Absolument.

Lorsqu'il quitta le domaine, Nick se rendit chez son frère Adam. Une promenade à cheval l'aiderait à se vider la tête. Demander la garde exclusive de Trey était la meilleure chose à faire. Même son père le lui avait confirmé. Alors pourquoi se sentait-il si mal ?

- 21 -

Sam ne décoléra pas trois jours durant. Elle annula plusieurs rendez-vous, ne prit aucun appel, hormis ceux de Danielle et de son père. Elle se décida finalement à consulter son avocat et, au terme d'intenses réflexions, décrocha son téléphone.

— Nick Breedlove.

— Salut, c'est moi.

— Sam, si c'est au sujet de Trey, je préfère que tu passes par mon avocat.

— J'ai décidé de rester ici.

Silence.

— Nick, tu as entendu ? Je ne vais plus en Californie.

— Qu'est-ce qui t'a fait changer d'avis ?

— Trey. Je me suis demandé ce qui était vraiment dans son intérêt. Et il m'est apparu que je n'avais pas le droit de le priver de son père. Et aussi, que Breedlove était le meilleur endroit pour grandir. En fait, je suis tombée d'accord avec toi, et je compte chercher un logement à Breedlove. Même si je crains que ce soit un peu cher pour moi.

— Si j'étais toi, je ne ferais pas ça.

— Quoi, m'installer à Breedlove ?

— Non, dépenser de l'argent inutilement. Je sais que tu ne veux pas vivre chez moi, mais nous avons des dépendances sur le domaine pour nos invités.

— Je te remercie mais je ne tiens pas à habiter si près de toi. Bien sûr, je tiens à toi, précisa-t-elle, étonnée elle-même de cet aveu imprévu. Pas seulement parce que tu es le père de Trey, mais aussi parce que je me sens très attirée par toi. Cette attirance me fragilise d'autant plus que tu m'as clairement fait comprendre que tu ne souhaitais pas t'engager dans une relation à long terme. Je dois donc vivre dans un endroit qui me permettra de mener ma vie comme je l'entends. Et il est clair que le domaine de ta famille n'est pas cet endroit.

— Je comprends.

Après une déclaration de cette importance, c'était vraiment tout ce qu'il avait à dire ? Mais sans doute n'avait-il pas compris qu'elle était amoureuse de lui.

— Que fais-tu ce soir ? s'enquit-il. On pourrait dîner ensemble et discuter de la façon dont nous allons nous occuper de Trey.

— Entendu.

— 19 heures ? Je réserverai un salon privé et…

— Je préférerais un endroit plus neutre.

— Très bien. Alors choisis le restaurant.

— Je t'envoie ça par SMS.

— À tout à l'heure.

Après avoir déposé Trey chez Danielle, elle envoya à Nick l'adresse de son restaurant préféré ; après quoi, elle se mit en quête de la tenue idéale pour une négociation de cette importance.

Car il s'agissait bien de cela. Non seulement elle devait convaincre Nick d'annuler son assignation au tribunal, mais elle souhaitait mettre en place une garde partagée. C'est-à-dire un arrangement plus équitable que celui qui avait cours depuis le départ puisque, jusque-là, Nick n'avait pris Trey que lorsqu'il était disponible ou avait envie de voir son fils.

Elle avait conscience que seule une véritable garde partagée lui permettrait d'avoir une relation apaisée avec Nick et, peut-être, de devenir amie avec lui. Sans compter que cela épargnerait à Trey d'incessantes disputes.

Ce dîner serait en fait une sorte d'entretien, le plus important de sa vie à ce jour. Les jeans étaient donc à proscrire, tout comme les robes trop décontractées ou trop sexy. Nick aurait sans doute vu cela comme un stratagème pour obtenir ses faveurs et mal interprété ses intentions. Elle trouva finalement la tenue parfaite : une robe mi-longue couleur raisin qui mettait en valeur ses courbes sans être trop serrée. Après s'être remonté les cheveux en chignon lâche, elle tira quelques boucles pour encadrer joliment son visage. Côté accessoires, elle opta pour des boucles d'oreilles, un collier en cristal Swarovski et des escarpins à hauts talons. Pour finir, elle se maquilla le plus naturellement possible puis ajouta une touche de rouge à lèvres assorti à sa robe et un soupçon de parfum.

Elle arriva au restaurant avec dix minutes d'avance et, s'installant au bar, commanda un verre de chardonnay pour se calmer.

Un instant plus tard, la porte du restaurant s'ouvrit, et elle retint son souffle. Nick était beau comme un dieu. Tout de noir vêtu, il était rasé de près et s'était coupé les cheveux. Un diamant scintillait à son oreille. Elle ne tenta même pas de refréner les réactions de son corps en sentant ses tétons se dresser et un feu intérieur se répandre dans son bas-ventre. Comment pourrait-elle un jour le considérer comme un ami ?

Il s'approcha d'un pas tranquille, avec toutefois un soupçon de méfiance dans le regard.

— Bonsoir.

— Nick. Comment vas-tu ?

— Bien.

— Tu es très élégant.

— Merci.

Il était bien plus qu'élégant, il était à croquer, songea-t-elle. Mais elle garda cette opinion pour elle.

— Votre chardonnay, madame, annonça le serveur. Monsieur ?

— Je commanderai à table. Sam, on y va ?

Le serveur les escorta jusqu'à une table d'angle. Tapis moelleux, nappes couleur taupe, lumière tamisée, il régnait dans la vaste salle une atmosphère romantique. Lorsque Sam contourna Nick pour s'asseoir, une piquante odeur de cèdre lui titilla les narines, et elle dut se rappeler à l'ordre : c'était un rendez-vous d'affaires, et non un tête-à-tête amoureux. Aussi regrettable cela fût-il. Le serveur nota leur commande avant de s'éloigner.

— Nick, je tiens tout d'abord à te présenter des excuses. J'étais vraiment furieuse, l'autre jour. Mais cela ne justifie pas mon comportement. Je n'aurais pas dû te gifler. Je suis désolée.

— Je pense que nous aurions pu tous les deux être moins excessifs. J'accepte tes excuses et je te présente les miennes. Je sais que Trey a toujours été une priorité dans ta vie. Je n'en ai jamais douté. Je n'aurais jamais dû sous-entendre le contraire. J'avais bien mérité cette gifle. Cela dit, tu as une sacrée droite…

— Je n'avais jamais giflé personne de ma vie. Ta remarque m'a blessée, c'est vrai, mais finalement, elle m'a permis de prendre du recul. Depuis, je me suis efforcée de jouer cartes sur table avec moi-même et de clarifier les raisons pour lesquelles je voulais partir à Los Angeles.

— C'est vrai que c'est une ville beaucoup plus dynamique que Las Vegas.

— Peut-être, répondit-elle en relevant le menton. Mais en fait, je cherchais surtout à m'éloigner de toi.

Nick la dévisagca, stupéfait.

— Qu'y a-t-il ? s'enquit-elle. Tu ne t'attendais pas à ça ? Eh bien, c'est pourtant la vérité. Et je pense qu'être le plus honnête possible est le seul moyen pour nous d'avancer, de mettre en place une relation authentique. Et bénéfique pour Trey.

— En quoi ai-je à voir avec ton désir de déménager ?

Elle lui lança un regard pénétrant.

— Tu n'en as pas une petite idée ?

Les hommes étaient-ils vraiment aussi stupides ?

— Tu voudrais te marier, mais… je ne suis pas prêt à ça, répondit-il.

— Voilà. C'est le problème. D'un côté, j'ai du mal à te voir sans… avoir envie de toi. De l'autre, à chaque fois que je couche avec toi, je sais qu'il n'y aura jamais rien d'autre. Et je ne peux plus le supporter.

— C'est pourtant en ces termes que nous avons couché ensemble, la première fois. Nous étions des inconnus l'un pour l'autre.

— C'est pourquoi c'était facile. Il n'y avait pas de sentiments, à l'époque.

Nick se cala au fond de la banquette, sans répondre. C'était aussi bien, songea-t-elle. Puisqu'il voulait continuer à coucher à droite et à gauche, qu'y avait-il à dire ? Mieux valait cesser de parler de ce « nous » qui n'existait pas et se concentrer sur le véritable objectif de ce dîner.

— En ce qui concerne Trey, j'aimerais que tu retires ta demande de garde exclusive, reprit-elle.

— C'est fait.

— Vraiment ? C'est aussi simple que ça ? Où est le piège ?

— Il n'y en a pas. Je ne demanderai plus la garde exclusive. Cependant…

— Nous y voilà…

— Attends. Écoute-moi. Je n'aime pas mêler la justice à mes affaires, mais c'est parfois nécessaire. Nous sommes tous deux des gens intelligents, nous aimons notre fils et voulons pour lui ce qu'il y a de mieux. Je pense donc que nous pourrions nous entendre sur les termes d'un accord de garde partagée qui serait rédigé par mon avocat.

— Je croyais que tu n'aimais pas mêler la justice à tes affaires.

— Dans ce cas, c'est juste un moyen de mettre noir sur blanc ce que nous voulons pour Trey. Un moyen de nous responsabiliser et d'éviter toute réaction insensée en cas de désaccord majeur.

— Comme ça, je suis quelqu'un d'insensé ? répliqua-t-elle, moqueuse.

— Pas du tout, même si tu as épousé un prince que tu connaissais à peine et déménagé à l'autre bout du monde. Tu pourrais changer d'identité et t'enfuir avec notre fils sans crier gare.

— Ma foi, c'est une idée…

— Vraiment ? rétorqua-t-il, effaré.

— Je plaisante, Nick ! Bien sûr que je suis d'accord

pour une garde partagée ! Cela me paraît tout à fait raisonnable de faire appel à un avocat.

— Il y a encore une chose.

— Quoi ?

— Je veux que mon nom figure sur l'acte de naissance de Trey.

— C'est fait. On peut aussi changer son nom de famille, précisa-t-elle.

— Vraiment ? C'est aussi simple que ça ?

— Arrête de m'imiter !

— J'avoue que j'ai du mal. J'ai adoré ton expression chagrinée.

— *Chagrinée* ? C'est censé être un compliment ? Tu as de la chance que ton apparence te facilite les choses avec les femmes, car ta technique de drague est complètement à revoir !

Tout au long du dîner, Nick et elle renouèrent avec la camaraderie bon enfant qui caractérisait leur relation lorsqu'ils ne se querellaient pas comme des chiffonniers. Ils établirent ainsi les règles de leur garde partagée. Nick étant souvent occupé en semaine, il prendrait Trey le week-end, avec une marge de manœuvre pour elle en cas d'événements spéciaux. En semaine, Nick pourrait passer voir Trey à sa guise, à condition de la prévenir. Comprenant combien il était important pour Trey de nouer des liens avec son grand-père maternel, Nick accepta de renoncer à un week-end de temps à autre, lorsque Sam déciderait de se rendre à Los Angeles voir son père.

— Ah, dernière chose, ajouta Nick.

Sam se figea, la fourchette à la main.

— Tu as déjà dit ça pour l'acte de naissance, lui fit-elle remarquer.

— Bon, c'est la dernière des dernières choses, promis. Je voudrais que tu emménages à Breedlove.

— Ce serait bien sûr l'idéal, mais les choses étant ce qu'elles sont, je ne tiens pas à habiter sur le domaine de tes…

— Je sais. Tu as, hélas, été très claire à ce sujet. J'ai donc pris la liberté d'appeler un ami agent immobilier. Une maison avec trois chambres et deux salles de bains vient justement de se libérer près du centre-ville. C'est petit, moins de deux cents mètres carrés, et il y aurait quelques travaux à prévoir. Mais vu ta profession, tu pourrais en profiter pour personnaliser la décoration.

— Quel est le prix ?

— Ne t'inquiète pas pour ça. Je veux l'acheter pour Trey. Ce serait une façon pour moi de compenser ces quatre années durant lesquelles j'ai été absent.

Sam ne pouvait qu'apprécier le geste.

— Et la maison serait à son nom ? demanda-t-elle.

— Il est trop jeune pour cela. Du coup, je pense lui ouvrir un compte qui permettra de procéder à l'achat en son nom.

— J'espère que j'aurai quand même mon mot à dire.

— Bien sûr. Tiens, j'ai une photo de l'extérieur. Tu veux la voir ?

— Bien sûr.

Nick tapota l'écran de son téléphone et lui tendit l'appareil. La maison était beaucoup plus sophistiquée qu'elle ne l'avait imaginée. C'était une sorte de chalet contemporain d'un étage, avec de grandes baies vitrées qui devaient laisser entrer la lumière. Il semblait avoir une vue imprenable sur la ville et les montagnes.

— Si tu veux, je peux te donner le numéro de mon

ami, proposa-t-il. Tu pourrais visiter la maison et me dire ce que tu en penses.

— OK. Mais cela ne veut pas dire que je vais m'y installer.

Lorsqu'elle rentra chez elle, Sam reconnut que ce dîner s'était plutôt bien passé. Ce qui ne l'empêcha pas de s'interroger. Nick avait-il d'autres raisons que Trey de vouloir acheter cette maison ? Elle n'en avait aucune idée, mais une chose était certaine : cela faisait un bien fou de passer de nouveau du temps avec lui.

- 22 -

Nick monta les marches, sonna joyeusement à la porte et entra dans la maison de son jumeau.

— Salut, la famille !

L'épouse de Noah, Dee, apparut dans le salon, les mains sur son ventre rebondi.

— Que t'arrive-t-il, Nick ? Tu es tombé du lit ?

— Une longue journée de travail m'attend. Où est Noah ?

— Il nage.

Nick s'empressa de rejoindre son frère à la piscine couverte qu'il avait fait construire après avoir acheté la maison. Noah sortait de la douche.

— Vu ta tête, ça a dû marcher, lui fit remarquer ce dernier en enfilant un bermuda.

— Quoi ?

— Le coup de la maison, bien sûr, répondit Noah avec un sourire entendu. Je suis sûr que Sam est partante.

— Ça m'en a tout l'air. Larry m'a appelé hier soir. Elle a demandé à la visiter dès ce matin.

— Je crois que Sam tient le bon bout…

— Qu'est-ce que tu veux dire ?

— Allons, ne fais pas l'idiot. Tu sais très bien que tu es amoureux, non ?

— Pas du tout, rétorqua Nick, outré. Si j'achète cette maison, c'est pour assurer l'avenir de mon fils, voilà tout.

— Et pas celui de sa mère ? Allons, arrête de te mentir. Tu souris trop !

Nick ne répondit pas et suivit son frère vers la partie principale de la maison.

— Tu es content de toi, je suppose ? reprit Noah, qui ne se laissait pas si facilement décourager.

— OK, répliqua Nick, excédé. Tu sais très bien que Sam n'aurait jamais accepté que je lui offre une maison…

— Et le prétexte de Trey a donc parfaitement fonctionné. Quelle mère refuserait à son fils un bel endroit où vivre ?

— Une mère pas très intelligente, c'est sûr.

— Mais Sam, elle, est intelligente. Et belle à mourir, aussi, non ?

— Tu n'imagines même pas… Hier soir, elle portait une de ces robes… J'étais au bord de la crise cardiaque. Au fait, tu ne vas pas travailler, aujourd'hui ?

— Non, je télétravaille.

— Très bien alors. Je te laisse.

— Et toi, tu vas où ? demanda Noah en l'étreignant brièvement. Au bureau ou à la nouvelle maison de ta femme ?

— Ce n'est pas ma femme.

— Pas encore, mais vu ta tête quand tu parles d'elle, cela ne saurait tarder…

Les paroles de Noah tournoyèrent dans l'esprit de Nick bien après son arrivée au bureau. Son jumeau avait-il raison ? Il réalisa alors qu'il n'avait pas couché avec une autre femme que Sam depuis qu'ils avaient repris contact. Mais il n'avait que vingt-sept ans. Était-il prêt à passer le reste de sa vie auprès d'une seule femme ?

Il enchaîna plusieurs rendez-vous téléphoniques avant

de recevoir un SMS de son ami agent immobilier. Il le rappela aussitôt.

— Alors, Larry ?

— Vendu !

— Ha ! Donc, elle a aimé la maison ?

— Tu plaisantes ? Elle l'a adorée !

Nick bondit de son fauteuil et se planta devant la fenêtre, tout sourire. Ayant travaillé avec Sam sur les villas de CANN, il savait parfaitement ce qu'elle aimait dans une maison : plafonds hauts, grandes fenêtres, luminosité, jolie vue. Il ne s'était donc pas trompé. Il imaginait déjà le cachet qu'elle pourrait apporter à cet endroit. N'avait-elle pas un goût infaillible en matière de décoration ?

Évidemment, il n'y habiterait pas avec elle, mais il y passerait régulièrement pour prendre Trey. Cet enfant arrivé de nulle part, qui prenait aujourd'hui de plus en plus de place dans sa vie et le conduisait directement ou indirectement vers un destin tout tracé. Était-il prêt à prendre le train en marche ? C'était une autre question, qu'il n'avait toujours pas tranchée.

Ce soir-là, il était encore plongé dans ses pensées lorsqu'il reçut un appel de Sam.

— Tu es sûr que ce n'est pas toi qui as choisi cette maison ? demanda-t-elle.

— Qu'est-ce qui te fait dire ça ?

— Le jardin. Il est immense !

— Il paraît qu'il y a même un mur d'escalade. De plus, la vue est superbe, à ce que m'a dit Larry, non ?

— Nous… Trey adore la maison.

— Génial. Alors je ferai une offre demain.

Bien sûr, la maison était déjà achetée, mais il devait aller jusqu'au bout du stratagème.

— Ça me gêne quand même un peu que ce soit toi qui achètes cette maison, reprit Sam.

— Je comprends. Mais c'est un investissement pour Trey. Quand il sera adulte, il pourra y habiter ou la revendre. Vu sa situation et son cachet, cette maison va prendre beaucoup de valeur, dans les années à venir.

— C'est une chance extraordinaire pour Trey, d'avoir une maison et une stabilité financière à un si jeune âge. Merci.

— De rien.

Nick eut l'impression qu'elle voulait ajouter quelque chose, mais elle resta silencieuse.

— Comme je l'ai dit, je contacterai Larry demain pour l'offre, dit-il. Quand se termine le bail de ton appartement ?

— D'ici un mois et demi.

— Cela te laissera assez de temps pour les travaux de décoration ?

— Je pense que oui, si je trouve les bonnes entreprises.

— Si tu veux, je peux t'ouvrir un compte chez CANN, avec une carte de crédit. Nous avons des accords avec un tas de corps de métier.

Un nouveau silence accueillit sa proposition.

— Sam, pense à Trey…

— Bon, d'accord.

— En ce qui concerne la rédaction de l'accord de coparentalité dont nous avons parlé, je pense contacter mon avocat dans le courant de la semaine.

— L'accord que tu as *exigé*, tu veux dire ?

— « Exigé » est un terme un peu fort, non ?

— Pourquoi ? Je n'ai pas l'impression que tu m'aies laissé le choix, si ?

— Sam…

— C'est bon. Je suis désolée. J'ai eu une longue journée.

— Tu veux en parler ?

— Non.

— Écoute, je n'ai pas envie que le côté juridique de mon implication dans la vie de Trey devienne un problème entre nous.

— Ne t'inquiète pas. Je comprends ta démarche et je l'approuve.

— Pourtant, tu as l'impression que je t'impose quelque chose.

— J'aimerais que ce ne soit pas nécessaire, mais la situation étant ce qu'elle est, je suppose que ça l'est.

Nick s'étendit sur le canapé, bercé par la voix de Sam au creux de son oreille.

— Écoute, ce document ne fera que reprendre les grandes lignes de l'accord que nous avons établi ensemble, expliqua-t-il. Je veux que tu adhères à ce que tu signes. Je t'enverrai donc une version préliminaire où tu pourras faire toutes les corrections que tu voudras si une formulation te déplaît. Tiens, je vais te donner le numéro de mon avocat. N'hésite pas à le contacter directement si tu as des questions.

— Merci. J'apprécie.

— Tu vois comme la vie est facile quand on s'entend bien ?

— En effet. Je te souhaite une douce nuit, Nick, murmura-t-elle d'une voix qui lui retourna les sangs.

— Bonne nuit à toi, Sam.

Il resta longtemps éveillé, pensant à sa vie amoureuse,

essayant de se souvenir des femmes qui avaient le plus marqué sa vie. Il y en avait eu quelques-unes, mais curieusement, seul le visage de Sam s'imprima dans son esprit.

- 23 -

La vie professionnelle de Sam était chaotique, mais pour le reste, tout était parfait, grâce à Nick. C'était un grand bonheur de décorer la maison qu'il avait offerte à Trey. Quant à ce dernier, elle ne l'avait jamais vu aussi heureux. Chaque après-midi, après l'école, il bondissait de son siège-auto à peine la voiture s'était-elle arrêtée devant la maison en travaux. Le jardin, équipé d'un toboggan, de balançoires, d'un bac à sable et d'un mini-trampoline, était déjà son terrain de jeu préféré.

La voix de Danielle résonna dans la grande maison vide.

— Sam, où es-tu ?

— Dans la chambre !

— Laquelle ? répliqua Danielle en riant.

— La grande.

— Oh mon Dieu ! s'exclama Danielle en entrant dans la vaste pièce. Regarde-moi ce lustre ! Magnifique ! À chaque fois que je viens, tu as dégoté quelque chose de superbe.

Sam glissa les mains dans les poches arrière de son jean et regarda autour d'elle.

— Je dois admettre que tout se met en place joliment.

— C'est un euphémisme ! Sam, cet endroit est incroyable. Il y a un variateur de lumière ?

Sam hocha la tête.

— Idéal pour les nuits d'amour…, remarqua Danielle.

— Avec qui ? Le héros de mon dernier roman sentimental ?

— Non. Le père de ton fils. Quand arrêteras-tu de te comporter comme une vierge effarouchée et d'adopter cette position du tout ou rien ? Tu l'aimes.

— Je n'ai jamais dit ça.

— Pas besoin. Et puis, il est évident qu'il ressent quelque chose pour toi. On n'achète pas ce genre de maison à une femme sans raison.

— Il l'a achetée pour Trey.

— Peut-être, mais tu vas y vivre, non ? Voyons, Sam, ouvre les yeux. Nick a acheté cette maison pour toi. Il n'est peut-être pas prêt à s'engager au sens strict du terme, mais il te donne des preuves d'amour. Et cette maison en est une, crois-moi. En tout cas, méfie-toi. Si tu continues à être aussi têtue, une autre femme pourrait bien te ravir ton splendide dieu noir. Écoute ton cœur et laisse la vie faire le reste !

Sam ne releva pas. Bien sûr, Danielle pensait que la vie était simple. Scott et elle étaient sortis ensemble pendant des années avant de se marier. Elle ne pouvait imaginer les dégâts que pouvait provoquer un amant aussi flamboyant que Nick. Ce que cela faisait de passer son temps avec un homme non seulement brillant et drôle mais sexy en diable, tout en sachant que tout cela pouvait se terminer à tout moment. Qu'il pouvait se laisser séduire par une autre femme, plus belle et plus excitante qu'elle.

Lors du week-end de Thanksgiving, il avait exprimé une fois de plus sa préférence pour la vie de célibataire. C'était à ce moment-là qu'elle avait décidé de prendre ses distances. Depuis, elle s'était efforcée de le rayer de son cœur, mais plus le temps passait, plus ses sentiments se renforçaient. Seulement elle savait aussi que si elle retombait dans ses bras sans obtenir la moindre promesse, ce serait jouer avec le feu. Et se brûler.

Ce soir-là, de retour à l'appartement, elle décida de se mettre aux fourneaux. Ce qui n'était pas fréquent. Mais Trey avait demandé des tacos et c'était le seul plat qu'elle maîtrisait. Elle venait de mettre la viande hachée dans la poêle lorsqu'on sonna à la porte. Personne ne venait jamais chez elle sans y être invité. Qui diable cela pouvait-il être ?

Elle se dirigea vers la porte et regarda par le judas. Nick ? Que faisait-il ici ? Et qu'est-ce que c'était que ce grand sac ?

— Je vais tout t'expliquer, dit Nick lorsqu'elle lui eut fait part de son étonnement. Je peux entrer ?

— Bien sûr.

— Désolé de passer à l'improviste, mais je n'ai pas pu m'en empêcher. J'étais trop excité par ce truc, expliqua-t-il en montrant son paquet.

— Papa ! s'écria Trey en sortant de sa chambre en trombe.

Nick posa la boîte pour attraper son fils au vol.

— Qu'est-ce que tu m'as apporté ? demanda Trey, tout excité.

— Qui te dit que c'est pour toi ?

— C'est pour moi, papa ! répondit Trey en riant. Tu ne donnes jamais rien à maman.

Sam et Nick échangèrent un regard un peu gêné.

— Alors, fiston, tu es prêt ? demanda Nick en ouvrant le sac.

Il plongea la main dans le grand sac et en sortit une boîte volumineuse.

— C'est quoi, papa ? demanda Trey, émerveillé.

— Un truc assez étonnant, tu vas voir.

Tous les yeux étaient rivés sur la boîte lorsque Nick en sortit l'objet.

Trey le dévisagea, surpris.

— C'est un robot ! s'exclama-t-il.

— Oui, mais un robot tout à fait spécial. Tu vas voir…

Sortant la télécommande de la boîte, Nick appuya sur un bouton. À cet instant, les yeux du robot s'illuminèrent d'un bleu vif.

— Je vous présente, Ven, dit-il en pressant une autre touche. Ven, dis bonjour à Trey.

Il y eut une courte pause, après quoi le robot se tourna vers Trey, les yeux écarquillés.

— Bonjour, Trey.

À la surprise de Sam, le robot ne parlait pas d'un ton monocorde mais comme un jeune garçon de l'âge de Trey.

— Maman ! Il a dit mon nom ! Il parle !

Trey s'avança vers le robot avant de s'arrêter, hésitant.

— Tout va bien, Trey. Ven est très amical. En fait, en danois, « ven » signifie « ami ».

— Je peux le toucher ?

— Bien sûr.

Trey s'approcha du robot, qui était légèrement plus grand que lui.

— Tends la main et dis bonjour, dit Nick, avant de tourner la tête vers la cuisine. Il y a quelque chose qui brûle ?

— Oh ! mince ! La viande ! s'exclama Sam en s'élançant hors de la pièce.

— J'ai interrompu le dîner ?

Trey tira la main de Nick.

— Papa, on parlait à Ven !

— Attends, fiston.

Nick entra dans la cuisine au moment où Sam jetait le contenu de la poêle à la poubelle.

— Qu'est-ce que c'était ? s'enquit-il.

— La garniture des tacos. Trey adore ça. Dommage.

— C'est ma faute. Désolé.

— Papa ! appela Trey, au comble de l'impatience.

— Ce n'est rien, dit Sam. Occupe-toi de Trey.

Nick sortit son téléphone et envoya un rapide SMS.

— Me revoilà ! dit-il, revenant auprès de Trey. Vas-y, parle à Ven.

— Qu'est-ce que je dois dire ?

— Que dis-tu en général quand tu rencontres quelqu'un ?

— Bonjour, ça va ?

— OK. Essaie.

Trey se tourna vers le robot.

— Bonjour, Ven, ça va ?

— Très bien, merci. Et toi, Trey, ça va ? articula le robot en serrant la main à Trey. Enchanté de te connaître.

— Waouh ! s'exclama Trey en se jetant dans les bras de son père. Merci, papa !

Sam dévisagea Nick, aussi impressionnée que son fils.

— Où diable as-tu trouvé ça ?

— Au Danemark. Chez Breedlove Bionics.

— Une nouvelle diversification du groupe ?

— Oui. C'est Noah qui a conçu ce robot, pour tenir compagnie aux enfants qui se retrouvent seuls chez eux après l'école.

— Papa, je peux aller jouer avec Ven ?

— Pas maintenant, chéri, dit Sam. On doit d'abord aller acheter le dîner. Ou alors je peux préparer…

À cet instant, on sonna à la porte.

— Madame est servie, dit Nick en allant ouvrir.

Quelques instants plus tard, Nick revint avec un grand sac dont s'échappait un délicieux fumet.

— C'est quoi, papa ?

— Des tacos, répondit-il avec un clin d'œil à Sam. Il paraît que c'est ton plat préféré.

— Youpi ! Maman, papa peut rester dîner ?

Deux paires d'yeux identiques se fixèrent sur Sam. Elle dévisagea le père et le fils, subjuguée, avant de reprendre ses esprits.

— Bien sûr, répondit-elle.

Prenant Nick par la main, Trey l'entraîna vers la table.

— Allez, on mange ! dit-il avant de jeter un œil par-dessus son épaule. Ven !

— J'arrive ! répondit le robot en roulant sur le parquet et en s'arrêtant à côté de Trey.

— Assieds-toi ! ordonna le petit garçon.

Le robot s'exécuta mais comme il n'y avait pas de chaise, il bascula en arrière, ce qui déclencha l'hilarité générale.

Sam déballa les tacos dans la cuisine, tenaillée par des sentiments contradictoires. Si elle était charmée par ce dîner en famille, si proche de ses aspirations, elle était aussi pleinement consciente que ce n'était qu'une illusion. Elle serra les dents, prête une fois de plus à résister au chant des sirènes. Les paroles de Danielle lui revinrent alors à l'esprit.

« Écoute ton cœur et laisse la vie faire le reste ! »

Sa cousine avait raison. La vie était un paradis quand

Nick était là et un enfer sans lui. Le moment était venu de cesser de parier sur l'avenir et de profiter de l'instant présent. En songeant à ce qui allait forcément se produire, un feu intérieur se répandit dans son ventre. Nick avait offert un compagnon de jeu à Trey. Mais elle était amoureuse, et elle mourait d'envie de laisser Nick... rejouer un peu avec elle.

- 24 -

Un déclic se produisit après ce dîner familial, et Nick et Sam s'installèrent dans une routine parentale centrée autour de l'amour qu'ils portaient à Trey. Ils se mirent à passer plus de temps ensemble, se voyant au moins une fois par semaine. Ils apprenaient à se connaître non plus seulement comme amants mais comme amis. Sam proposait à Nick de venir voir les travaux de rénovation en cours dans la maison. Nick invitait Sam à faire de l'équitation.

Un soir, Sam l'invita à goûter ses tacos maison. Après le dîner, il l'aida à remplir le lave-vaisselle avant de s'installer sur le canapé pour regarder un film d'animation. Trey s'endormit bien avant la fin. Le plus naturellement du monde, Nick prit Trey dans ses bras pour le mettre au lit, et il ne put s'empêcher de remarquer le regard que Sam lui lança.

Il avait failli l'embrasser, ce soir-là.

C'était un mois plus tôt et depuis, son désir de le faire n'avait fait que croître, tout comme ses sentiments pour elle.

C'était une mère formidable doublée d'une femme intelligente, douée pour les affaires. Et si belle… Une femme qui le désirait. Il le voyait dans son regard. Une seule chose les empêchait de transformer leur amitié en relation plus intime : les conditions qu'elle lui avait imposées.

Un soir, Sam l'invita à ce qu'elle avait appelé une « petite réception » dans la nouvelle maison. Trey et elle y avaient emménagé la semaine précédente, alors qu'il se rendait aux Seychelles pour finaliser l'achat d'une île pour CANN. Jamais il n'avait été aussi pressé de rentrer. Ce soir, il aurait deux choses à fêter avec Sam. La nouvelle île. Et la nouvelle maison.

En entrant dans son dressing, il ignora les rangées de costumes et de chemises noirs et s'arrêta devant un ensemble de vêtements taillés sur mesure pour lui par le grand couturier Ace Montgomery. Il opta pour un confortable pantalon ivoire et un pull à col roulé couleur or car il faisait encore un peu frais.

Il compléta sa tenue par sa montre préférée, une boucle d'oreille en diamant et un soupçon de parfum à dominante de cèdre. Il emporta aussi quelques-uns de ses cigares favoris, que lui avait offerts son père. En chemin, il s'interrogea sur le cadeau qu'il avait acheté en vue de cette pendaison de crémaillère. Il espéra avoir fait le bon choix.

En se garant devant la maison, il ne put s'empêcher d'être fier du travail de Sam. S'il avait acheté la maison, elle en avait fait un véritable foyer. Le jardin était luxuriant. Un éclairage extérieur mettait parfaitement en valeur le revêtement en ardoise et les rebords en briques rouges de l'allée, ainsi que le vitrail de la porte d'entrée. Il entra sans sonner et perçut un brouhaha de voix joyeuses accompagné d'une douce musique néo-soul.

Lorsqu'il arriva au salon, la première personne qu'il reconnut fut Danielle.

— Hé, Nick ! Eh bien, tu es aussi frais qu'une brise de printemps !

— Merci, Danielle.

— Appelle-moi « Danni ». On ne m'appelle « Danielle » qu'en cas de dispute ou lorsque je suis convoquée au tribunal.

— Compris ! répondit-il en riant.

Tout en bavardant avec Danielle, il scruta la pièce. Il y avait beaucoup de visages inconnus, mais Noah était là avec Adam et Ryan, ainsi que Larry et sa petite amie. Leurs regards se croisèrent et Larry leva son verre en guise de salutation. Il aperçut Sam de l'autre côté du salon, en grande conversation avec un séduisant sexagénaire.

— C'est son père, précisa Danielle, qui avait suivi son regard.

— Vraiment ? Il est venu spécialement de Los Angeles ? Sympa.

— Sam est ravie de montrer sa nouvelle maison, poursuivit Danielle. Elle ne te le dira peut-être jamais, mais elle l'adore. Elle me corrige toujours quand je dis *sa* maison. À chaque fois, elle me répond que tu l'as achetée pour Trey. C'est peut-être vrai légalement, mais moi j'ai comme l'impression que tu l'as achetée pour eux deux. Je me trompe ?

Mais Nick n'avait même pas entendu la question car Sam venait de l'apercevoir et se dirigeait vers lui.

Vêtue d'une combinaison moulante couleur ivoire et parée de bijoux en or, elle ressemblait à une déesse d'ébène. Lorsqu'elle fut à sa hauteur, il remarqua qu'elle avait glissé quelques perles d'or dans ses boucles. Aucun adjectif n'était assez fort ou précis pour décrire la perfection qui s'offrait à son regard. Écartant les bras, il l'étreignit avec douceur.

— Tu es sublime, lui murmura-t-il au creux de l'oreille avant de la relâcher.

Elle lui adressa un sourire rayonnant et il sentit aussitôt une impressionnante érection tendre la toile de son pantalon. Si ses hormones continuaient à s'affoler ainsi, la soirée allait être longue.

Sam apprécia l'étreinte et le compliment de Nick. Cela lui donna le temps de reprendre son souffle car à peine était-il entré dans la pièce qu'il avait éclipsé tous les autres invités. Car oui, elle était désespérément amoureuse de lui. C'était si clair dans son esprit qu'elle n'essayait même plus de le nier. C'était de l'amour avec un grand « A » qu'elle éprouvait pour cet homme superbe et sûr de lui.

— Tu n'es pas mal non plus, répondit-elle. Je n'en reviens pas que tu ne portes pas de noir !

— J'ai eu envie de changer un peu, et puis c'est le printemps, non ?

— En effet.

Danielle s'éclaircit la gorge.

— Hé ! Je suis toujours là, hein ?

— Toutes mes excuses, Danni, répondit Nick.

— Laisse tomber. Je vous taquinais. Tenez, poursuivit Danielle, laissez-moi vous prendre en photo. On dirait des gravures de mode. Oui, devant la cheminée, c'est très bien. C'est parti !

Tous les invités se turent, regardant Nick et Sam prendre la pose.

— Encore quelques-unes !

Ils changèrent plusieurs fois de pose, après quoi Nick

prit Sam par surprise en la faisant tournoyer, avant de la recevoir dans ses bras, façon tango.

— Parfait ! s'écria Danielle en les mitraillant.

Quand tous les invités applaudirent, Sam ne put s'empêcher d'être gênée. Mais Seigneur, que cet homme sentait bon !

Nick regarda autour de lui.

— Cette maison est magnifique, Sam. Et parfaite pour recevoir.

— C'est exactement ce que je voulais. Je suis totalement satisfaite du résultat. Viens avec moi. Je voudrais te présenter plusieurs personnes, à commencer par mon père. Et bien qu'il ne soit probablement pas aussi… curieux que ta mère, il te posera peut-être quelques questions disons… plus personnelles. Rassure-toi, tu ne seras pas obligé de répondre.

— Merci pour l'info !

Sam s'étonna de constater à quel point elle était nerveuse à l'idée de présenter Nick à son père, et à quel point elle désirait que ce dernier ait une bonne opinion de l'homme qui l'escortait avec assurance.

— Papa, j'aimerais te présenter Nick, avec qui j'ai travaillé dernièrement. C'est aussi le père de Trey. Nick, voici mon père, Marcus Price.

— Enchanté de vous rencontrer, monsieur, dit Nick.

Sam, le cœur battant, regarda son père observer Nick quelques instants avant de lui tendre la main.

— Moi de même, Nick.

— Je sais que l'on vient à peine de se rencontrer, monsieur Price, mais seriez-vous par hasard tenté par un bon cigare ?

— Pourquoi ? Vous en avez ?

— Oui. Connaissez-vous les Cubano Rare ?

Marcus dévisagea Nick avec surprise.

— Vous en avez ? répéta-t-il, plein d'espoir.

— Dans ma voiture. Vous allez adorer.

Marcus donna une petite tape dans le dos de Nick avant de se tourner vers Sam.

— Je sens que je vais adorer ce type, ma chérie.

Sam lui sourit, ravie et soulagée de voir que Nick et son père partaient sur de bonnes bases. Parce qu'en réalité, non seulement elle était amoureuse du père de son enfant, mais elle l'appréciait humainement. Elle avait d'ailleurs bien l'intention de lui faire savoir à quel point dès que l'occasion se présenterait.

- 25 -

Un mois après sa pendaison de crémaillère, Nick et Sam s'envolaient à bord d'un jet de CANN à destination des Bahamas. Le voyage n'avait rien à voir avec le travail. Ils avaient décidé de faire une pause pour parler de leur relation et de cette attirance qui ne cessait de s'affirmer entre eux.

Nick avait hâte d'arriver à leur destination finale. De plus en plus, tout ce qui concernait Sam le subjuguait. Sam et lui jouaient toujours la carte de l'amitié mais il espérait que ce voyage changerait la donne.

Pendant le vol, la conversation resta légère, tournant principalement autour de Trey, qui faisait désormais partie intégrante de la famille Breedlove. Le voyage fut aussi l'occasion de flirter un peu.

Le jet atterrit sans encombre et, une fois sur le tarmac, ils furent accueillis par leur chauffeur et la brise parfumée des Caraïbes. Après un court trajet en hélicoptère depuis Nassau, la capitale, ils se posèrent sur une île appartenant à CANN, où se trouvait la villa qui serait leur paradis privé pour quelques jours. Lorsqu'ils arrivèrent à la villa qui, en termes de luxe et d'originalité, n'avait rien à envier avec celle que Sam avait décorée à New York, ils furent accueillis par le personnel de la maison. Après une discussion avec Colin, le chef, ils allèrent se changer pour une baignade avant le dîner. Nick prit l'une des deux suites et, après avoir enfilé un maillot de bain et des sandales, rejoignit Sam dans le salon, une serviette autour du cou. Il s'arrêta net : Sam se dirigeait vers le patio, vêtue d'un minuscule bikini jaune qui offrait un contraste fascinant avec sa peau d'ébène, ainsi que d'un paréo doré qui laissait entrevoir une délicieuse paire de fesses. Ses courbes affolantes lui évoquèrent une route sinueuse du Tennessee qu'il avait sillonnée en Harley Davidson. Ce qui, bien sûr, n'avait rien de comparable avec les moments idylliques qu'il avait passé dans les bras de cette femme…

Sam se retourna, fronçant les sourcils en le surprenant les yeux rivés sur son postérieur.

— Tu viens ?

Il la rattrapa en quelques enjambées.

— Je cours, lui chuchota-t-il à l'oreille en lui prenant la main.

Après avoir pris les boissons servies par Colin, ils se dirigèrent vers une plage de sable blanc à l'abri des regards. Après une rapide baignade, ils s'installèrent dans un large hamac fixé entre deux palmiers au bord du rivage.

— Tu me tiens mon verre ? lui demanda Sam tandis qu'elle s'installait confortablement à ses côtés. Voilà, c'est parfait.

— Hum… Tant de proximité dans une relation censée être platonique, ça ne paraît pas idéal…, fit-il remarquer en rendant son verre à Sam.

— À nous et à une vie d'aventures auprès de notre fils. Au moins pour dix-huit ans, en tout cas, dit-elle en levant son verre.

— Comment ça ? Tu penses t'enfuir lorsque Trey aura son bac ?

— On ne sait jamais ce que l'avenir nous réserve.

Nick prit une longue gorgée de bière, réfléchissant au commentaire de Sam.

Il avait certes des projets pour ces vacances, et il savait à peu près comment elles se dérouleraient. Mais Sam avait raison. Dans la vie, rien n'était garanti.

— Alors, ce cocktail ? s'enquit-il.

— Délicieux. D'ailleurs, comment peux-tu boire une bière alors que l'on fabrique ici le meilleur rhum du monde ?

Nick haussa les épaules.

— Apparemment, Colin a eu le mémo. Il sait ce que j'aime, répondit-il en glissant un bras autour des épaules de Sam. Et en général, quand j'aime quelque chose, je m'y tiens.

Sam ne fit aucun commentaire, mais à la façon dont elle se trémoussa, effleurant au passage sa virilité, il comprit qu'elle avait reçu le message cinq sur cinq.

— J'adore ton sexe, déclara-t-elle soudain.

— Eh bien… Et moi qui croyais que de nous deux, c'était moi qui étais porté sur la chose, répliqua-t-il, plongeant dans son regard.

— Ce doit être le rhum.

— Sûrement…, murmura-t-il en glissant paresseusement les mains sur la cuisse de Sam. Je suis content d'être là, ajouta-t-il en lui embrassant la tempe, l'épaule, la joue.

— Moi aussi. Il s'est passé tellement de choses…

— Je sais…

Ils restèrent silencieux un moment, puis Nick poussa le hamac du pied, obtenant un doux balancement.

— Tu aurais imaginé que l'on en arrive là ? demanda Sam.

— Jamais. Si quelqu'un m'avait dit il y a un an que j'avais un fils et que j'étais sur le point de me lancer dans…

Il se tut.

— De te lancer dans quoi ?

— … Dans une relation sérieuse, j'aurais pensé que ce quelqu'un était complètement à côté de la plaque, conclut-il. Je trouvais ma vie parfaite. Les affaires marchaient bien. Je n'avais que l'embarras du choix en matière de femmes. Ce n'est que lorsque tu es revenue à Las Vegas avec Trey que j'ai compris combien ma vie était vide.

— La vie est insensée.

— Complètement d'accord.

— Tu veux que je te dise une chose ?

— Je t'écoute.

— J'ai failli ne pas aller à cette fête.

— Quelle fête ?

— La soirée costumée où l'on s'est rencontrés. Je ne suis pas très portée sur les déguisements.

— Alors à qui dois-je un million de dollars pour t'avoir convaincue de venir ?

— Danni. Mais je dirais que c'est au moins deux millions que tu lui dois…

— Non, probablement entre cinq et dix.

Sam se tourna vers lui.

— Embrasse-moi.

Il s'exécuta. Langoureusement. Amoureusement. Sam donnant autant qu'elle recevait, et même plus lorsqu'elle dessina ses lèvres de la pointe de la langue pour clore ce torride baiser.

— Waouh…, murmura-t-elle, en se trémoussant une fois de plus contre son sexe, comme il l'aimait.

— OK, chérie. À la réflexion, je pense que ta cousine mérite plutôt un chèque en blanc.

Ils terminèrent leur boisson avant de plonger dans l'océan.

Quand le soleil commença à décliner, éclaboussant le sable de rose orange, il commença à faire plus frais, et ils décidèrent de rentrer.

— La prochaine fois, il faudra que l'on amène Trey, dit-il.

— Il adorerait cet endroit.

— Tu sais ce qui me ferait plaisir ?

— Une autre bière ?

— Un autre baiser, répondit-il en l'attirant sur le canapé et en s'emparant de ses lèvres.

Mais Sam avait un autre plan en tête. Se glissant entre ses cuisses, elle se positionna face à son entrejambe. Sans crier gare, elle abaissa son maillot de bain et se mit à lui lécher le pénis à petits coups de langue tout en lui caressant les testicules. Il avait toujours apprécié les femmes qui avaient le sens de l'initiative, surtout lorsque leur sexe se trouvait juste sous son nez. S'emparant de ses fesses, il attira son bassin vers sa bouche et, glissant la langue entre ses replis soyeux, se délecta du festin.

Ils prirent leur temps. Sam le suça méthodiquement de la base à la pointe du pénis, tout en le caressant pour renforcer son érection. Il lui prodigua tous les types de caresses, mordillant, suçotant, dévorant son sexe offert jusqu'à ce que sa rosée se mue en une fontaine d'extase et qu'elle crie son nom. Il faillit aussi basculer dans l'orgasme mais se retint.

Car cette danse des corps n'était pas terminée. Elle ne faisait que commencer.

Lorsqu'ils eurent regagné leur chambre et qu'ils furent nus, ils s'étendirent, peau contre peau. Glissant la main entre les cuisses de Sam, Nick se remit à l'ouvrage, alternant caresses profondes et agaçant le clitoris. Ils échangèrent alors un baiser si intense que Nick eut l'impression qu'il allait se noyer.

— C'est à qui tout ça ? lui murmura-t-il à l'oreille, à bout de souffle.

— À moi, pourquoi ?

— Après toutes ces belles et bonnes caresses ? Mauvaise réponse.

Sam se mit à rire, effleurant paresseusement ses abdominaux durs comme de l'acier.

— Oh ! Vraiment ? répliqua-t-elle, moqueuse.

Nick se leva du lit.

— Mets-toi à genoux, ordonna-t-il.

— Et si je refuse ?

— Oh ! Je suis sûr que tu vas vite changer d'avis…

Elle s'agenouilla alors en riant.

— Retourne-toi, dit-il.

Elle s'exécuta, cambrant la taille de façon à s'offrir le mieux possible à son exploration. Il contempla un instant ses fesses en forme de cœur et se tint prêt pour la moisson.

S'emparant de ses hanches, il l'attira alors vers son sexe tendu comme un arc. Le lit était à la hauteur parfaite pour ce qu'il avait en tête. Il regarda Sam agiter les fesses, anticipant ce qui allait suivre. Mais il n'était pas pressé. Ils avaient toute la nuit devant eux.

Alors, attrapant le verre d'eau posé sur la table de nuit,

il en but une gorgée, gardant dans la bouche un cube de glace avant de s'agenouiller. Sam poussa un petit cri de surprise lorsque, au lieu du sexe dur et brûlant qu'elle attendait, elle se sentit pénétrée par une lame de glace.

Elle voulut s'écarter, par réflexe, mais Nick l'en empêcha. L'attirant une fois de plus vers son visage, il poursuivit son assaut sans faiblir tandis que Sam ondulait frénétiquement des hanches contre sa bouche.

Lorsqu'elle fut submergée par un second orgasme, il se leva et, positionnant son sexe tendu entre ses replis délicieux, la pénétra avec une lenteur délibérée. Mais cela ne dura qu'un instant, car il se retira presque entièrement et s'immobilisa, comme s'il prenait son élan. Alors il se mit à la pénétrer avec une ardeur décuplée, alternant la cadence, ralentissant, accélérant sans crier gare, jusqu'au moment où, se saisissant d'elle, il l'adossa contre le mur, continuant à la pénétrer sans relâche, avant de l'emporter sur la terrasse, où la brise du soir rafraîchit leurs deux corps en fusion.

Lorsqu'il la ramena dans la chambre, il l'étendit sur une chaise longue et, lui écartant largement les cuisses, la pénétra de nouveau avec une ardeur débridée.

— Alors, c'est à qui tout ça ? gronda-t-il en se dressant au-dessus d'elle avant de la pénétrer le plus profondément possible.

Sam ne répondit pas, tendue vers le plaisir. Lorsqu'il sentit qu'elle était sur le point de jouir une fois de plus, il accéléra encore la cadence avant de la rejoindre dans un orgasme monumental qui les terrassa tous les deux.

Ils restèrent quelques instants immobiles et essoufflés, puis allèrent se blottir l'un contre l'autre dans le lit.

— À toi…, murmura-t-elle en l'embrassant avant de s'endormir aussitôt.

Nick dormit profondément avant d'être réveillé par le soleil des Bahamas. Il s'étira en bâillant et se retourna lentement pour ne pas réveiller sa belle endormie. Il admira un instant son visage serein. Jamais il ne s'était senti aussi heureux. Tant et si bien qu'il ne put s'empêcher d'embrasser ce doux visage.

Sam cligna des yeux et s'éveilla à son tour.

Il plongea dans son regard et regarda ses lèvres s'étirer lentement en un sourire radieux.

— Bonjour, ma belle.

— Bonjour. Je n'arrive pas à croire que tu sois déjà réveillé…

Il fit un signe de tête en direction de la baie vitrée qui donnait sur la terrasse.

— Le soleil.

Sam jeta un œil par-dessus son épaule.

— Waouh… Cette vue est à tomber par terre, c'est vraiment le paradis, murmura-t-elle avant de l'enlacer. Tu sais, je crois que je t'aime un peu.

— Ah.

— Et ?

— Tu as raison.

Elle lui jeta un oreiller à la figure.

— C'est tout ?

— OK. Tu as *vraiment* raison.

— Pourquoi vraiment ? demanda-t-elle d'un ton plus sexy, visiblement prête à recourir à tous les moyens à sa disposition pour le faire avouer.

Nick la dévisagea, retenant un sourire.

— Parce que… Parce que je…

Il se tut et se leva d'un bond.

— Attends une minute, reprit-il. Je vais te montrer une chose. Qui te parlera mieux que des mots.

— Nick, où vas-tu ?

— Je reviens tout de suite !

Il y eut un certain remue-ménage dans la chambre voisine, puis Nick revint.

— Maintenant ferme les yeux, dit-il.

— Pourquoi ?

— Tu peux arrêter un peu de faire fonctionner ce magnifique cerveau ? Fais ce que je te dis, un point c'est tout.

— OK.

Nick jeta un coup d'œil dans la chambre avant de regagner le lit.

— Tends les mains.

— Pourquoi ? Bon, bon, je le fais…

Alors qu'elle se redressait sur le lit, le drap glissa sur son corps, dévoilant ses jolis mamelons. À cette vue, Nick faillit oublier ce qu'il était sur le point de faire. À savoir, changer le cours de leur vie.

Ne pouvant résister, il prit le temps de lui embrasser les tétons.

— Nick, si tu continues comme ça, je vais ouvrir les yeux, je te préviens…

— Toi non plus, tu ne me facilites pas la tâche, marmonna-t-il. Bien. Maintenant, écoute-moi sérieusement. Sam, tu as fait de moi un autre homme. Grâce à toi, je suis aujourd'hui à la tête d'une entreprise plus florissante que jamais. Grâce à toi, je suis aujourd'hui le père du petit garçon le plus adorable de la planète. Grâce à toi, je suis devenu un homme qui est prêt à arrêter de s'amuser et à s'engager pour de bon.

Sam ouvrit les yeux, ne sachant trop comment interpréter les paroles de Nick. Se pouvait-il qu'il…

— Je t'ai dit de fermer les yeux ! s'exclama-t-il.

— Je ne peux pas ! Pas quand tu parles comme ça ! Qu'est-ce que tu veux dire ?

Nick lui prit la main et se mit à lui caresser les doigts.

— Je veux dire que je t'aime, que je suis amoureux de toi.

À ces mots, il lui ouvrit la main et glissa une bague le long de son doigt.

Sam fixa la bague puis dévisagea Nick, sans voix. Son cœur se mit à battre la chamade. Elle avait tellement rêvé de ce moment, tellement espéré…

— Je veux dire, Samantha Price, que je ne peux pas imaginer passer ma vie sans toi et Trey, et peut-être quelques frères et sœurs pour qu'il puisse jouer avec eux.

— Nick…

— Je te demande si tu veux bien me faire l'honneur de devenir ma femme. Et je te préviens, la seule réponse que j'accepterai à cette offre est un oui.

Elle se mit à rire. Il lui avait dit exactement la même chose lorsqu'il lui avait proposé le poste d'architecte pour les villas.

— Tu es sûr que ce soit la seule réponse acceptable ?

— Sache que je suis prêt à te séquestrer sur cette île jusqu'à ce que tu me dises ce que je veux entendre…

— Eh bien, dans ce cas… c'est oui, Nick Breedlove. Rien ne me rendrait plus heureuse que de devenir ta femme.

— Bonne réponse.

Sans un mot de plus, il s'approcha et commença à la couvrir de baisers doux et humides.

Désormais, il n'y avait plus entre eux de secrets, petits ou grands. Aujourd'hui, il n'y avait plus que l'amour…

Vous avez aimé *Son inoubliable amant* ?
Découvrez les autres frères Breedlove
sur Harlequin.fr !

1- *Un fiancé sur-mesure* : Christian
2- *Séduction interdite* : Adam
3- *Un cruel ultimatum* : Noah
4- *Son inoubliable amant* : Nick

Retrouvez prochainement,
dans votre collection

PASSIONS

Le secret de Harper, de Charlene Sands - N°983

SÉRIE : SECRETS ET SCANDALES 1/2

Harper n'a pas le choix : prise dans la tourmente d'un scandale lié à une émission de télé-réalité, elle doit fuir au Texas. Alors qu'elle se cache incognito dans le chalet d'une amie, la voilà contrainte de cohabiter avec le frère de cette dernière. Aussitôt, entre Cade Tremaine et elle, le désir est palpable. Or Harper est forcée de lui résister, car il ignore tout de son identité secrète...

Fiancée à un play-boy, de Charlene Sands

SÉRIE : SECRETS ET SCANDALES 2/2

Si Gianna accepte de jouer le rôle de la fiancée de Gage Tremaine, c'est uniquement pour lui permettre de redorer son image auréolée de scandale. Mais, prise au jeu, elle finit par succomber à la séduction de cet homme durant une nuit de passion. Seulement alors, Gianna comprend qu'elle a commis l'erreur de tomber amoureuse de lui...

Par une nuit de tornade, de Joanne Rock - N°984

Lorsque Valencia rencontre Lorenzo autour d'un projet de refuge pour chevaux, elle est tout de suite attirée par l'homme d'affaires. Aussi, quand à la faveur d'une tornade ils se retrouvent coincés toute une nuit sous le même toit, cède-t-elle à la tentation entre ses bras. Hélas, au lendemain de leur folle étreinte, ils se quittent froidement, et Lorenzo rappelle à Valencia sa règle d'or : on ne mélange *jamais* travail et plaisir...

Une famille pour Keely, de Christine Rimmer

Toute sa vie, Daniel Bravo a fait face à de lourdes responsabilités. Mais, lorsqu'il se retrouve à devoir élever seul ses adorables jumeaux, il sait qu'il a besoin d'aide – et vite. Vient heureusement à la rescousse Keely, qui adore ses enfants... mais ne l'apprécie guère ! Parce qu'ils se supportent à peine, Daniel est le premier surpris par les sentiments qu'elle éveille en lui...

Le bébé de l'espoir, de Janice Maynard - N°985

Cammie est sous le choc lorsqu'elle croise Drake, deux ans après leur douloureuse rupture. Plus incroyable encore, voilà qu'ils découvrent ensemble un bébé abandonné ! Aussitôt, Cammie décide de s'occuper du nourrisson, tandis que Drake propose de les héberger chez lui. Une situation qui ne manque pas d'ironie : s'ils ont rompu, c'est justement parce que Drake ne voulait pas d'enfants dans sa vie...

Une héritière au défi, de Nancy Robards Thompson

Alors qu'elle pensait hériter de l'entreprise familiale, Maddie est sidérée d'apprendre qu'elle devra se battre pour décrocher le poste de P-DG ! Pire, son rival n'est autre que Zach McCarter, l'homme dont elle est secrètement amoureuse. Un défi de taille pour Maddie, qui doit rester professionnelle tout en travaillant en étroite collaboration avec Zach...

Le retour de son premier amour, de Joss Wood - N°986

SÉRIE : LES HÉRITIERS DE MOONLIGHT RIDGE 1/3

Molly est bouleversée. Quinze ans après son départ précipité, Mack Holloway est de retour à Moonlight Ridge, le complexe hôtelier de son père ! Devenue gérante du domaine, voilà Molly contrainte de collaborer avec son amour de jeunesse, qui l'a quittée sans la moindre explication, afin de donner un nouveau souffle à ce lieu chargé de souvenirs et qui les lie bien malgré eux...

Une idylle impossible, d'Anna DePalo

Mia Serenghetti doit à tout prix trouver un cavalier pour le grand gala de la saison. Son unique option ? L'arrogant Damian Musil, dont la famille est rivale de la sienne depuis toujours. Bientôt gagnée par un désir inattendu pour Damian, Mia est assaillie de scrupules : risquera-t-elle sa réputation et celle des Serenghetti pour explorer avec lui leur intense attirance ?

Un enfant de son rival, de Jules Bennett - N°987

Enceinte ? Eve sent une panique irrépressible la gagner. Cet enfant est celui de Graham Newport avec lequel elle a partagé une nuit inoubliable. Or, s'il est l'homme le plus parfait que la terre ait jamais porté, il est surtout l'héritier du clan ennemi de sa propre famille... Ne devrait-elle pas garder pour elle son tendre secret pour protéger le fruit de cet amour défendu ?

Un amour défendu, de Sarah M. Anderson

Josh Calhoun est de retour en ville... Et il vient de l'inviter à dîner. Bouleversée, Lucinda ne sait que lui répondre. Certes, Josh, dont elle était secrètement amoureuse au lycée, est encore plus séduisant que dans ses souvenirs. Mais elle n'a pas le droit d'être troublée par son charisme et son sourire étincelant. Car il n'est autre que le plus proche ami de son mari aujourd'hui disparu...

Un ennemi à charmer, d'Andrea Laurence - N°988

Georgia est abasourdie. Carson Newport, son patron, vient de lui demander de séduire Sutton Winchester, leur plus grand rival... Bien sûr, Georgia est toute dévouée à son entreprise, mais il est absolument hors de question qu'elle se prête à ce jeu mesquin ! C'est décidé : dès demain, elle démissionnera. Et tant pis si cela signifie ne plus jamais revoir Carson, l'homme qui fait battre son cœur en secret...

Envoyée par le destin, de Michelle Celmer

Jason est habitué à ce qu'on le confonde avec son frère jumeau. Or, quand une séduisante inconnue s'évanouit en l'apercevant, il comprend qu'il s'est passé quelque chose de grave. En effet, il apprend non seulement que son frère est récemment décédé, mais aussi que Holly était son épouse ! Plus incroyable encore, elle est la jeune maman d'adorables jumeaux...